伯爵夫人の出自

ニコラ・コーニック 作

田中淑子 訳

ハーレクイン・ヒストリカル・ロマンス

東京・ロンドン・トロント・パリ・ニューヨーク・アテネ・アムステルダム
ハンブルク・ストックホルム・ミラノ・シドニー・マドリッド
ワルシャワ・ブダペスト

The Penniless Bride

by Nicola Cornick

Published by Harlequin K.K., Tokyo, 2006

◇作者の横顔

ニコラ・コーニック　イギリスのヨークシャー生まれ。詩人の祖父の影響を受け、幼いころから歴史小説を読みふけり、入学したロンドン大学でも歴史を専攻した。卒業後、いくつかの大学で管理者として働いたあと、本格的に執筆活動を始める。現在は、夫と二匹の猫と暮らしている。

主要登場人物

ジェマイマ・ジュエル……煙突掃除人の娘。愛称ジェム。
アルフレッド・ジュエル……ジェマイマの父親。煙突掃除人。
ジャック・ジュエル……ジェマイマの兄。
ロバート・セルボーン……第十五代セルボーン伯爵。愛称ロブ。
レディ・マーガリート・エクストン……ロブの母方の祖母。
レティ・エクストン……ロブのいとこ。
ファーディナンド・セルボーン……ロブのいとこ。愛称ファーディ。
オーガスタ・セルボーン……ロブのいとこ。ファーディの妹。
バーティ・パーショー……ロブの友人。
マーリン公爵……ロブの名付け親。バーティの叔父。
チャーチワード……弁護士。

1

ホルボーン通りにあるチャーチワード弁護士事務所は多くの秘密を見てきた。信頼がおける彼の慎重な仕事ぶりは依頼主の貴族たちから高い評価を得ている。一八〇八年八月のこの日、ミスター・チャーチワードが手続きを進めているのは本来なら簡単に片づくはずの相続問題だった。しかし、戦争と一風変わった依頼主の気まぐれのせいで厄介なことになっている。

新たにデラバルの第十五代伯爵となったロバート・セルボーン卿《きょう》ことロブが現れたのは二十分ほど前だった。型どおりの挨拶《あいさつ》を交わしたあと、ミスター・チャーチワードは伯爵の父親と祖母の死にお悔やみを述べ、ふたりの遺言状を取り出したばかりで、今はまだ先代の伯爵の遺言について説明したばかりで、祖母の遺産の件には触れていない。次の展開を予測できるだけにチャーチワードは、事態がかなりの勢いで悪化する気がして憂鬱《ゆううつ》だった。彼は眼鏡を鼻にしっかりとかけ直した。そうして時間をかせぎ、机の向かい側で革製の肘掛け椅子に座っている紳士を観察した。

新しい伯爵のロバートはいくぶん気難しそうだ。ほっそりした顔と彫りの深い目鼻立ちはいかにもセルボーン家のものであり、とび色の髪と瞳はコーンウォール地方出身の先祖の血をうかがわせる。伯爵はこの数年、イベリア半島での戦闘に参加し、サー・ジョン・ムーア将軍の下で働いたせいで日焼けしていた。だが、顔は青ざめ、口を固く結んでいる。無理もない。彼は今、難題に直面しているのだ。チャーチワードは二通目の遺言状の詳細をまだ話していないことを思ってぞっとした。二通目の内容のほうがはるかに深刻なのだ。

セルボーン卿が顔を上げた。「もう一度、父の遺言を要約してくれないか、念のために」彼はぶっきらぼうに言った。

「わかりました」チャーチワードはつぶやくように答えた。伯爵は愚かではない、最初から完全に理解しているはずだと、チャーチワードは思った。二十六歳のロバート・セルボーンは成年に達してから屋敷を離れ、はじめはインドで、その後はスペインで戦い続けた。勇敢な戦いぶりと同僚の将校を救出したという英雄的行為をたたえられ、特別勲功者として二度も表彰された。つまり、若いうちに身を固めるより軍隊での活躍を選んだために、不幸にもこんな状況に置かれたわけだ。

チャーチワードは遺言状にふたたび目を通したが、内容はとっくに頭に入っていた。ほとんど単純な文面だ。しかし一部分は……彼は咳払《せき》いをした。

「あなたは亡くなられた第十四代セルボーン伯爵のひとり息子として、爵位および限嗣不動産権を設定された財産のすべてを相続しました」彼は不安そうに顔をしかめた。「肩書きによって生じるその他の資産および金銭については……」

「どうなる?」ロブのとび色の瞳にいらだちとあきらめが見えた。チャーチワードはかすかに同情の笑みを浮かべた。これまでも若い紳士たちが似たような窮地に陥って苦しむのを目にしてきた。だが、今回ほど特異な遺言状を託されたのははじめてだ。

「あなたが結婚する日にあなたのものになります」

チャーチワードは淡々と次の一節をそのまま忠実に読み上げた。

「わたしの息子はいとこであるミス・アン・セルボーンの結婚式に出席する若いレディの中から花嫁となる女性を選び、式の日から四週間以内に結婚しなければならない。そしてその後六週間はオックスフォードシャーの領地デラバルに住むものとする。この条件を満たせないときは、デラバルの領地に関する非限嗣相続不動産と金銭をすべて甥《おい》のファーディナンド・セルボーンに譲り渡す」

「ありがとう、チャーチワード」ロバート・セルボーンも弁護士に負けないくらい淡々と言った。「やはり、ぼくの聞き違いではなかったんだな」

「はい」

ロブは立ち上がり、まるで部屋が狭すぎるかのように大股で窓辺に行った。

「つまり父は、ぼくの自由を奪ったわけだ」彼はほとんどひとり言のようにつぶやいた。「奪ってやると毒づいていたからな」

チャーチワードはまた咳払いをした。「そのようですね」

「父の望みは、ぼくが結婚して跡継ぎをもうけることだった」

「当然でしょう。あなたはひとり息子なのですから」

ロブはちらっと弁護士を見た。「わかっている。親の気持ちをくめないやつだとは思わないでくれ、チャーチワード。ぼくが父の立場だったら、きっと同じことをしただろう」

「そうですとも」

「ことによると、こんなひどい事態を招いたのは、ぼく自身かもしれない」

「それは大いに考えられることですね」

ロブは勢いよく振り向いた。「たとえぼくの責任だとしても、勝手にしろと父に言いたい。罰当たりなんだろうがね」

「この状況では無理もありません」チャーチワードはなぐさめるように言った。「どんなことでも人に強要されるのを好む紳士はいないでしょう」

ロブはこぶしを握った。「金はファーディにやってもいい。遺産相続のためだけに結婚してたまるものか」

いくらか間があった。

「ご存じでしょうが」弁護士は言葉を選びながら言った。「遺産は控えめに見積もっても約三万ポンドになるんですよ。巨額ではないにしろ、軽々しく放棄すべきものでもありません」

ロブはむっとした。「わかっている」

「それに通常であればかなりの収入を見こめるデラバルの領地が、ご両親のお命をも奪った疫病が蔓延《まんえん》したあと、荒れ放題だということもご存じですよね？」

ロブはため息をついた。「あそこへはまだ行ってない。そんなにひどいのか？」

「はい」弁護士は率直に言った。

ロブは急にまた窓のほうを向いた。「ぼくがあの屋敷を離れたのは家族やデラバルを愛していなかったからではない、チャーチワード。それは理解してほしい」

弁護士は黙ったままだが、彼には充分わかっていた。ロバート・セルボーンのデラバルへの思いは少年時代からとても深かった。たとえこの五年間を海外で過ごし、軍務に服すことで自分の力量を試したかったとしても、生まれた土地への、さらに言うなら家族への愛情は疑うべくもない。

「今にして思えば、これほど長く家をあけなければよかった」

切々たる声だった。

「あなたのお父上は」チャーチワードは言葉よりも気持ちに応《こた》えるように配慮して言った。「若いころに三年間、領地を離れて大陸を旅行されましたよ」

ふたりの目が合った。ロブの表情が少し明るくなった。「ありがとう。人間だれしも、それなりに自たロバートにデラバルの村を襲った猩紅熱《しょうこう》のことを大至急、手紙で書き送った。しかし宛先《あて》に届かなかった。そこで一カ月後にふたたび書いた。その時点でもう伯爵は亡くなっていて、夫人もその母親も猩紅熱にかかっていた。二通目の手紙はラ・コルニャでようやくロバートの手に届き、あわてて帰路についた彼がロンドンに到着したのはさらにその七週間後だった。すでに両親と年老いた祖母の死から六カ月以上たっており、その悲しい知らせが帰国した彼を待っていた。チャーチワードはロバートの表情が険しいのも無理はないと思った。肉親との死別に加えて、デラバルの領地は荒れはて、元どおりにするにはかなりの時間と金が必要だと判明したのだから。そしてその金を手に入れるには四週間以内に結婚するしかない。

「では明日、ぼくの花嫁を見つけないといけないのだな」ロブはわざとらしい笑みを浮かべた。「結婚

立を図らねばならないのだろう」

「そうですね」

また沈黙が流れた。ロブは緑色の上着のポケットに両手を突っこんだ。極上の生地で仕立てられた優雅な線が台なしになった。

「ところで、いとこのアンの結婚式はいつだ?」

「明朝です」チャーチワードはため息をついた。この件に関しては時間的な不運がついてまわった。チャーチワードが死期を悟った先代の伯爵から、デラバルへ緊急の呼び出しを受けたのは今年のはじめのことだ。彼は熱病に冒された伯爵から、常識はずれの補足書を付した新たな遺言状の保管を託された。そのような条件をつける必要はないだろうと進言したが無駄だった。息子に称号だけ受け取ってイベリア半島にさっさと戻られてはたまらないと伯爵は言い張ったのだ。

チャーチワードはロンドンに帰り、スペインにい

式に着ていく服を捜し出し、レディに愛想よく振る舞う術《すべ》を思い出すとしよう。長く戦場にいた者には、むなしい望みかもしれないが、デラバルのためならそうするしかないだろう」彼は笑った。「ひと月足らずで結婚式の支度を整えられる花嫁がいたら驚きだ。女性が婚礼の準備にどれほど時間をかけるか、父は知らなかったのだろう」

チャーチワードはそっと息をついた。「では、お父上の計画に従われるのですね？」

ロブは自嘲《じちょう》気味に微笑《ほほえ》んだ。「それ以外、道はなさそうだ。とはいえ、条件をつけるときにもう少しぼくの人権を尊重してほしかったな。花嫁を見つける場として、なぜ父がいとこの結婚式を選んだのか、聞いているか？」

チャーチワードは机の上の書類を整理し始めた。彼も、ご子息にはもっと広い選択肢を与えるほうが公正ではないかと、先代の伯爵に主張したことがある。だが返ってきたのは、公正でなくてかまわない、という答えだった。ロブは、結婚式に出席するレディたちとは知り合いなのだから、当然それ相応の女性と結婚することになる、と。もちろん、相応の女性とは貴婦人のことだ。

「お父上は、縁戚《えんせき》関係のある相手と結婚するのがいちばんだとお考えだったのでしょう。もしくは知り合いの中から選ぶべきだと」チャーチワードが答えた。

ロブは笑った。「だったらなぜ最後まで自分で仕切って婚約させなかったのかな」彼は皮肉をこめて言った。「花嫁をつかまえる幸運に恵まれるよう祈っていてくれ、チャーチワード」

「幸運など必要ないでしょう。あなたはもっとも理想的な花婿候補です」

「からかうなよ、範囲は狭いんだ。いとこの結婚式に来るレディだけなんだぞ。招待客のリストが長いことを願うしかないな」

「はい」弁護士は楽しくなさそうに言い、そわそわと羽根ペンをもてあそんだ。ついにロブの祖母の遺言内容を明かすときが来たのだ。とても平静ではいられない。だが、老貴婦人の精神は間違いなく正常だった。十年前に夫を射撃事故で亡くしたあとますます変人ぶりは激しくなったが、決して頭はおかしくなかった。

「実は、おばあさまの遺言状もあるのですが」チャーチワードはおずおずと言った。「思うに、つまり……あの方にはいくらか常識にとらわれないところがおありで」

ロブは顔を上げた。とび色の目にとまどいの表情がある。「その点はだれも疑わないと思うが、いったい何を言いたいのだ？　祖母の遺言状はまともなんだろうね？」

チャーチワードは先代の伯爵の遺言状を引き出しにしまい、二通目を取り出した。こちらのほうがはるかに短い。

「先々代の未亡人があなたに財産を遺《のこ》すつもりだったことはご存じでしたか？」

「最後に会ったときにその話は聞いた。どうせわずかな金額だろうと思った。祖母自身の土地はないし、宝石類はすべて家伝の品だから」

チャーチワードは笑みを広げた。老貴婦人はちょっとした冗談を大いに楽しんでいた。財産がないように振る舞うのもそのひとつだ。

「実は、合計四万ポンドもの投資金をお持ちでした」

ロブは息をのんだ。部屋を横切ってきて、ふたたび腰を下ろした。「どうしてそんな金を？」

「鉱山です」弁護士は簡潔に言った。「鉄鉱石ですよ。大もうけされまして」

「なるほど。それをずっと黙っていたのか？」

「はい。貴族社会では口にしないほうがいいとお考えになったのでしょう」

ロブは肩をすくめた。「祖母は気位が高かったからな。その金をデラバルのために使えるなら、出所などぼくはまったく気にしない」

「これだけあれば充分です」チャーチワードはさらりと言った。「お父上の遺産と合わせて相当立派に立て直せるでしょう」また咳払いをした。もう逃げようがない。彼は大きく息をついた。「ただし、こちらにもひとつ、条件がついています」

ロブは椅子の背に寄りかかった。「やはりな」彼は皮肉っぽく言った。「まともなものだとは思っていなかったさ」

チャーチワードは眼鏡をはずし、乱暴にふいてからかけ直した。何も言わない。ロブは探るように弁護士を見た。

「話しにくそうだな、チャーチワード。ぼくが自分で読むほうが楽かもしれないね」

弁護士は安堵《あんど》のため息をつき、遺言状を手渡した。

「おそれいります。たぶん、それがよろしいかと」

沈黙が流れ、部屋の隅にある大きな箱時計の針の進む音と、チャーチワードが落ち着きなく指で羽根ペンの先をぱちんと折る音だけが聞こえた。ロブはすばやく一読したあと、また読み返し、突然眉間《みけん》にしわを寄せた。チャーチワードは息を殺し、彼が怒りを爆発させるのを待った。しかし、彼は大声で笑いだした。

「あきれたね」ロブは顔を上げた。とび色の瞳に嘲笑的な光をたたえている。「父と祖母が書類を見せ合わなかったのが残念でならない」

「まったくです」チャーチワードは心から言った。

ロブはまた遺言状を読んだ。三度目だ。「チャーチワード、もし間違っていたら正してほしいのだが、ぼくは父の指示どおりに結婚すれば三万ポンドを相続する」

「そうです」

「さらにこの遺言状を読んだ日から百日、禁欲すれば、祖母の四万ポンドも相続できる」

チャーチワードは顔を赤らめた。

「はい、そのとおりです」

「つまり、一カ月以内に結婚し、三カ月のあいだ禁欲生活を送れということだな」

ロブは平然と読み上げた。

「相続を受けるに値する者であることを証明するために、孫息子ロバート・セルボーンには財産の処し方についてわたしが期待する節度ある態度を私生活でも実践してもらいたい。つけ加えておくが、わたしはロブにとってこの条件はさほど過酷ではないと信じている。彼は今までずっと自分をきびしく律してきた」ロブは顔を上げた。「ありがとう、おばあさま」彼はさらに続けた。「しかし自制心を鍛えるに越したことはないでしょう。最近の若者の風紀の乱れははなはだしい。そこでわたしはこの書状を読んだ日から百日間の禁欲という条件を設け」ロブは口元に笑みを浮かべたまま書類を置いた。「まったく信じられない。これは有効なのか？」

弁護士はもぞもぞして座り直した。「有効だと存じます。遺言状を作成なさったとき、先々代未亡人には正常な意思があり、証人がいて、署名もすべて正しくなされています。もちろん異議申し立てはできますが、お勧めしません。裁判を切り抜けねばならず、いろいろ憶測されるでしょうから」

「物笑いの種になるというわけだ」ロブは遺言状の続きにざっと目を通した。「条件を満たせない場合は、またしてもいとこのファーディに遺産が譲られるのだな。これは少々きびしいぞ。ファーディは百日どころか十日の禁欲もできないだろう」彼の目が愉快そうに光った。「条件を守ったことはどうやって確認するんだ、チャーチワード？　まさか毎日きみに報告する必要はないだろう」

弁護士は真っ赤になった。「ちゃかさないでください。おばあさまは決してそういう品のないことをお考えではなかったはずです。すべてあなたの良心に任されています」

ロブは立ち上がった。「すまない、きみの繊細な神経を逆なでしたかな」彼の目はまだいたずらっぽく光っている。「これ以上話すことはなさそうだな？　ぼくはデラバルの復興に必要な財産を相続するため、二通の遺言状の要求に従わなければならないわけだ。大急ぎで結婚したあと百日間、禁欲をしてね」彼は手を差し出した。「ありがとう、チャーチワード。いつもながら、大変世話になった。もしぼくが父と祖母の遺言状の中身を知って、失礼な態度をとったとしたらあやまる」

弁護士は力をこめて握手した。「どういたしまして。お気持ちはわかります。このような異例の条件をつけるのはおやめになるよう申し上げたのですが、おふたりとも頑固で」

ロブはにやっと笑った。ようやく顔が明るくなった。「ありがとう、だが気遣いは無用だ。きみの立場がむずかしいのはわかるし、力添えには感謝している」彼は別れの挨拶の代わりに手を上げた。「ふたつの条件を満たしたら連絡する。あるいは満たせなかったときにも」

ロバートは出ていった。チャーチワードは廊下を去る確かな足音と、事務員たちに挨拶する声を聞いた。それから深々と椅子に座り、机のいちばん下の引き出しに手を伸ばした。そこには非常事態に備えてシェリー酒を一本隠してある。若き伯爵との会見はまさに非常事態だった。あんな経験ははじめてで、どうにか乗りきれたのは冷静沈着なロバート・セルボーンのおかげだ。

チャーチワードはシェリー酒を少しつぎ、感謝しながらちびちび飲んだ。そしてロブがいとこの結婚式で花嫁候補を見つけられるよう心から願った。彼のことが好きだから、幸せな結婚をしてほしい。無理強いされて早急に結婚すると、始まりがひどいことがある。あるいは、終わりもひどいときが。チャーチワードは悲しげに首を振った。新しい伯爵が二通の遺言状の過酷な条件を受け入れたとしても、それに耐えられる女性はまれだろう。

チャーチワードはグラスを空にし、セルボーン家に関する書類を引き出しに戻した。それからもう一杯シェリー酒をついだ。二杯目の酒に見合うだけの働きはしたと思いながら。

ミス・ジェマイマ・ジュエルは腰をかがめ、寝室の隅に追いやられていた鉄張りの貴重品入れ《アーマーダチェスト》を引っ張り出した。ふたを開けるとラベンダーのかすかな香りが漂い、鼻をくすぐった。いちばん底のほう、嫁入り支度用にとってあるシーツや枕《まくら》カバー類の下に彼女が結婚式の衣装と呼んでいるものがある。それを取り出し、明かりにかざした。

「ほらね。アイロンをかけなければだめだけれど、どこも問題はないわ」

兄のジャックはベッドの足元にもたれかかっている。彼は不服そうに首をかしげた。

「身長は伸びていないだろうね、ジェム？」

「もちろんよ」ジェマイマはちらっと兄を見た。「わたしは二十一歳、もう大人ですもの」

ジャックはにやりとした。「でも、その服は丈が短い。くるぶしが出てしまうだろう」

ジェマイマはため息をついた。彼女は結婚式の衣装がきらいだった。それは結婚式や特別な行事のときに着る煙突掃除人の晴れ着で、ごわごわした黒いキャンブリック地のフレアースカートに、白いシュミーズと、石炭のように黒く光るボタンのついた体にぴったりの上着の組み合わせだ。戸棚には黒いシルクのストッキングときれいに磨かれた黒いブーツが入っている。それに真っ黒なビーズを刺繡《ししゅう》したヘアネットも。

ジェマイマの両親はお金をかせぐために彼女に物心がつくころからこの晴れ着を着せた。ほんの幼いときから彼女とジャックはあちこちの結婚式で歩かされた。その愛らしさにレディたちは歓声をあげ、縁起かつぎのキスをしたものだ。結婚式に煙突掃除人が来ると幸せになれると言い伝えられていて、ふたりはいつも引っ張りだこだった。ジャックは二十三歳の今でも人気者で、黒い巻き毛といたずらっぽい黒い瞳でレディたちを夢中にさせている。路地裏出身の男に熱を上げるような貴婦人に気に入られる魅力はわたしにはないとジェマイマは冷静に思った。

紳士たちに、本当なら蹴飛《けと》ばしたい気持ちを抑えて笑顔でやんわり誘いを断らなければならないときがある。いわゆる紳士の中には職人の娘を格好の遊び相手と決めてかかる人があまりにも多く、ジェマイマは驚かなくなっていた。

「お父さんは猫を連れていくのかしら?」父親のアルフレッド・ジュエルはいつも黒猫のスーティを肩にのせて結婚式に行くのだ。

「当然だろう」ジャックはにやっと笑った。

ジェマイマは顔をしかめた。「何もかもごまかしじゃないの。もう、うんざり。まるで貴族のための余興みたいに煙突掃除人の子が盛装して歩くなんて」

「もうかるんだよ」ジャックはさらりと言った。「ひと財産作ったとはいえ、いまだに父さんは実入りのいい仕事は断らない」彼は箱の上に座った。「たぶん、もうじきおまえは自分の結婚式に出ることになるぞ、ジェム」横目で妹を見ながらつけ加えた。「結婚予告をすると父さんが話していた」

ジェマイマは兄の視線を避けて肩をすくめた。冷静に振る舞おうとしたが、恐怖がのどまでこみ上げてきた。婚約したのは二年前で、もう結婚式を挙げることはないと思い始めたところだ。婚約者のジム・ヴィールは別の煙突掃除人組合の親方の息子だ。彼の父親はロンドンの一等地ウェストエンドでおいしい仕事をアルフレッド・ジュエルと分け合っている。彼らの顧客リストは『バーク貴族名鑑』さながらだ。ジュエル家にとってヴィール一族との結婚は願ってもない良縁だった。特にジャックもヴィールの娘マティと婚約しているとなればなおさらだ。ただ、問題がひとつある。ジェマイマは結婚したくなかったのだ。相手がジム・ヴィールであれ、だれであれ。

「そんなことにはならないでしょう」彼女は無関心を装いながら落ち着いて言った。


「いや、なるよ、ジェム。あきらめろ」

ジェマイマは振り向き、兄の目に浮かぶ哀れみに気づいた。彼女は突然、黒いスカートと白いブラウスをベッドの上に放《ほう》って窓辺に行き、屋根が重なり合った景色を見つめた。半月の上をちぎれ雲が流れ去り、ロンドンの無数の煙突から上る煙がもやのように低くたれこめている。星がひとつまたたいて消えた。ジェマイマはその星に目を凝らし、わたしの世界がどうか変わりますようにと祈った。彼女はこぶしを握った。

「兄さんはマティと幸せになれると思うの？」

窓ガラスに映ったジャックの顔が見える。ほとんど無表情だ。深刻なことや心中をきかれたときはいつもこうだ。何年か前、ジャックは恋をした。だがみじめな結果に終わり、今はマティを愛しているふりさえしようともしない。マティとどんな人生を歩もうと、兄は遠い昔の思い出の中だけで生きていくのだろう。

「もちろん幸せになるさ」一瞬の間を置いてジャックは言った。「マティはいい娘だ。ジム・ヴィールも同じくらいいい男だよ」

ジェマイマは自分の体に両腕をまわした。「いい人なのはわかるわ。だからよけい困るの」彼女は振り向いた。「ジムはやさしくて穏やかで、どうしようもなく退屈なの。一週間もしないうちに窒息してしまうわ」

「彼はいい男だ」ジャックはくり返した。「父さんがぼくたちにしたように殴ったりはしないだろう」

「ぼくを、でしょ」ジェマイマは笑みを浮かべながら訂正した。「わたしはたいてい逃げたもの。兄さんが盾になってくれたおかげで」

ジャックは照れたように肩をすくめた。「おまえよりぼくのほうが大きかったから耐えられたんだ」

ふたりは顔を見合わせて微笑んだが、すぐにジェマイマはため息をついた。「でも今度はその盾を期待できそうにないわね、ジャック。わたしを助ける気はないんじゃない？　文句を言わずにジムと結婚すべきだと思っているのでしょう？」

ジャックはむっつりして、磨きこまれた床からはがれた木片を蹴った。

「おまえをあんなおかしな学校に入れたのが間違いだった」彼は不機嫌そうに言った。

「わたしが身の程知らずな考えを持ったから？」ジェマイマがたずねた。

「おまえを不幸にしたからだ」

ジェマイマはため息をついた。兄の言うことは正しい。彼女は最近、丸い穴に無理やり押しこまれた四角い杭《くい》のような気分なのだ。

ふたりがまだ幼く、父親に言われるまま煙突に上っていたころはことがもっと単純だった。ジェマイマは十一歳まで上ったが、当時すでにアルフレッド・ジュエルは羽振りがよくなり始めていたので、見習いを雇い、自分の娘は青鞜《せいとう》会の創始者として有名なミセス・エリザベス・モンタギューが作った煙突掃除人の子どものための学校へ入れた。ジャックは勉強ぎらいで、いつも日曜学校をさぼったため、ほとんど読み書きができない。しかしジェマイマはミセス・モンタギューに頭の回転の速さとたぐいまれな向学心を見いだされ、かわいがられた。そして、勉学を続けるために、やはり彼女の創設したストロベリー・ヒルにあるレディのための学校に送りこまれた。その結果、教養は豊かになったが、職人の妻として幸せになるための術は身につかなかった。

ジャックは妹に近寄って軽く抱いた。「そんな悲しい顔をするな」彼はぶっきらぼうに言った。「ジムと結婚するのも悪くないだろう」

うまくいくはずがない、とジェマイマは思う。

「わたしは分不相応な教育を受けてしまったのね」彼女は兄の肩にもたれて言った。「上流社会にはとけこめなかったし、今は本来いるべき社会になじめないわ」

「わかるよ」ジャックは腕の力を少しゆるめた。「それでもぼくはおまえが好きだ」

ジェマイマはいくらか気持ちが明るくなった。兄を慕っている理由のひとつは、彼が妹の教養をどうとも思わないことだ。父親はまるで娘がわけのわからないものになったかのように怒鳴り散らす。母親は不思議そうな目を向け、ジェマイマを落ち着かなくさせる。古い友人たちは彼女の気位が高くなったと思って敬遠する。ジャックだけが昔とまったく同じに接してくれるのだ。

「結婚しないで、どうするつもりなんだ?」ジャックは突然、興味を示してきいた。

ジェマイマは微笑んだ。現実ではなく夢の話に変わった。「そうね、本を読んだり、講演会や展覧会に出かけたり、ピアノを弾いたり」

「退屈するぞ」ジャックの黒い瞳にからかいの表情が浮かんだ。「おまえは遊んでるだけじゃ満足できないからな」

ジェマイマは顔をしかめ、黙った。確かにそうだ。彼女はいつも目標に向かって励んできた。最初は煙突上りに、次は勉強に、そして今は父親の仕事を手伝って事務に。学校では生活のために働くということが理解できないレディが大勢いて、あまりの無邪気さにあきれたものだ。だれもが生活の心配がない生き方を選べるわけではない。

「だったら音楽家になるわ。そして劇場で歌うの」

ジャックはため息をついた。「それは女性にふさわしい職業じゃない」

「あら、煙突掃除ならいいの？」

「そういう問題ではない。わかっているだろう。女性にとって堅実な唯一の道は結婚だよ」

「ばかばかしい」ジェマイマは兄をにらんだ。「学校の先生や家庭教師になってもいいはずよ」

「家庭教師になりたいと心から思っているのは、ぼくの知るかぎりでは、おまえだけだ」

「わたしの立場に合う気がするの。中途半端で、どっちつかず。上流階級でもなく、使用人でもない」

「だからこそ、ジムと結婚して頼もしい職人の妻にならなきゃいけないんだ」ジャックはせかせかと部屋を横切ってくるみ材の書棚まで歩き、ジェマイマの小説を何冊か手に取って背表紙を見つめた。「ジムのおやじさんは家に書棚をいくつか作る必要があるな。才女を嫁に迎えるんだと、えらく自慢しているそうだよ」

ジェマイマは顔をしかめた。ひけらかされるのも、戦利品のように思われるのもいやだった。彼女の才知を喜んだ人たちがどれほどすぐに困惑するかも知っている。家族や友人より自分のほうが立派だという意識はないが、なぜかうまくなじめず、相手もそれを感じてしまうのだ。

彼女の表情を見てジャックも顔をしかめた。「父さんはおまえのために最善だと思ってこの縁談を進めているはずだ」彼の表情が曇った。「たぶん父さんにとっても最大の利益になるだろう。ヴィール家と姻戚関係ができればみんなのためになるんだよ」

ジェマイマはうなずいた。「そうね」彼女は自分を哀れむ様子もなく冷静に言った。「世間とはそんなものよね。たとえわたしが短い柄のついたブラシではなく銀のスプーンを持って生まれたとしても、やっぱり利益のために結婚させられたでしょうから」

ジェマイマは早くからそれを学び取った。彼女は結婚について冷めた見方をしている。使用人でも侯爵夫人でも大差ない。結婚とは取り引きであり、愛は関係ない。結局そういうことなのだ。

「ジムとの話を断ったりしないよな?」ジャックは急に不安そうな顔をした。「父さんがどんなに怒るかわかるだろう」

ジェマイマの胸に恐怖とみじめさがこみ上げた。アルフレッド・ジュエルはいつも暴力で子どもたちを抑えつけてきた。彼女はベッドに戻り、黒いキャンブリック地のスカートを手に取ってしわを伸ばした。

「ええ」彼女はゆっくりと言った。「断らないわ」

2

その日は早朝から天気がよかった。ロブはまだみなが動きだささない時間に散歩に出かけ、ハイドパークをぶらぶら歩いた。イベリア半島にいたとき、昼間は溶鉱炉のように暑くなるので、夜明け前の涼しいうちに散歩する習慣がついたのだ。早朝の散歩がひとりになれる唯一の時間だった。毎日、すがすがしい朝の静けさを楽しみながら、鳥の鳴き声や虫の羽音や、人々が生活を始めるかすかな音に耳を傾けた。仲間の将校たちには〝孤独なセルボーン〟と呼ばれて冷やかされたが、やがてそのあてのない散歩が、将軍の命にかかわる陰謀を偶然に見つけ、未然に防ぐ役に立ったので、それからは大いに尊敬を集めた。

今朝ロブを待っているのはそのような劇的な事件ではなく、ごく普通のいとこの結婚式だ。しかもそれがさえない家畜市場のような雰囲気になってきた。ぼくが性急にプロポーズする相手はアンの不運な友人か親戚《しんせき》のどちらかだろう。そう考えて、自尊心の高いロブはぞっとした。打算的な求婚はぼくの主義に反する。

彼は昨日の午後、チャーチワードに会ったあとでセルボーン叔母を訪ね、戦地から戻った挨拶《あいさつ》をして翌日のアンの結婚式に喜んで出席すると伝えた。一家は歓声をあげて迎え入れ、特に昔から仲のよかったファーディは大喜びだった。ロブはファーディの妹のオーガスタに会ってもあまりうれしくなかった。彼がイギリスを離れているあいだに、意地悪な少女から口うるさい大人の女性に変わっていたのだ。もしオーガスタと結婚するはめになったら、従軍中の日々が改めて魅力的に思えるだろう、と彼の気持ちは沈んだ。

結婚式に招待されている花嫁候補は多くはなさそうだ、とわかったのもこの午後だ。ささやかなパーティになるとかで、どの程度のものかセルボーン叔母ははっきり言わなかったし、ロブも不審を抱かれるのがいやで詮索《せんさく》せずにいた。だが、期待できる状況には思えなかった。

そして、そのとおりだった。ロブはこれほど地味な結婚式に出席するのははじめてだ。先代のセルボーン伯爵の死が式全体に暗い雰囲気をもたらしているのは明らかで、アンには少々気の毒だった。信徒席は半分ほどしか埋まっておらず、オルガンの演奏は極力音を抑え、花までも元気がないように見えた。

「実のところ」ファーディがロブの隣の席にそっと座り、声をひそめて言った。「きみのお父上が亡くなって一年にもならないから、母は来春まで延期したかったんだ」彼は咳《せき》払いをした。「知ってのとおり、礼儀にうるさい人だからね。ただ、アンがどうしても承知しなくて、控えめにするということで折り合いをつけたんだ」ファーディはいやそうな声を出した。「まったく、地味な結婚式だよ」

ロブは用心しながら半分空席の教会をちらっと見まわし、絶望的な気分になった。

「どの程度、控えめなのかな?」

「ごく内輪の式さ」ファーディは陰気に言い放った。「親族だけのね」

ロブはつばをのみこんだ。「全部で五十人?」

ファーディは彼を見た。「四十人ぐらいかな。ほら、うちは親族が多いほうではないから」

ロブは急いで頭の中で計算した。四十人のうち半数は女性だろう。ただ、セルボーンの家系に生まれるのはほとんどが女ではなく男だ。たとえば、叔母のクラリッサ・ハーリーのところは息子が五人……。

彼はもう一度、式場を見まわした。数えてみると、女性の出席者は十五人で、そのほとんどが既婚者か子どもか、年をとりすぎているかただ。

花嫁の付き添い役の中で唯一の成人女性であるオーガスタ・セルボーンは、派手な薔薇《ばら》の刺繍《ししゅう》のついたオレンジ色のオーガンジーのドレスを着て、いばっているように見える。ロブと通路を隔てた席には、あまり評判のよくない遠縁のレディ・キャロライン・スペンサーが、胸元を広く開けた下品な青いシルクのドレスを着て座っている。彼女はロブにウインクして、隣の席を軽くたたいた。彼は突然目が悪くなったふりをした。花嫁候補になる女性はキャロラインとオーガスタだけらしい。みじめな運命が着実に彼に迫っていた。

オルガンの演奏が少し大きくなり、花嫁が祭壇に向かって歩き始めたので、ロブはまっすぐ前を向いた。式のあいだは参列者をじろじろ見ないようにしようと決めた。最悪の事態が起きるかどうかを確認する時間はまだたっぷりある。

やがて、小人数ながらも高貴な人々がそろって外の階段に集まった。ロブは立ち止まり、ファーディの姿を捜してあたりを見渡し、新郎新婦を囲む人だかりの中にようやく彼を見つけた。アンは伝統に従って煙突掃除人から幸運をもたらすキスを受け、心からの抱擁に頬を紅潮させている。花婿がいらだちをあらわにするのも無理はない、とロブは思った。その煙突掃除人は二十三歳ぐらいのがっしりした若者で、黒い瞳を輝かせて笑みを浮かべているからだ。あの男なら新郎の鼻先で新妻をさらっていきかねない。

ロブは苦笑した。彼自身、幸運はほしかったが、たとえ父親の遺産のためであっても、ハンサムな煙突掃除人に抱き締められたくはない。

人の群れが散りかけたとき、煙突掃除人の妻も来ているのがわかった。少し離れたところに若い女性が立っている。体にぴったりした黒の上着に、ごわごわしたフレアースカートという伝統的な衣装だ。スカート丈が短くて黒いブーツを履いた美しい足首がのぞき、ぴちっとした上着のせいで均整のとれた体の線が見て取れる。漆黒の髪を頭の上で結って、黒いビーズのついた黒いネットですっぽりおおっている。そのビーズが陽光にきらりと光った。肌は透き通るように白く、卵形の顔に大きな目。かなりの美人だ。

彼女は見つめられている気配を感じたかのように振り向き、ロブの視線をとらえた。ロブはみぞおちを殴られたように、一瞬息が止まった。女性の瞳の色が紫がかった青だとわかる。彼女は視線をそらすことなく、落ち着いた様子でこちらを見ている。

ロブは無意識に足を踏み出した。まるでそこにだれもいないかのように人々のあいだを抜け、挨拶をされても完全に無視した。

四歩で女性のそばまで行った。彼女は小柄だ。身長はロブの肩ぐらいで、彼に視線を合わせるには上を向かなければならない。今は、彼を見上げながらわずかに落ち着きを失っている。彼の次の行動がまったく読めないようだ。

ロブはポケットを探り、ギニー金貨を一枚出した。金貨が夏の太陽に光った。

「ぼくは幸運がほしい」彼は言った。「このコインで一回キスをさせてもらえないだろうか？」

ジェマイマは花嫁といっしょにいるジャックを見ながら、あの花嫁はまるで花婿よりも兄さんに夢中みたいね、と皮肉っぽく思った。彼女はこうした催しが大きらいだった。鼻持ちならない上流階級の人たちが笑い興じる一方で、父親はさかんに愛想を振りまいて気のいい煙突掃除人の親方役を完璧《かんぺき》に演じる。何もかもまやかしだ。現実の煙突掃除人は煤《すす》にむせ、灼熱《しゃくねつ》にあえいでいる。足にたこを作り、肘に血をにじませ、肺の中をほこりだらけにしてくたくたになるまで働き、固く冷たい床で眠るのだ。かぐわしい香水をつけた人々の暮らしとはかけ離れている。でも、高貴な方はそんなことを知りたくないだろう。彼らはまやかしに金を払い、父はお金のためならなんでもするのだから。

ふいに刺すような視線を感じた。だれかに見られている。彼女はゆっくり振り向いた。

群集の端に男性が立っていた。ジャックほど肩幅は広くないものの、背はかなり高く、とび色の豊かな髪が風になびいている。褐色に日焼けした彫りの深い端整な顔に、何やら深刻な表情が浮かんでいる。

ジェマイマは胃のあたりが痛くなった。思わず見つめると、男性はそれで自信を持ったらしく、結婚式の人込みを縫ってこちらへやってくる。知り合いが声をかけても払いのけ、無視された相手が驚いてあとずさるのが見えた。男性はどんどん近づき、ジェマイマは冷や汗が出るほど怖くなったが、逃げることもできない。彼はたちまちそばに来た。

ジェマイマは彼を観察した。ハンサムだけれど、貴族の若者にありがちな無鉄砲な雰囲気がある。命令することに慣れた者の傲慢《ごうまん》さ。彼女のきらいな物腰だ。

男性の瞳はとび色で、その奥に温かいものが感じられた。口元は引き締まり、唇の両端がいつも微笑《ほほえ》んでいるかのようにいくらか上がっている。そして実際、今のように微笑むと、とても魅力的な笑顔になる。

彼は一ギニーを持っていた。

「ぼくは幸運がほしい」彼はまるでかごに盛ってある苺《いちご》を注文するように言った。「このコインで一回キスをさせてもらえないだろうか？」

ジェマイマははっきり断ろうとした。だがそのとき、打算的な目でじっと金貨を見ている父親に気づいた。彼女はそれをつかむと歯でかみ、わざとふてぶてしい表情をした。これも演技のひとつだ。

「本物のイエローボーイね」彼女は少女時代に煙突掃除人の仲間内で使っていた言葉を口にした。「そして、あなたは本物の紳士だね」

彼女は金貨を空中に放《ほう》り、すぽっとポケットにおさめた。

紳士はうれしそうだった。目の表情が生き生きして、ジェマイマはぞくっとした。

「両方とも、間違いなく本物だ」彼は言った。「きみをだましたりしないよ」

彼の声は穏やかで、足元の敷石と同じぐらい温かい。ジェマイマは足がふらつくような気がした。わたし、どこか具合でも悪いのかしら。

「わかったわ」少し声がかすれた。「幸運のキスを一回ね」

ジェマイマは普通の軽いキスだと思って頬を差し出した。だが紳士は顔を近づけ、彼女の唇に唇を触れたあと、強く押し当てた。彼女の全身を熱い血が駆けめぐった。

彼がうしろへ下がった。ジェマイマは目を開け、まばたきをして、彼の笑顔をはっきりと見た。

「これくらいでやめておこう。きみのご主人を怒らせたくないからね」

ジェマイマは彼の視線の先を見て、少しうろたえた。「主人ではないわ。兄のジャックよ」

そう言ったとたん、しまったと思った。紳士の目がいたずらっぽく光った。

「それなら、金貨に見合うだけキスをしよう」

二度目は強烈で、めまいがするほどだった。官能的で濃厚で、何も考えられなくなる。ジェマイマの体を興奮が貫いた。両手で男性の上着をつかみ、その手を首にまわして引き寄せた。自分がどこにいるのかもわからない。結婚式も群集も、通りのざわめきも色も、意識から遠のいていく。すべて現実には思えない。ただキスの激しさとたくましい体と、自分の心臓の音だけを強く感じた。

ジェマイマは世間知らずの純情な娘ではない。路地裏で育ち、愛や恋に幻想は抱かない。子どものときから、欲望のためにあるいはお金のためにかかわり合いを持つ男女をさんざん見てきた。教会の承認を得て結婚する場合もあるし、そうでない場合もある。ミセス・モンタギューの学校に在籍中は、恋のため息をつく同級生たちが滑稽《こっけい》に思えた。みんな上流社会の紳士にあこがれ、友人の兄弟に熱を上げた。ジェマイマはあえて何も言わなかったけれど、いずれも良家の令嬢である友人たちが、親の勧める結婚をするのはわかっていた。何人かは愛のために結婚するかもしれないが、その少ない中のさらに何人かは、恋に落ちたのと同じぐらい急速に熱が冷めるのだ。

ジェマイマはジム・ヴィールと結婚したくなかった。それでも、彼を愛していないからではない。そんなことはどうでもいいのだ。彼女が思うに、愛は結婚の役には立たない。人を弱くするだけだ。そう悟ったのは、ジャックがベス・ロサに恋するのを見たときだった。ベスが死んで、赤ん坊まで奪われたあと、ジャックは何カ月も無口になり、その後はうわついた女たらしに変身してレディたちをとりこにしている。

わたしは愛とは無縁だ、とジェマイマはずっと思ってきた。けれども、こういうつらい教えにもかかわらず、いかに愛が人を盲目にするかを突然知らされた。愛が計り知れないものだということを理解した。

　激しいキスが弱まった。唇が離れ、ジェマイマは紳士の胸を押して体を離した。てのひらに彼の鼓動が伝わった。一瞬、彼の目にもジェマイマが感じている熱情と興奮が表れた気がした。だがすぐに、われに返った。わたしは煙突掃除人の娘で、婚約者がいる。ハンサムな紳士にのぼせ上がってなどいられない。

「幸運を欲張りすぎてはいけませんわ」ジェマイマは落ち着きを取り戻し、無意識に、ミセス・モンタギューの学校で七年間教えこまれた上流階級特有の口調で言った。

　紳士は目を細めた。「ほう、突然レディに変身するとは。どういうことかな？」

　ジェマイマは正体を見せてしまったことに気づき、うろたえた。そのとき、女性の声がした。「ロバート、よく来てくださったわね、うれしいわ。でも、煙突掃除人の娘なんかとキスをしたの？」彼女はもう少し礼儀正しい挨拶をするために、おしろいをつけた頬を差し出した。「あきれた。どんな病気がうつるかわからないわよ」

　ジェマイマはレディを見た。年齢はわたしと同じくらいだわ。高慢そうな細い顔に薄笑いを浮かべている。花嫁の付き添い役にしては派手なドレスを身にまとい、薔薇の花がたくさんついた頭飾りをつけている。まるで花屋の荷車に頭を突っこんだみたいだわ、とジェマイマはひそかに思った。

「おはよう、オーガスタ」紳士の声の調子にはっとして、ジェマイマは振り向いた。怒ったような硬い表情が見えたが、それ以上何を言うかは聞かなかった。二、三歩下がったところで、すぐそばにジャックがいるのに気づいてほっとした。

「大丈夫か、ジェム？」

「ええ」ジェマイマは自制心を取り戻した。「大丈夫よ、ありがとう」

「えらく気取った男といっしょだったな」ジャックはとげのある声で言った。「たたきのめしてきてやろうか?」

「やめて」ジェマイマは兄の腕をつかんだ。「何もなかったんだから」

彼女はちらりと紳士を振り返った。彼はまだオーガスタと話しているが、頭越しにジェマイマを見ている。そのまなざしにわずかに思いやりが感じられ、ジェマイマは落ち着かなくなった。

彼女は視線をそらした。「行きましょう、ジャック。もううんざりよ。お父さんももうかったでしょうから」

実際にそうだった。アルフレッド・ジュエルはポケットをふくらませ、うれしそうにコインをじゃらじゃらいわせている。肩にのった黒猫のスーティが、前脚をなめながら冷ややかに結婚式の客人を見渡している。

ジェマイマは最後にもう一度紳士を振り返りたい気持ちを抑えて、ジャックの腕に手をまわした。上着の裏地を通して金貨の重みを感じる。彼女はもう一方の手をポケットにそっと入れて、輪郭を指でなぞった。

煙突掃除人の娘と一回キスをするための一ギニー……。あの紳士との出会いをそれ以上のものと考えるのは愚かなことだ。結局、愛とは愚かな浪費なのだから。

「よし」ジャックは励ますように妹の腕をたたいた。「〈サル・スタントン〉で香辛料のきいたジンジャーブレッドをおごってやろう」

「うれしいわ」

しかし、アルフレッド・ジュエルの考えは違った。ふたりが方向を変えて去ろうとすると、あわててそばにやってきた。猫が厚地の黒いコートに爪を立てて肩にしがみついている。

「どこへ行く気だ？」

「ジンジャーブレッドを食べにね」ジャックは言った。やや横柄な、いつも父にとがめられたときに出る口調だ。ふたりの仲はジャックが年をとるにつれてどんどん険悪になっていくようにジェマイマには思えた。いつかとんでもない喧嘩《けんか》をするかもしれない。

「だめだ、許さん」父親は真っ赤になって怒った。「今日は丸一日の契約だ。結婚披露宴のあとはダンスがある。ジャック、おまえは花嫁と踊るんだ」

ジャックは深いため息をついた。「金持ち連中といっしょには食事はできないんだろう？」

「あたりまえだ」父はきっぱりと言った。「おれたちは厨房《ちゅうぼう》で使用人たちと食う」

「身の程はわきまえているさ」ジャックは小声でつぶやいた。彼はふたたびジェマイマの腕を取った。

「行こう。またせいぜい演技をしてやろう」


オーガスタ・セルボーンがほかの客人と話しに行ったあとも、ロブはまだむしゃくしゃしていた。ちょっと言葉を交わしただけで、彼女とは結婚したくない気持ちが強くなった。オーガスタは彼の気を引こうとしたが、煙突掃除人の娘を侮辱した瞬間に墓穴を掘ったのだ。あのときロブは、かつてないほど激しい怒りにかられた。オーガスタには昔から意地悪く人を見下すところがあったが、長年のあいだに無視できるようになった。だが今回は、むしょうに腹がたつ。あまりに久しぶりで、彼女がどんなに気が強いかを忘れていたせいだ、と彼は心の中でつぶやいた。

あたりを見まわしたが、煙突掃除人の娘の姿はない。オーガスタが特に卑劣なのは、口答えを許されない職人の娘を標的にしたことだ。彼女は美人だった。あんずの香りと蜜《みつ》の味がして……。ばかなことを考えるな、と自分を叱《しか》りながら、ロブは少し体を動かした。ぼくが求めているのは妻であって、愛人ではない。それにキスを金で買って女とつき合うようなまねはしたくない。なぜ急にこんな気持ちになったのか、まったくわからない。

あの娘は上流社会の口調を正確にまねできるほど頭がいいにちがいない。彼には衝撃だった。おまけにあの甘美なキス。ぼくはすっかり混乱してしまい、名前すらきかなかった。

ロブは身をかがめ、花嫁を祝福した紙吹雪に交じって溝に落ちていた名刺を拾い上げた。広告用のちらしの大きさで、浮き出し模様のある高価な紙に、王室の紋章もくっきりと押してある。

そこには〈アルフレッド・ジュエル。煙突清掃および夜間警備。グレート・ポートランド通り三番地〉と飾り書きされていた。ロブは笑みを浮かべた。明らかにミスター・ジュエルはその業界の親方で、広告の重要性を心得ている。ロブは名刺を折り、うわの空でポケットに押しこんだ。万が一、煙突掃除が必要になったら、すぐに連絡できる。それにあの娘を見つけたくなったときも……。彼は軽く首を振った。今はそんなことを考えている場合じゃない。必要なのは妻だ。しかし、まだ見つかりそうにない。

ファーディと友人のパーティ・パーショーが近づいてきた。ファーディがロブの肩をたたいた。「憂《ゆう》鬱《うつ》そうだな。オーガスタが言い寄ろうとしたのなら無理もないが。あいにく、母は披露宴のきみの席をあいつの隣に決めたらしいぞ」

ロブは顔をゆがめた。突然、人気者になったかのようだ。ふと、煙突掃除人の娘のことが頭に浮かんだ。おそらく彼女は披露宴で踊るだろう。ぼくは彼女を捜すべきではないだろう。だが、きっと捜し出す、と彼は思った。

ジェマイマがダンス会場を抜け出し、ようやく外の涼しい空気に触れたのは、夕方遅くだった。祝宴は延々と午後まで続いた。彼女とジャックはダンス会場に呼び出されるのを待ちながらじっと座り、組み合わせた手の親指をもてあそんでいた。貴族の気まぐれのためにほかの仕事を丸一日断るなんて、父はよほど大金を受け取ったにちがいないとジェマイマは思った。使用人たちは招待客に充分な食事と飲み物を出すのに忙しく、大天幕のあいだを往復していた。その合間に彼女たちにもベイクド・ポテトとシチューを食べさせてくれた。やがてダンスが始まると、ジェマイマはまるで消耗品のポートワインの瓶のように紳士たちの手から手へ渡された。彼女はそれがいやでたまらなかった。彼らは露骨にいやらしいことをするわけではなく、妙な言葉をささやいたり、少々なれなれしく手を動かすだけだ。でも彼女はドレスの胸元に金貨や紙幣を押しこんでもらうため、そういった振る舞いをすべて笑顔で受け入れることになっている。父親の黒い目が抜け目なく監視を続けている。ジャックはいつの間にか姿を消していた。彼と踊りたくて張り合う熱狂的なレディたちの猛攻を受けたのだ。特に、胸元の広く開いた青いシルクのドレスを着た未亡人に。

外は涼しく、川からじわじわと上ってくる霧に秋の気配が感じられた。ジェマイマは屋敷から延びる小道をゆっくり歩いた。背後から軽快な音楽が聞こえる。彼女は歌の一節を小声で口ずさんだ。「北国の村娘、ロンドンに出てきてさまよった、この街はわたしに似合わない……」

松明《たいまつ》が道を照らしていたが、庭に人影はない。彼女は大きな樫《かし》の木の下で足を止めた。地面には落ち葉が積もり、歩くとさくさくと音をたてる。

「散歩ですか、お嬢さん？」

ジェマイマはぎょっとした。この庭に客人がいるとは思わなかった。声の主はすぐにわかった。おもしろがっているようなけだるい声は、教会の外でキスをした男性だ。ロバート・セルボーン。花嫁のいとこのセルボーン伯爵だ。祝宴の最中、ジェマイマは彼についての噂《うわさ》をあれこれ耳にした。伯爵の地位についたのはごく最近で、結婚して身を落ち着けるつもりらしい。陸軍へ入隊を主張して父親と仲たがいしたが、戦地では栄光に包まれて、ウェルズリー将軍からも高く評価されていたようだ。レディたちからは、りりしいけれど、冷淡だと思われている。うわついた恋はせず、オックスフォードシャーにあるセルボーン家の領地デラバルだけを愛しているという。

ジェマイマが祝宴で見かけたとき、彼はだれとも踊っていなかった。彼女はがっかりした。彼はわたしに目もくれなかった。少なくともわたしが一、二度、盗み見したときには。

今、薄暗い空を背にしてセルボーン伯爵が、暗い影のように目の前にいる。微笑みながら近づいてくる。離れなさい、とジェマイマの理性はささやくが、感情はとどまりたいと言う。なぜだかわからないけれど、この男性といっしょにいたい。でも、衝動的な振る舞いは慎まなければいけないこともわかっている。彼女は立ち去り際に言った。

「すみません。ここにほかの方がいらっしゃるとは思わなかったので」

「ぼくがいるからといって去ることはない」ロバート・セルボーンは言った。ジェマイマは彼が瓶に口をつけて飲み物を飲むのを眺めた。「ぼくはここに立って景色を楽しんでいるだけだ。しばらく外地にいたので、この美しさを忘れていた」

確かに景色はよかった。セルボーン家の屋敷は川辺の高台にあり、道が数箇所、川に向かって延びている。金色に輝く夕日が、ロンドンの街におなじみの灰色のもやの中を沈んでいく。

「きみも飲むか？」ロブが瓶を差し出した。

ジェマイマはそれを受け取り、おそるおそる飲んだ。甘くて体が温まった。「ポートワインですね。夏の夕暮れにぴったりだわ」

ロブは大声で笑い、振り返って川の向こうをじっと見つめた。「晴れた日のロンドンの夕暮れほど美しい光景はめったに見られるものじゃない」

ジェマイマは微笑んだ。「本当にきれいね」

「〝ロンドンに飽きたとき、その人は人生に飽きている〟」ロブが静かに言った。

「〝なぜなら、ロンドンには人生がもたらすすべてがあるから〟」ジェマイマは彼が引用した文の続きを結んだ。そして、ワインの瓶を返した。「あなたも飽きているのですか？」

ロブが振り向いた。質問の内容にも、彼女が問いかけてきたことにもびっくりしたようだ。使用人階級の者はめったに差し出がましい質問をしない。サミュエル・ジョンソンの文章を引用することもない。それでも、少ししてから彼は率直に答えた。

「いや、ぼくは飽きることはないだろう、ミス・ジュエル。田舎のほうが好きだがね。きみはどう？たぶん、ロンドンの別の顔を見ているはずだ」

ジェマイマは彼が名字を知っていたので驚いた。父の名刺を拾ったにちがいない。しかし、その名字を覚えていたほうがもっと驚きだった。彼女の経験によれば、上流階級の人々は労働者を〝おまえ〟としか呼ばないのがあたりまえなのだ。

「確かにわたしはうんざりするほど煙突を見てきましたし、それは死ぬまで続くでしょうね。それがあなたのおっしゃる別の顔という意味なら」

ロブは笑った。「貴族の結婚式で踊るのもうんざりか？」

ジェマイマは彼を見た。「楽しんでいるようには見えませんでした？」

彼女にロブの表情は読めなかったが、声にはまだからかっているような調子がある。「まるで歯を抜いたあとみたいだった。口元は笑っていても、目は違っていた」

ジェマイマはうろたえた。「よくおわかりですこと」

ロブは少し動いた。「きみをずっと見ていた」

ジェマイマはぞくっとして鳥肌が立った。「ほかの人はそうでないといいけれど」

ロブはまた笑った。「いや、みな注目していたよ、ミス・ジュエル、男性のほとんどがね。だが心配しなくていい。ぼくのほかに気づいた者はいないだろう。実際、きみは楽しそうに見えた」

ジェマイマは微笑んだ。「あなたも楽しそうでしたよ。花嫁の付き添いをした、あのすてきな女性にもてなされて」

「ということは、きみもぼくを見ていたのか。これはおもしろい。いとこのオーガスタには悪いが、きみといるほうがずっといい。もうわかるだろう」彼は肩をすくめた。「ぼくは彼女と踊るよりきみと話したくてここに来たんだ」

二本の樫の木のあいだに丸太作りのベンチがあった。ジェマイマは腰を下ろし、スカートのしわを伸ばした。

「ミス・セルボーンは安心しておいでしょうね」

「なぜ？」

「レディたちが話すのを聞いたからです。あなたはお嫁さん探しの最中で、いとこのミス・セルボーンが有力候補だと」

ロブが振り向いた。ふたりの距離は五歩ぐらいしかない。淡い月明かりの中でジェマイマの目に入ったのは、彼の真っ白なシャツと幅広のネクタイ《クラヴァット》だった。

「それは事実だ、少なくとも一部はね。どうして人に知れたのかはわからない。父の遺言なのだ、ミス・ジュエル。ぼくは、今夜集まったレディの中から妻を選ばなければならない。わが屋敷の修復に必要な財産を相続したければね」

ジェマイマは眉をつり上げた。「なんてきびしい条件でしょう。それで、気に入ったお相手がミス・セルボーンなのですか？」

「いや、違う。ぼくの理想が高すぎるのかもしれないが、どのレディにも魅力を感じない。こういう場合、きみならどうする？」

ジェマイマはまた眉を上げた。「わたしなら？たぶん、いちばん退屈しない、なんとかやっていけそうな人を選ぶと思います」

「いちばん退屈しない？」

「ええ。結婚生活は五十年続くかもしれません。興味を持てない女性とずっといっしょにいるのは退屈でたまらないでしょう」

ロブはうなずいた。「もっともなご意見だ。しかし、きみは愛には触れなかったね」

ジェマイマは軽く微笑んだ。「あまり関心がないんです」

「なるほど。多くの文学とは対照的だ。詩や小説はしばしば愛の喜びを絶賛するものだが」

「苦しみもです」

ロブが近づいてきて隣に座った。どこも触れなくてもジェマイマには彼の体温が感じられた。あらぬことを考えてはだめよ、と自分をいましめた。

「それはきみの経験かな？」

「違います。単なる観察に基づいた意見です」

ロブは彼女の手を取った。「それにしては、天使のようなキスをしたね」

握られていた指先がぴくっと震え、ジェマイマはあわてて手を引いた。震えは彼にも伝わっただろう。

キスという言葉を聞き、まるで蝶《ちょう》に触れられたように首筋がぞくぞくした。

彼女は動揺を隠してきっぱり言った。「あれは愛とは関係ありません」

「そうか。では何と関係があるんだ?」

ロブの声は低く、ささやくような響きだ。ジェマイマは妙な気持ちになった。彼女はうらめしそうにワインの瓶を見た。思った以上に飲んでしまったらしい。

「キスは……ああ、わたしの言いたいことはおわかりでしょう。キスは欲望とか肉体的な魅力にかかわる問題で、そういった危険な……」

「危険?」ロブが身を乗り出した。彼の袖《そで》がジェマイマの腕をかすめた。彼女はのどがからからになった。彼がすぐそばにいるのに、もっと近づいてほしい。彼女はわずかに残っている理性にすがろうとした。

「そうです、誤解を招くおそれがあるからです」彼女は立ち上がろうとした。「失礼します。わたしは披露宴で踊るためにお金をいただいているので、仕事はきちんとしなければ」

ロブはジェマイマの手首をつかんだ。きつくではないものの、どうしても去ろうとするなら引き止める、という意思が感じられた。

「待ってくれ。ここにいてもらうために、ぼくがそれ以上払うこともできるだろう?」

沈黙が流れ、足元の落ち葉を揺らす風の音しか聞こえなくなった。

「それはできません」ジェマイマは言った。「でも、特別にサービスしてあげてもいいわ、気は進まないけれど」

ロブは微笑んだ。薄暗がりの中で白い歯が光った。

「それにはキスも含まれるのかな? 危険かどうかはともかく」

「いいえ」

「あのときは承諾したじゃないか」

ジェマイマは心臓がどきどきした。脈の速さが彼の指にも伝わっているはずだ。「あなたは代金以上のものを受け取りました」

「そうだね」ロブは言った。「きみはいやだったのか？」

沈黙があった。彼はまだジェマイマの手首を持っていたが、今は力が抜けている。

「いいえ」ジェマイマはしかたなく正直に言った。「いやではなかったわ。でも、もう応じる気はありません」

「なぜ？」

ジェマイマはとがめるような目を向けた。「きくまでもないでしょう。もし職人の娘が気軽にキスをしていたら、ほかのものも気軽に与えるという噂が

……」彼女は肩をすくめた。

彼は笑っただけで、それ以上追及しなかった。

「わかった。それが誤解を招いて危険ということか」

「そうです」

ロブは手を放し、彼女から少し離れてベンチの背にもたれた。ジェマイマはほっとした。

「では、代わりに話をしてくれ」

「何の話をですか？」ジェマイマは冷ややかに言った。油断してはいけない。

「どこでサミュエル・ジョンソンを習ったのか。そして話し方も、あの」彼は言葉を切った。

「レディのような口調はどこで学んだのかでしょう？」

「すまない」ロブはいかにもすまなそうで、ジェマイマは好感を抱いた。「失礼なことを言うつもりはなかった。おそらく、レディに負けないほどの気品と教養は、生来のものではないだろう」

ジェマイマは微笑んだ。「確かに生まれつきでは

ありません。わたしは煙突掃除人の娘で、ねずみ捕獲人の孫だもの。ただ、厳格な道徳者として有名なミセス・エリザベス・モンタギューの指導を受けました。だからその気になれば公爵夫人のふりもできます」

ロブは低く口笛を鳴らした。「ミセス・モンタギューの生徒か。すばらしい」

「それほどでもないわ。あの方に目をかけていただいて感謝しています」

「だが、それだけの教育を受けながら、きみは自分を本物のレディではないと思うのか?」

ふたりの頭上の枝のすき間から月がのぞいている。月明かりでジェマイマは、ロブが深く腰かけてこちらを見つめているのがわかった。

「煙突掃除人の娘に教育を受けさせることはできるでしょう」彼女はかすかに微笑んだ。「でも結局わたしは、いまだに披露宴でダンスを踊っています」

ロブのほうに少し顔を向けた。「あなたはしばらく外地にいたとおっしゃったわね。だったら、いったん離れると戻ってくるのがどんなに難しいかおわかりでしょう」

ロブは苦笑した。「鋭いね、ミス・ジュエル。イベリア半島に出征し、帰ったときには、家族のために戦ってきたのに、そのすべてが変わってしまっていた」彼の声にこめられた感情の激しさにジェマイマははっとした。「家族は疫病で死んだ。再会できないとは夢にも思わなかったよ」

ジェマイマは衝動的に手を差し出した。

「お気の毒に。さぞつらかったでしょうね。ご家族に言いたかったことが何も伝えられなくて」

ロブは彼女の手を取り、指と指をからませた。黙ったままだが、そのしぐさに感謝の気持ちが表れている。感謝を超えた何かも。彼の指が静かにジェマイマの指をなでた。彼女は脈が激しくなるのがわかかった。どうかしているわ、会ったばかりの男性に惹《ひ》かれるなんて。でも、暖かい夜は夏の香りがして、空にはロマンティックな月が……。

今度はロブが身を乗り出してもジェマイマはたじろがなかった。彼はゆったりと構えているが、そのまなざしにはすきがない。危険な兆候だ。彼女は胃がひっくり返りそうだった。

「もしここでぼくがもう一度キスをしたいと言ったら」ロブの声は低い。「拒むかい？」

彼はすぐそばにいて、コロンのさわやかなライムの香りの中に熱い肌のにおいがする。ジェマイマは頭がくらくらした。答えようとしても声が出ず、咳払いした。

「ええ、たぶん。あなたにはもっと幸運が必要なの？」

「そうだ。しかし、そんな理由でキスをしたいわけではない」

危険が手招きしている、とてつもない魅力のある危険が。ジェマイマは目を閉じた。キスを一回……。一回だけならどうということはないでしょう？　それで喜びが得られるし。でも、この人が探しているのは妻で、わたしにその役を与える気がないことは明らかだ。

ジェマイマは突然、立ち上がった。「父が心配しています。もう戻らないと」

ロブも立った。「ミス・ジュエル」

ジェマイマはあとずさり、彼から離れた。

「なんでしょう、セルボーン伯爵」

あえて称号を使って冷淡に答えたのは、ふたりの距離を保つためだ。にもかかわらず、ロブは笑みを浮かべ、平然と一歩近寄った。

「では、ごきげんよう、ミス・ジュエル。幸運を祈るよ」

ジェマイマは緊張した。キスをされるかもしれない、あるいはされないかもしれない、という不安のせいか自分でもわからない。

「わたしも幸運をお祈りしています、伯爵」彼女は快活に言った。「お屋敷の修復がうまくいきますように。そして、ミス・セルボーンとの結婚も」

ロブはゆっくりうなずいた。笑みに陰りがある。

「本当に結婚がうまくいけばいいと思うか?」

「いいえ、それほどでもありません」ジェマイマは言った。「お屋敷のことは心からそう思うけれど、結婚のほうは違います。一年もたたないうちに、あなたは彼女をもてあますでしょうね」

これ以上言いすぎてはいけない。ジェマイマは彼に背を向け、急いで夜の道を引き返した。

3

ロブは夢の中で恐ろしい記憶の海を漂っていた。いたるところで目にする殺戮《さつりく》現場、道に投げ出された死体、生きるために逃げまどう女や子どもたち。流血の興奮がありありとあたりを重く包みこんでいる。まるでまだイベリア半島にいるかのように叫び声が聞こえ、汗や血や暑さを感じる。さらに悪いことに、救いがたい絶望感がよみがえる。いくらがんばっても、どれだけ多くの人を助けても、なお救いきれない人々がいるというむなしさ。拷問を受ける男たち、乱暴される女性たち、豚のように刺し殺される子ども。頭に焼きついた光景が、夜ごと悪夢となって現れる。ロブは町を馬で走り抜けている。すると道の端にある溝の中から女の子が助けを求めてくる。黒い髪と黒い瞳をしたその子は無言で精いっぱい手を伸ばす。彼が身をかがめ、指先に触れようとしたとき、少女は目の前で切り倒された。彼の頭の中はたちまち怒号と血と激しい苦悩でいっぱいになる。うなされて目を覚ますと、体にシーツがからみつき、びっしょり汗をかいていた。

彼はしばらくじっとして、呼吸が落ち着くのを待った。無理に悪夢を追い払おうとはしない。そんなことをすれば、かえって記憶が鮮明になるだけだ。徐々にいまわしい光景がぼやけていき、完全に目が覚めた。天蓋《てんがい》式ベッドのカーテンに光が当たり始めている。

ロブは起き上がってシャツを脱ぎ、水差しの水をついで顔を洗った。それからゆっくり窓辺に行き、カーテンを少し開けた。八月の早朝のロンドンは灰色にくすんでいたが、心を安らげてくれる。露天商人たちはすでに屋台の組み立てを始め、石畳の道を走る車輪の音が響き、どこからか海鳥の鳴き声も聞こえる。

ロブはため息をついてカーテンを閉めた。オックスフォードシャーの緑豊かな牧草地や樹木の生い茂る狩猟場が恋しい。放置されてほとんど荒廃しかけているデラバルを思うと、固い決意がわいてくる。あの土地をなんとか生かさなければならない。代々受け継いできた屋敷を雑草に埋もれる廃墟《はいきょ》にしてたまるものか。もしぼくがあの二通の遺言状の条件を満たせなかったら、金はすべてファーディが相続し、野望を実現するために別の用途に使うだろう。

かすかな光で、暖炉の横にくしゃくしゃの紙が置いてあるのが見えた。ロブはそれを手に取った。アルフレッド・ジュエルの名刺だ。

彼は笑みを浮かべた。いちばん退屈しない、なんとかやっていけそうな人を選べばいいとミス・ジュエルは言った。皮肉にも、アンの結婚式で会った女性はみな、社交界そのもののようにどうしようもなく退屈で浅薄だった。ただ、ミス・ジュエルは別だ。

ロブは考えにふけりながら名刺をたたいた。頭の中である計画がまとまった。名案に思えたが、あまりにも突飛で、実行すべきかすぐにあきらめるべきか迷った。しかし、だめでもともとではないか。彼女が断るのは自由なのだから。

彼は名刺を上着のポケットに突っこむと、執事を呼ぶためにベルを鳴らした。実行すると決めたからには時間を無駄にしたくない。夕方にミス・ジュエルを訪ねてプロポーズしよう。

「結婚できません」ジェマイマは土壇場になって気持ちを変え、ジャックと約束したにもかかわらず、ジム・ヴィールとは結婚できないと父に告げた。彼らはグレート・ポートランド通りにある快適な家の居間にいる。そこには家具のほかにジェマイマの母親が熱心に集めた陶器や真鍮《しんちゅう》の飾り物が、ところ狭しと置いてある。長年貧しい生活をしてきたミセス・ジュエルは、その後の人生をもので埋めつくすことで金持ちになった自分を確認しているかのようだ。

母親は収集をやめる方法を知らないのかもしれない、とジェマイマはときどき思う。マントルピースの上には趣味の悪い大理石の置き時計と、数本の枝つき燭台《しょくだい》と、たくさんの陶器の人形がすき間もなく並んでいる。壁にはずらりと感傷的な絵がかかり、床は磨きこまれたくるみ材のテーブル三脚とソファ、それに大きな肘掛け椅子五脚が場所をふさいでいる。一片のほこりもなく、もちろん煙突がくすぶったりはしない。かつてミセス・モンタギューは言ったものだ。〝なんでも小さいほうがいいんですよ、ジェマイマ。家具であれ服装であれ、もっともシンプルなものがもっともエレガントなのです〟と。しかし、ジェマイマは母のがらくた集めを愛してもいる。父のアルフレッド・ジュエルはこの乱雑に交じった上流気取りにはなじめないらしく、居間にいることはめったにない。外に出て商談をしたり事務員の仕事を監督したりするほうが落ち着くからだ。ずんぐりした体格で、赤ら顔に立派な口ひげとほおひげをたくわえている。彼は娘に正面から反抗され、ますます顔を赤くした。

「結婚できないだと? おまえの気持ちなどきいてない。ジム・ヴィールといっしょになるんだ、いいか、来週には結婚予告をするぞ」

 ジェマイマはこぶしを握り締めた。ソファに座っていた彼女は、父から遠ざかろうとして、木製の肘掛けが背中に食いこむほど身をすくめた。向かい側に座ったミセス・ジュエルは、おどおどしながら青い目で夫と娘を交互に見ている。小声でもごもごと言った。

「ねえ、お願いだから父さんの言うとおりにして、ジェマイマ。だって、ほら」

ジェマイマには母が決して味方してくれないのはわかっていた。かつては、これほど上品な振る舞いを身につけた娘が紳士と結婚できないのは残念だともらしたこともあるが、ジム・ヴィールとの話が持ち上がってからは、そのことをいっさい口にしなくなった。今はジャックの助けも期待できない。居酒屋に出かけていていつ戻るかわからないのだ。

ジェマイマは怒り狂った父親の黒い瞳を見上げた。彼女は冷静に話そうとした。「ジム・ヴィールとは結婚できません。息がつまってしまいます」

アルフレッド・ジュエルは眉間《みけん》にしわを寄せた。「息がつまる？　どういうことだ？　ジムはいいやつで――」

「それはわかっているの」ジェマイマは必死で言っ

た。「ただ彼はその……わたしたちはお互いにふさわしい相手じゃないわ。もうこれ以上」

激情にかられ、聞く耳を持たない父に何を言っても無駄な気がした。煙突掃除人と家庭を築くことを幸せに思えない娘が窒息したとしても、父にはかかわりのないことにちがいない。夫とのあいだに話題もなく、本も会話もさしたる興味もないまま娘が人生を束縛されたと感じても、気にしないのだろう。ジェマイマが学校をやめたあとも、父はかつての教師を訪ねることをしぶしぶ許してきたが、結婚すればそれも終わりだ。ジム・ヴィールの妻になったら、青鞜《せいとう》会の女性たちとロンドンをぶらついたり、美術館や劇場に出かけたりしてはいけない。夫が近所の笑いものになってしまうから。

アルフレッド・ジュエルは娘の肩をつかんで揺すった。指が彼女の肌に食いこんだ。

「いいか、おまえにとって何がいいことか、今すぐわからせてやる。学校にやったのは、ただ読み書きを覚えてジムの帳簿の計算を手伝うためだ。愚にもつかない考えに染まりおって。そんなものはさっさと捨てちまえ」

アルフレッドはさらに力をこめてまた揺さぶった。ジェマイマはたじろぎ、父の血走った目と激怒して飛ばしているつばを避けようと、ソファの隅で丸まった。

「お父さん、お願い、もう少し時間をちょうだい。そうしたら――」

アルフレッドは猛《たけ》り狂う雄牛さながらの声をあげた。

「時間だと。いったいどれほどの時間がいるんだ?」

彼は突如振り向き、サイドテーブルの上のジェマイマの本を払い落とした。本は磨き上げられた木の床にばらばらと落ちた。彼はそれを拾って次々に火の中へ放《ほう》った。またたく間に炎が上がり、紙は焼け、文字が灰になっていく。

「本の知識や上品ぶったレディの態度を勉強するためか。今のわしらには無用なことだ、違うか？　ふん、おまえのくだらない教育など、だれが認めるものか」

ジェマイマは深く息をつき、なんとか平静を保とうとした。貴重な『ラッククレント城』は煙になってしまいそうだが、少なくとも『フレデリックとキャロライン』は二階の寝室にある。涙がこみ上げてきた。父をここまで怒らせたのはばかだった。でも、結婚を断ったのは恐怖と絶望感からだ。ジムの父親の家で、これまで大事にしてきたものをすべて奪われて暮らすのは、生殺しにされるようなものだ。

ためらいがちだった母の声が徐々に高くなり、ついに哀れっぽく両手を組んで懇願した。

「ジェマイマ、ジムはとてもいい人だし、やさしくて親切だよ。これ以上の夫は望めない。おまえがすぐ近くでいい家庭を作り、子どもを産んで、おまけにジャックがマティーと結婚したら、わたしたちはみんな幸せな家族になれる」

「恩知らずめ」アルフレッドは妻と娘が飛び上がるほどの大声を出した。「役立たずのあばずれが！」

ジェマイマはぞっとした。彼女はこんな言葉やもっと悪い言葉が路地裏で飛び交うのを聞きながら育ったので、子どものころは驚きもうろたえもしなかった。けれども何年か教育を受け礼儀を身につけた今は、愕然《がくぜん》として嫌悪感で腹がたつ。聞き慣れてはいても、不愉快だ。その気持ちを顔に出すまいとしたが、遅かった。表情が変わったのに気づいた父親は、黒い目を怒りで細めた。

「ほう、わしの言葉がお上品な耳に障ったか？　その生意気な根性をたたき直してやる」

最初に耳を平手打ちされ、ジェマイマは耳鳴りに襲われた。分厚いクッションをつかんで体をかばったとたん、幼いころの記憶がよみがえった。当時は小さくてすばしこかったので、父の足元をするりと抜けて逃げた。だが、今はそうはいかない。ミセス・ジュエルが夫を引き止めようとして腕をつかみ、火に油を注ぐだけの言葉をたどたどしく並べた。

「アルフレッド、やめて。ジェマイマを殴らないで。この子は今ではレディなのよ。あなたがレディにしたかったのではないの」

「ああ、それがこのざまだ」父はうなり声をあげた。「本の読みすぎなんだ。よけいなことばかり考えおって」

ジェマイマが発作的な笑い声をあげた瞬間、二発目の強烈な平手が頬に飛んできた。彼女はうしろによろめき、ソファの肘掛けのところでしたたかに後頭部を打った。頭の芯《しん》に鈍い痛みが広がった。母が突き飛ばされ、うめき声とともに火かき棒に激突するのがぼんやり見えた。廊下が騒々しくなった。ジャックが怒鳴りながら乱暴にドアをたたいている。ジェマイマはほっとし、すぐにがっかりした。ドアに鍵《かぎ》がかかっているうえ、父がこちらに向かってくる。

母は疲労と失望を目に浮かべ、灰色の髪を乱したまま、倒れた場所から動かない。ジェマイマはなんとか立ち上がって身構えようとしたが、スカートで足がもつれてよろけた。父のベルトが肩を打ち、バックルが鎖骨に当たって激痛が走った。彼女はベルトの端をつかんで父の手からもぎ取った。その反動でひっくり返り、床に頭を打ちつけた。父がのしかかるようにのぞきこむのが見え、続いてドアの壊れる音が聞こえた。ジェマイマはほっとして目を閉じ、静かに横たわった。

ロブはミス・ジュエルに面会するのが難しいとは

少しも思っていなかった。グレート・ポートランド通りで彼女の家は簡単に見つかった。ドアに目印の金色の棒と煙突掃除用のブラシがついていたからだ。戸口に立ったときにはじめて、家族がいるかもしれないと気づいた。もしそうなら、ミス・ジュエルとふたりきりで話す前に自分がなぜここに来たかをはっきり説明しなければならず、厄介なことになるかもしれないと思った。ためらいながらノックをしようと手を上げたとき、ドアがきちんと閉まっていないのがわかった。その直後、家の中ですさまじい音がし、争うような声が聞こえた。今度はためらわなかった。ロブはドアを押し開け、足を踏み入れた。

玄関ホールは異様な光景だった。幼いメイドがエプロンで顔をおおって泣きわめき、見覚えのあるジャック・ジュエルが重い木のドアに肩から何度も体当たりしては、びくともしないと悪態をついている。

ロブの足音を聞いてジャックが振り向いた。ロブは凶暴な目つきに思わず緊張したが、これまでの軍隊経験のおかげで冷静な判断ができた。そのとき突然、部屋の中で陶器の割れる音がして、女性の悲鳴が聞こえた。ジャックが言った。

「手を貸してくれ。妹が中にいる」

それ以上聞く必要はなかった。ロブはジャックと肩を並べ、体ごとドアにぶつかっていった。ドアはたちまち壊れた。ふたりはころげるように飛びこみ、惨状を目の当たりにした。

ジェマイマはクッションを枕《まくら》にしてソファに横になっていた。だれかがやさしく手を握っている。顔に冷たい湿った布がのっている。ジェマイマの頭は状況をひとつずつ、脈絡なく、認識している。声が聞こえる。とても穏やかだが威厳に満ちた声だ。彼女は目を開けた。

ロバート・セルボーンがかたわらに座っていた。

まだタオルを持っているところを見ると、額を冷やしてくれたのは彼らしい。見上げると、意外なほどやさしく微笑《ほほえ》みかけられ、ジェマイマは驚いてまばたきした。手にぬくもりが伝わってくる。ロブの香りがなぜか懐かしい。そう思ったとたん、彼女はわれに返ってうろたえた。あまりにも情けなくて、突然涙がこみ上げてきた。こらえきれずにひと筋の涙を流した彼女は、自分の弱さにうんざりしてまた目を閉じた。

「じっとしていなさい」ロブが静かに言った。「大丈夫だ。お母さんはきみの兄さんが二階に連れていった。そしてたぶん」声が冷ややかになった。「彼は今ごろ庭のポンプの下でお父さんを正気に戻そうとしているだろう」

彼の言葉を裏づけるように、外でかすかに水の流れる音がする。ジェマイマは起き上がろうとした。

「母のところへ行かなければ」

「あとでいい。今はメイドがついているよ。それよりきみだ。けがをしたのか?」

ジェマイマは少し動いた。そして、顔をしかめた。ロブが口を固く結んで険しい表情を見せた。それで、彼が懸命に感情を抑えているのを察し、胸が痛んだ。ロブの目は怒りに燃えている。何も言わなくても、彼の気持ちはわかった。庭に出てアルフレッド・ジュエルを殴りつけたいのに、ジェマイマへの気遣いから踏みとどまっているのだ。彼女は衝撃を受けた。と同時に、あまりにも深く家族の、だれにも知られたくない事情を知られて恥ずかしかった。

「ごめんなさい」口を開くと、ロブが止めた。

「きみがあやまることはない」声はまだ冷ややかだ。

「ひどいけがなのか? 動けるか?」

ジェマイマはなんとか起き上がり、額に手を当てた。「頭が少し痛いけれど、それだけです。すぐによくなりますから」

「鎖骨の上にあざがあるぞ」ロブは落ち着いた口調で言った。ジェマイマは頬を赤らめ、すばやくドレスの胸元を整えてあざを隠した。

「ベルトのバックルが当たっただけです。たいしたことないわ」

ふたりはしばらく見つめ合った。

「ここを出るほうがいい」ロブが言った。「ぼくはきみに無事でいてほしいと――」

「妹は大丈夫だ。ぼくが守る」

ジェマイマはびくっとした。ジャックが大股で入ってきた。突然、部屋が新たな緊張に包まれた。ジャックは喧嘩《けんか》腰であごを突き出し、まるでボクサーのように冷たくロブをにらんだ。ロブはおもしろがると同時にいくらか軽蔑《けいべつ》するような表情を浮かべ、一歩も引かない。

ジェマイマは手を突き出した。これ以上、男同士の喧嘩は見たくない。どんな連帯意識でロブとジャックが喧嘩をしなかったとしても、もうその必要はない。原因はジェマイマにあるのだ。

「ねえ、ジャック」彼女はきっぱりと言った。「わたしたちはセルボーン卿《きょう》が止めに入ってくださったことを感謝すべきだわ」

男ふたりが彼女を見た。どちらも動かない。やがてロブがため息をつき、手を差し出した。

「安心したよ、きみが守ってくれれば彼女は安全だろう、ジュエル」

ジャックはロブの顔をじっと見たあと、差し出された手を眺めた。ジェマイマは兄をにらんだ。ジャックはため息をつき、しぶしぶロブと握手した。

「助けてくれてありがとう、セルボーン」

ふたりとも、歯を抜かれているときのような顔だ。ジェマイマは声をあげて笑いたかった。少し楽しくなってきた。

ロブは彼女を振り返った。「おやすみ、ミス・ジュエル。明日、また様子を見に来るよ」彼は会釈し、ジャックには目もくれずに出ていった。

「いったいあいつはなんの用で来たんだ？」玄関ドアが閉まると同時にジャックがきいた。

ジェマイマは顔をしかめた。頭がぼうっとして、目の奥が痛む。今はとにかくベッドに入って眠りたい。

「知らないわ。理由をたずねるどころではなかったもの」

ジャックは妹を見た。「煙突掃除を頼むつもりだったとは思えないが」彼はようやく言った。

ジェマイマは横を向いた。「ええ。たぶん違うでしょうね」

夜になり、頭を冷やすための湿布とあざに塗る膏《こう》薬《やく》をメイドが持ってきたとき、ジェマイマはベッドの中から窓越しに家々の屋根と星空を眺めていた。

ジャックはまた出ていった。ならず者のたまり場へ。気分を直し、とことん酔うために。父親と喧嘩したときはいつもそうだ。ほかに対処のしかたを知らないらしい。ロバート・セルボーンがまた来ることについて兄は何も言わなかったし、小声で悪態をつきながらずぶぬれになって庭からよろよろ戻った父も、不思議と彼の話はしなかった。父だけは煙突掃除を頼みに来たのだと思ったのかもしれない。さっきの出来事については、だれも触れない。まるで一時間分の記憶をすっかりなくしたかのように、まるで何も起きなかったかのように。

でもロブはまた来ると言った。きっと来るだろうとジェマイマは思った。

彼女には来訪の理由がわかっていた。わたしに愛人になってくれと頼むつもりだったのだ。今、ジェマイマは生まれてはじめて気持ちが傾いていた。一瞬、ロバート・セルボーンのことを思った。彼のキス、手の感触、目の表情を。彼は立派な男性だし、強いだけでなく誠実で、そういったものと無縁の世界で生きる者にはとても魅力的だ。でも最後にどうなるかわからないのに彼に身をゆだねるなんて愚かではない？　わたしが実際この目で見た唯一の愛は、とても不幸な形で終わったわ。愛ではわたしの求める安心や自立は決して得られないのよ。でも……。
　ジェマイマは窓枠の向こうの小さな空を見つめた。インクのように黒い空に星がきらきら光っている。肩の傷が痛み、ベルトですりむけたところがひりひりした。ジェマイマは体の痛みに慣れていた。子どものころは足の皮がむけるまで煙突に上った。夜明け前から暗くなるまで働き、幾度となく立ったままで眠りそうになった。それよりつらいのは心の痛み、道に迷ったようなこの気持ちだった。〝よけいなことばかり考えおって〟父の言うとおりだ。疑問を持ちなさい、自主性を持ちなさいとミセス・エリザベス・モンタギューに教えられ、今ではそうせずにはいられなくなっていた。

　ジェマイマは家を飛び出して、家庭教師か学校の先生の職につきたいと思っている。それは若い女性が生計を立てていける道だ。彼女は自活する術《すべ》を知らないか弱い女性ではない。問題は、世間が彼女を認めないことだった。ミセス・モンタギューとミス・ハンナ・モアから証明書を授かったとはいえ、家庭教師を求めるような家は煙突掃除人の娘を先生に選ぼうとは思わないだろう。もちろん、以前通った学校に就職を頼むことはいつでもできるし、校長のミセス・ギルバートは喜んで迎えてくれるだろうけれど、簡単に父親に見つかって無理やり連れ戻されるおそれがある。ジェマイマは傷の痛みに襲われ、縮み上がった。精神的な自立と実際に自由を勝ち取ることとは別の問題だ。

　小さな四角い夜空を金色の流星が横切った。一瞬のことだったので、ジェマイマは幻想かしらと思った。彼女は暗闇《くらやみ》に目を凝らした。

〝明日、また様子を見に来る〟

彼はきっと来るだろう。なんと答えるか、決めなければならない。

4

ロブは幼いメイドに名刺を渡し、マダム・ジュエルはご在宅かときいた。前夜会ったにもかかわらず、メイドはふくろうのように取りすまして彼を見た。名刺が読めないのは明らかだ。まるで暗唱するように、だんなさまと若だんなさまは仕事でお出かけなのでお話があるなら出直してくださいと言った。ロブはふたたび、会いたいのはマダム・ジュエルだと説明した。メイドは口をぽかんと開けて彼を見つめ、奥さまは買い物にお出かけですと答えた。そのあとさらに五分かけて、用があるのはミセスではなくミス・ジュエルのほうだと説明したが、それでもまだよく理解できないようだった。居間にひとり取り残されたあと、ロブはもうミス・ジュエルには会えないかもしれないと覚悟した。

居間の様子は彼の興味を引いた。裕福な庶民の家に入ったのは昨夜がはじめてで、あのときは何も気づくゆとりがなかった。今改めて室内を見まわした。かなり現代的な雰囲気で、やや味けない高価な家具がすえてある。窓際に置かれた大きな箱形の振り子時計の時を刻む音が響く。ものが置ける場所はどこもかしこも乱雑に交ざった装飾品でいっぱいだ。マントルピースは数本の枝つき燭台《しよくだい》のすき間を一ダースほどの陶器の貴婦人が埋めつくし、ソファの上にはふわふわのクッションが少なくとも七つ、椅子には三つ置いてある。テーブルにはさまざまな小物が並ぶ。空の香水瓶とか、小さな陶器の家や小鬼や妖精《ようせい》たちが。ひとつの椅子の背には、ビーズを刺《し》繍《しゆう》したウエディングベールのようなものがかけてある。本は一冊もないが、印刷物のような黒い燃えかすが見えた。ロブは確かめようと、暖炉の前の敷物にひざをついた。

「セルボーン卿《きよう》？」

彼はあわてて立ち上がり、木製のマントルピースに頭をぶつけそうになった。ジェマイマが淡い黄色のモスリンのドレスを着て、戸口のところに立っていた。黒髪を、ドレスに合わせた黄色いリボンで結んでいる。まるで社交界にデビューしたての娘のようにさわやかで、ういういしい。手にロブの名刺を持っている。彼はその指にインクの染みがついているのに気づき、仕事中だったのだろうかとふと思った。この前は高貴なレディさながら上品によどみなく話したのに、今朝は落ち着いている。昨夜のことはなかったかのようによそよそしい。それでもよく見ると首筋の血管が脈打っていて、うわべほど平静ではないとわかる。

「ようこそお越しくださいました」彼女は続けた。

「ぜひともゆうべのお礼を言いたかったのです」

ロブは苦笑した。彼女の態度は冷淡で、椅子を勧めるでもなく、飲み物を出す気配もない。昨夜ひどい状況を見られたのが恥ずかしくて、二度とその件に触れられたくないのかもしれない。それとも、ぼくがわざわざ訪ねた理由を彼女なりに考え、何か結論を出したのか。いずれにせよ、会話の主導権を彼女に与えてはいけない。彼女の守りを打ち崩さなければならない。早急に。

ロブは会釈してジェマイマの手を取った。「おはよう、ミス・ジュエル。今朝は元気そうだね」

ジェマイマは手を引き抜こうとした。彼女が頬を染めるのを見たロブは、自分に無関心なわけではないと知り、うれしくなった。

「ありがとうございます」彼女は視線をそらした。

「すっかりよくなりました」

いくらか間があった。「ゆうべ来たのは、きみと話したかったからなんだ」

ジェマイマは彼を見た。眉をつり上げ、目に皮肉な笑みを浮かべている。「あら、そうでしたの、セルボーン卿？　わたしなんかに話すことがあるとは思えませんけれど」

ロブは椅子を指さした。「座らないか？」

彼女は返事をするのに、失礼なほどじっくり考えた。やがてうなずき、ウエディングベールのかかった椅子に座った。そして、すばやくベールをたたんで横に置いた。ロブは突然、気がついた。

「きみのかい？」彼はベールをあごで示した。

「はい」彼女の声は暗く沈み、紫がかった青い瞳も急に輝きを失った。「三週間後に結婚する予定です」

ロブは落胆した。「だとしたら、ぼくが申し入れをしても無駄だな」

ジェマイマは彼を見つめた。「どんな申し入れですか？」

ロブはぎこちなく肩をすくめた。すでにほかの男と婚約中で結婚式も間近だというのに、プロポーズして彼女を悩ます気はなかった。

「いや、もういい。頼みがあったのだが、きみにふさわしいことではなかった」

「聞かせてください」

ロブは彼女を見た。声に感情はこもっていないが、目に強烈な光がある。何か察していらついてもいるようだ。ロブには彼女が紳士の申し入れについて知り抜いているのがわかった。これまで何度申しこまれたのだろう。そして何度受け入れたのか……。

「おととい話したから覚えているだろうが、ぼくは妻をもらわなければならない。だからきみにプロポーズするつもりだった」

ジェマイマは目を丸くした。やはり彼女は愛人として求められるとしか思っていなかったのだ、とロブは悟った。

ジェマイマはこの意外な申し入れに仰天し、伯爵は頭がおかしいにちがいないと本気で思った。そして立ち上がり、メイドを呼ぼうとベルのある暖炉のほうに向かった。ロブはあわててあとを追い、彼女がベルを鳴らす前に手をつかんだ。

「待ってくれ。きみは何か誤解している。説明させてほしい」

ジェマイマは一瞬、にらみつけるように彼を見た。そのあとにっこり笑った。いたずらっぽく輝く目を見て、ロブも微笑《ほほえ》み返した。彼女は自分の耳が信じられないかのように首を振った。

「あまり驚かさないでください。わかりました、セルボーン卿。五分さしあげます。そのほうがいいようですね」

三十分後、お茶が運ばれたあと、ジェマイマにはロブの計画がうまくいきそうにないと思えてならなかった。

かった。第一に、これがもっとも大きな問題なのだが、彼の父親の遺言がある。ジェマイマはまったく条件に当てはまらない。

「お父さまの遺言状には、いとこのアン・セルボーンの結婚式に出席したレディと結婚するよう書かれていますよね」彼女は眉間《みけん》にしわを寄せた。

ロブは座ったまま身を乗り出した。「そのとおり」

「でも、いざとなったら、花嫁の妹さんにもほかの女性の出席者にもプロポーズする気にならなかったのですか?」

ロブは少年のような笑顔を見せた。「白状すると、オーガスタを妻にするのは耐えられない。ほかのレディといっても、実際には候補者がたった四人だけで、そのうちのだれにも興味がわかなかった」

「わたしは候補にはなれません、レディではないもの」ジェマイマは言い、ロブのからかうような目を見て、あわててつけ加えた。「だから、その、生まれながらのという意味です、もちろん」

「それはそうだが、教育と振る舞いについてはまぎれもないレディだ」

ジェマイマは彼を見つめた。口元がほころんでいる。彼の熱い視線に体がほてり、ジェマイマはうろたえた。ロブのとび色の瞳がじっとこちらを見ている。まるで体に触れられたようだ。それに彼がとてもハンサムなことを思い知らされた。教会の外でも気づいてはいたけれど、今、改めて美男子だと思う。髪の色と同じとび色のきりりとした眉、面長のすっきりした顔立ち、引き締まったあごの線は意志の強さを感じさせる。ジェマイマは昨夜の彼の力と威厳を思い出した。あまりに見つめられて落ち着かなくなり、彼女は咳《せき》払いをした。

「わたしはまぎれもない煙突掃除人の娘です」

「きみはレディの教育を受けた。話し方も振る舞いもきちんと身についている」

ジェマイマは思わず微笑んだ。「レディらしくするときもあります。でも、そうでないときもあるわ」

ロブは声を出して笑った。「ならば、レディらしくしないと決めたときにそばにいたいものだ」彼はつぶやいた。

ジェマイマはにらみつけた。「わたしはただ、強いマデラ酒よりエールをたくさん飲みたいときがあると言いたかったんです」

「それならぼくもあるさ」ロブはさらりと言って体を動かした。「今問題にしているのは遺言の条件を満たすかどうかだ、ミス・ジュエル。きみとの結婚は必ずしも父の意思どおりではないにしろ、きみがレディだという点ではだれも異議を唱えないだろう」

ジェマイマはまた眉をひそめた。「あなたの弁護士は……」

「すべてにおいてぼくの妻にふさわしいと認めるはずだ」

ロブは自信満々に見える。ジェマイマは首を横に振った。それほど簡単でないのは明らかだ。

ロブは彼女の手を取った。「では、第二の反対理由を聞かせてもらおうか？」

ジェマイマは温かい手の感触にうろたえた。次に言うことを考えていたところだった。彼女は不思議そうにロブを見た。

「まだ気になることがあるって、なぜわかるの？」

ロブは笑った。「きみは表情豊かだからね。その顔に疑問が書いてあるよ」彼は親指でジェマイマの手の甲を軽くなでた。「さあ、何が問題なのか言ってくれ」

ジェマイマはため息をついた。「たとえ妻の条件は満たすとしても、わたしにプロポーズする本当の目的が理解できません。結婚は形だけだとおっしゃったけれど」

ロブは彼女の手を放し、椅子の背に寄りかかった。なんだか落ち着かない様子だ。

「そのとおり」彼は言った。「形式的なものにすぎない。結婚式がすんだらぼくはオックスフォードシャーのデラバルにある屋敷に直行する。そのほうがきみがロンドンに残るのに都合がいいだろう。きみには住まいを借り、この家を出られるだけの金を払い――」

「遺産を相続したら、少しまとまった金額をいただけるのね」ジェマイマが締めくくった。「財産を確保したら結婚は取り消す。それであなたが引き換えにわたしに求めるのは、口止め料と結婚証明書に記された名前だけというわけね」彼女は顔をしかめた。

「よくわかりました。わからないのは、なぜそんな計画を立てたかです」

ロブは椅子の上で体を動かし、今度もまた何か落ち着かないような印象を与えた。「都合のいい解決法だと思うからだ。ぼくは遺産を手に入れ、きみは横暴なお父さんから解放される」

「しかも、ふたりとも気乗りがしない結婚を強制されずにすむものね」ジェマイマはいきなり立ち上がった。話を聞くだけなら単純な計画のようだが、どうしてもうまくいくとは思えない。彼女はロブに振り向いた。

彼はけげんな顔をした。「なんだ?」

「失敗するに決まっているわ」ジェマイマは唇をかんだ。「あなたはすべて秘密にことを運ぶつもりらしいけれど、難しいと思うの」

「なぜだ?」

「ご家族がいるからです。どこの一家にも必ず好奇心旺盛《おうせい》な親戚《しんせき》がいるものよ。わかるでしょう？　きっと途中でだれかに知られて、わたしたちは窮地に陥るわ」

ロブは笑った。「ぼくには近しい親戚はあまりいないし、その人たちともめったに会わない」

ジェマイマは首を振った。まだ納得できない。「セルボーンご夫妻やいとこのみなさんはどうなの？　かなり親しいようだけれど」

ロブは肩をすくめた。「ほとんど顔を合わすことはない。ファーディ・セルボーンとは仲がいいが、デラバルに戻ったら、彼とも会わないだろう。田舎がきらいなんだよ」

「そうですか」ジェマイマは目を細くした。「では、ほかのお友だちは？」

「ぼくだって友だちはいると言わなければきみに変人だと思われそうだな」ロブは微笑んだ。「親しいのは数名で、知り合い程度なら大勢いる。これでいいかな？」

ジェマイマは笑いをかみ殺した。「まじめに聞いてください。この計画はきっとどこかでつまずくにちがいありません」

「ぼくはそうは思わない。結婚のことは内緒にして、ふたり別々の道を行く」彼は立ち上がり、ジェマイマのそばに来た。「単純な計画だ。そして単純こそが常に最良なのだ。というわけで、契約は成立かな、ミス・ジュエル？」

ジェマイマはためらった。この思いがけない申し出が絶妙なタイミングで飛びこんできたおかげで、どうやら不本意な結婚から逃れられそうだ。お金のうしろだてがあれば、夢をかなえられるかもしれない。小さな学校を開いて、ミセス・モンタギューに教わった同じ方法で、音楽や語学やさまざまな教養を伝えるという夢を。よき指導者の志を継ぐのはすばらしいことだわ。ついに自立の手段が得られるのね。それは同じ目的のために体を売ったとしてもとうてい及ばないほどの……。

「お金はいくらくださるの？」ジェマイマはきいた。

ロブが少し緊張を解いた。彼女が心を決めたと判断したようだ。金額を聞いたジェマイマはめまいがした。一時金の千五百ポンドで楽に学校が作れる。しかも最後にまたかなりのお金が……。でももちろん、彼女がほしいのは学校だった。

ジェマイマは上目遣いにロブを見た。「家を借りてくれるとおっしゃいましたよね？」彼女は深く息をした。「できれば広いところにしてください。トウィッカナムのお屋敷なら申し分ないけれど」

ロブは怒った様子もない。それどころか、おもしろがっている。「妻ではなく愛人と交渉する気分だよ、ミス・ジュエル」

突然、ジェマイマの脳裏にいやな光景が浮かんだ。ロブが邸宅に訪ねてくる。シーツの乱れた寝室、彼の手がわたしの体を……。ジェマイマは全身がかっと熱くなり、震えた。でも、今はそんなことを考えるときではない。これは純粋な取り引きなのだ。

「ごめんなさい」鼓動が速いわりには声が乱れずほっとした。「わたしは荒っぽい路地裏育ちで、なんでも手に入れるにはかなり苦労しなければなりませんでした。もし強引に取り引きを有利に運ぼうとするように聞こえたらあやまります」

「いや、いや」

ロブは彼女の顔をのぞきこんだ。ジェマイマの頬が赤いのを見過ごすはずはない。どうか興奮ではなく恥じらいのせいだと思ってくれますようにと彼女は願った。

「この件に関してはきみに口止めを頼むのだから、相応のものを用意するつもりだ。ぼくに任せてくれ」

ジェマイマはほっと息をついた。思ったより簡単だ。ロバート・セルボーンはとてもおおらかな人らしい。それにもちろん、この契約を成立させたいのは彼も同じだ。けれども決して扱いやすい相手ではない。一見穏やかながら、強固な精神の持ち主であることはすでにわかっている。彼女はためらったすえ言ってみた。

「もしかまわなければ、小さな馬車もほしいんです」

「小さくていいのか？」ロブはまだ笑みを見せているが、まなざしが鋭くなった。「四頭立ての大型四輪馬車じゃないのか？」

「からかっているのね。小さいので充分です。わたしは強欲ではありません」

ロブはうなずいた。「弁護士にすべて手配させよう」彼はにっこりした。「では、これで成立だな、ミス・ジュエル？」

ジェマイマも微笑み返した。「そうですね」

ロブは緊張を解いた。「ぼくは特別結婚許可書をもらってこよう」あることに思い当たり、彼は一瞬、黙った。「きみは両親の承諾なしに結婚できる年齢だよね？」

ジェマイマは笑った。「二十一歳です。あなたはおいくつ？」

ロブは彼女の率直な質問におおげさに眉をつり上げた。「二十六歳ですよ、ミス・ジュエル」

ジェマイマは首をかしげてまじまじと彼を見た。彼は観察されて少しきまりが悪そうだ。「もっと年上に見えるときもありますね」彼女は思ったことをそのまま口にした。「まるで豊富な経験をしすぎた人のように」

ロブの目が陰った。「軍隊生活の影響かもしれない」さらりと言ったが、声が硬くなったのがジェマイマにはわかった。「準備が整ったら知らせるよ」

彼女はうなずいた。「それで、家や、お金は？」

「結婚したらすぐに使えるようにしておく」ロブは微笑んだ。「弁護士に契約書を作らせるよ、ミス・ジュエル。ぼくはきみをだましたりしない」

「わかっています。以前にもあなたはそう言いました。一ギニー金貨をくれたときに」

「覚えているよ」突然ロブの目が熱を帯びた。金貨とキスのことを思い出させたのはまずかったかしら、とジェマイマは思った。いいえ、これは形だけの結婚よ。実務的な取り決めに、キスは必要ない。でも、交渉成立の印に頬に軽くキスされるかもしれない。

少しして、ロブが儀礼的なしぐさで手を伸ばした。

「ありがとう、ミス・ジュエル」

ジェマイマが手を差し出すと、彼がぎゅっと握り締めた。冷たい手なのに、彼女にはとても熱く感じられた。引き抜こうとしたが、放してくれない。

「きみの名前は？」彼が唐突にきいた。

知らないんだわ……。ジェマイマは唖然《あぜん》とした。ふたりのあいだに今までいろいろあったのに、名前も知らないなんて。わたしたちは親しくもなんともなかったのだ。

ジェマイマは顔を上げた。彼の瞳はとび色だが、光のかげんで緑がかって見える。まつげは驚くほど濃い。軽いめまいがした。だれかのせいでこんなふうになったのははじめてだし、まさか自分の身に起きるとは思いもしなかった。

「ジェマイマ・メアリー・ジュエルです。結婚許可書を取るために知る必要があるのですね？」

「ああ。しかし、それできいたわけではない」彼はかすかに微笑んだ。「ジェマイマ・メアリー。かわいい名前だ。ぼくがロバートなのは知っているね」

「ロバートだけ？」彼女はきいた。

ロブは少し恥ずかしそうだ。「いや。ロバート・ガイ・リューシャス・カベンディッシュ・セルボーンだ」

ジェマイマは唇をかんで笑いをこらえた。「みんながロブと呼ぶのも無理ありませんね」

わたしが名前で呼ぶ機会はまずないだろうとジェ

マイマは思い、それが悲しかった。

「なぜわたしにプロポーズしたんですか？」彼女は衝動的にきいた。「なぜ、このわたしに？　あの日結婚式に来たほかのレディたちを気に入らなかったとは聞きましたが、それでどうしてわたしなの？」

沈黙があった。彼がわたしを選んだのは買収できると思ったんだ。彼がわたしを選んだのは買収できると思ったからにちがいない。職人の娘なので計算高いはずだ、過保護なレディではないのだと。そしてわたしは買収されるのを受け入れた。

「きみなら受けてくれるかもしれないと思ってね」ロブは言い、笑みを浮かべた。「承知してくれてうれしいよ」

ジェマイマもしかたなく微笑んだ。彼の言葉を信じたわけではないが、心遣いは見て取れた。ロブは彼女のそばのテーブルにたたんで置いてあるウエディングベールを指さした。


「気持ちは変わらないだろうね？」

ジェマイマはうなずいた。ひょっとしたら彼は、わたしが分相応の相手からもっと条件のいい求婚者に欲得ずくで乗り換えたと思っているのかしら。だとしたらまったくの誤解だわ。この結婚はわたしにとって、父親から逃げる唯一の手段なの。少なくともそれだけは彼もわかってくれるでしょうね。

ジェマイマは微笑んだ。「ええ、変わりません」

ロブのためにドアを開けようとすると、彼が腕をつかんで引き止めた。「本当にゆうべの傷は治ったのか？」

突然親しみのこもった言葉をかけられ、ジェマイマは油断した。思わずドレスの胸元をかき寄せた。あざを見られてしまった。ロブの目が険しくなった。

「ひどいのか？」

「たいしたことありません」

ジェマイマはロブから離れて窓のそばへ行った。

触れられたわけでもないのに、なぜか体が震える。彼のやさしい声と、同情が浮かんだまなざしのせいかもしれない。今まで男性からこんなふうに扱われたことはなかった。ジャックは思いやりはあるけれど、ぶっきらぼうだ。ロブのやさしさに胸が締めつけられた。

振り向くと、彼はまだこちらを見ている。「ゆうべお父さんはなぜあんなに怒ったんだ？」

ジェマイマはウエディングベールにそっと触れた。「わたしが父の選んだ男性との結婚を断ったからです」

ロブは怖い顔をした。「それでぼくの申し出を受けたのか？　ふたりから逃げるために？」

ジェマイマは肩をすくめた。「それも一理あります。女には選択の余地がほとんどないのですから。特にわたしのような境遇では」

ロブは彼女のあごに手を添えて顔を上げさせた。

「お父さんの行動にきみが責任を感じることはないんだよ、ジェマイマ」

「感じてなどいません」ジェマイマはするりと彼の手を逃れた。「わたしがレディではないということをお忘れのようね。そういう環境で育ったんですよ。路地裏では暴力はめずらしくもないわ」

ロブは動じなかった。「確かにそうだろう。だが、ジェマイマ、暴力は人を差別しない。だれの身にも起こり得る、生まれ育ちがよくても悪くても。そしてそのいまわしさも同様だ。だれでも被害者になる可能性がある。男も女も子どもも、公爵夫人も」

「煙突掃除の見習いも？」

「そのとおり」ロブの口元に笑みが浮かんだ。「今からぼくといっしょにこの家を出る気はないか？」

ジェマイマは微笑んだ。「ないわ。でもそう言ってくださってありがとう」

ロブはあきらめのため息をつき、ポケットから彼女の父親の名刺を出した。「ペンとインクはあるかい？」

ジェマイマが事務机から出して渡すと、彼はその名刺の裏にすばやく文字を書きこんだ。

「ぼくの住所だ。何かあったらいつでも来るといい」

ジェマイマはうなずいた。のど元に熱いものがこみ上げた。「ありがとうございます」

ロブは彼女の頬にキスをした。彼の唇が軽く触れた。蝶《ちょう》のように、そっと。

「では、ごきげんよう、ジェマイマ。結婚式の日取りが決まったら、こっそり知らせるよ。できるだけ早く手はずを整える」

ロブは戸口で立ち止まり、右手から印章つきの指輪をはずした。

「これを受け取ってくれないか。きみには大きすぎるし、怪しまれるからはめることはできないだろうが、持っていてもらいたい」

ジェマイマは指輪をてのひらの上でころがしながらじっと見た。純金製で、重く、使いこまれている。ロブの体温で、まだ温かい。指輪をしていたところだけ、彼の肌の色が薄い。

「でも、いただくわけには……」

「ぼくたちは婚約した。きみはもうぼくのものなのだから、指輪を持っていてほしいのだ」

ロブの意志は固そうだ。ジェマイマは体が震えた。彼女は指輪をコルセットの中にしまった。

「ありがとう。大切にします」

ジェマイマが手を差し出すと、彼は古風なしぐさでその手にキスをした。まだ若いのになんて古風な人なのかしら、と彼女は思った。軍隊経験が彼を急速に成長させたのだろうか。金持ちの子息の中には道端でいばりちらし、大道商人の屋台をふざけてひっくり返して人の生活をめちゃくちゃにしたまま平気で立ち去る若者がいるけれど、そういう人とはまるで違う。

ロブを玄関まで見送ったあと、ジェマイマは居間に戻り、クッションをかかえてソファに座りこんだ。驚きと解放感で頭がぼうっとする。

彼女のずっと求めていたものを、ロブがいとも簡単に与えてくれたことが信じられなかった。彼にとってはたいした問題ではないのだ。父親の遺言状の条件を満たすため、結婚証明書に記載する彼女の名前がほしいだけだ。でもジェマイマにとっては何にも代えがたいものだった。ついに夢がかなえられる。

床から天井まで届く書棚を買い、そこに並べる本は〈ハッチャーズ〉でそろえよう。ピアノも買おう。グランドピアノだ。トウィッカナムの屋敷は部屋が広いはずなので楽に置けるでしょうね。ハープとチェンバロもほしいわ。でも、ハープはピアノほどうまく弾けないから練習しないと……。楽譜もいる。空に舞う紙吹雪と同じぐらいたくさん。

ジェマイマはクッションを宙に放《ほう》りながら笑った。お金があり、しかも彼女の行動を縛る夫や父親はいない。幸せすぎて嘘《うそ》のようだ。

ロバート・セルボーンの気品に満ちた顔と洗練された態度を思い浮かべた。彼は煙突掃除人たちが言うところの、すてきな、紳士だ。いい人だから、法外な値段をふっかけられることもあるでしょうけれど。

ジェマイマは首を振った。ロブがわたしと取り引きしたのは幸運だ。ほかの人はともかく、わたしは彼をだまさない。彼は本物の紳士で、わたしは偽物のレディだとしても、ふたりは取り引きをした。双方に都合のよい結婚をするのだ。

互いを引きつけた怒濤《どとう》のような感覚を思い出したものの、ふたたび首を振って忘れることにした。肉体的な欲望は人を不幸に陥れる罠《わな》だ。路地裏で暮らした子ども時代に身につけた皮肉っぽい冷めた考えがそう語りかける。ロバート・セルボーンに抱いている感情をさらに燃え上がらせるのは愚かなことだ。尊敬の気持ちや恋心を強くすることも。契約によれば、ふたりが結婚しようとしまいと、いっしょにいる時間はほとんどなさそうだ。式を挙げたらロブはオックスフォードシャーの領地に直行し、わたしはトウィッカナムに向かう。連絡はロブの弁護士を通じてしかとれない。そして一年かそこらで結婚は終わる。

ジェマイマはどうしようもない失望感に襲われた。本当はロブといっしょに過ごしたい。彼のことをもっと知りたい。夫になる人だというのに、この先も何も知らないままなのかしら。

彼女は立ち上がり、窓辺に行った。早朝の霧は晴れ、太陽が淡い金色の光を放っている。天気のいい一日になりそうだ。

ウエディングベールを手に取り、頭にのせた。鏡に映った自分の姿を見て微笑みながらくるくるまわっていると、ミセス・ジュエルが入ってきた。彼女も娘の様子を見て微笑んだ。母娘《おやこ》はしばらく鏡の前に立ち、幸せに包まれた。心にあったのはそれぞれ別の夢だった。ジェマイマは肌に触れるロブの印章つきの指輪を温かく感じていた。

5

「おまえは狂ってる」ジャック・ジュエルはきっぱりと言った。「頭がおかしい。病院行きだ」

ジェマイマと兄のジャックはブラックフライアーズ橋の欄干に両肘をつき、並んで夕食をとっていた。眼下には茶色く濁った川がゆっくり流れている。漂流物をあさる人々が、干潮で現れた中州を移動しながら石炭のかけらを探していた。頭上ではかもめが鳴いている。

ジェマイマは手に持った紙袋から熱いうなぎをひと切れ取り出し、丸ごと口に入れた。とろりとした感触で、塩味がきいている。彼女は指をなめた。食事はお皿に盛ってナイフとフォークで食べるほうがおいしいとミセス・モンタギューはいつも言っていた。でも、たぶん彼女は香辛料のきいたグレービーソースで煮こんだうなぎや、四個で一ペニーの牡蠣《かき》を屋台で買って食べたことがないのだろう。上流社会の人にはお金があっても買えないのだ。

風が冷たく、うなぎはたちまち冷めていく。ジェマイマはまたひと切れ口に放《ほう》りこんだ。

「わかっていたわ、浅はかだと思われるって」

「違う、頭がおかしいんだ。そう言っただろう」ジャックは顔をしかめた。「おまえはよく知りもしない男と結婚しようとしてるんだぞ。それも、ジム・ヴィールといっしょになりたくないという理由で」

「そんなに単純ではないのよ」ジェマイマは空の紙袋を丸め、指の汚れを丹念にふき取った。「兄さんにはわからないでしょうけれど」

「いや、わかるさ。ぼくがちゃんとわかっていると知って、そう言うんだろう」ジャックはますます陰険な顔をした。「もっとよく考えてみるんだ、ジェム。その男はどんなやつだ？　まともか、それとも詐欺師か？」彼はいきなり振り向き、妹を真正面から見すえた。「実務的な契約だと言いながら、あとで夫の権利を主張するんじゃないのか？」両手をポケットに突っこんだ。「そうなったら、おまえに逃れる術《すべ》はないんだぞ」

ジェマイマはため息をついた。ジャックの心配はわかる。ありがたいとさえ思うけれど、疑いを持たれたままにはしておけない。

「難しく考えすぎるのよ、ジャック。わたしたちは取り決めを結んだの。結婚証明書に名前をのせる代わりにセルボーン卿《きょう》がお金をくれるのよ」

「くれなかったらどうする？」ジャックは言った。

「あいつにはあまり金がなかったと思ったが。たぶん、望みのものを手に入れたらおまえを捨てるだろう。泣きながら家に戻るとき、父さんにどう説明するつもりだ？」彼は石の欄干にこぶしを打ちつけた。「おまえは利用されているんだぞ、ジェム。なのに、自活したいと思うあまり何も見えなくなって、ばかな話を受けようとしている」

ジェマイマは目をそらし、水面を見つめた。冷たい風が頬を刺す。ジャックの意見はいつも信頼できるし、今もかなり真実を突いている。

「利用するという点ではお互いさまなのよ、ジャック。それぞれが望むものを手に入れるための手段なの。わたしは独り立ちして学校を作りたい。ロブ、いいえ、セルボーン卿はお父さまの財産をもらいたいと……」

「財産が目的か」ジャックは嫌悪感をあらわにした。「だったら、同じ貴族の裕福な女相続人と結婚すればいいだろう」

ジェマイマはため息をついた。「そのことはきちんと説明したでしょう。彼はあの結婚式に出席したレディの中から相手を選ぶように決められていたのだけれど、適当な人がいなかったのよ」

「というより、全員に断られたんだろう。何かきらわれるようなところがあるにちがいない」

「そんなことないわ」ジェマイマはそう言って微笑《ほほえ》んだ。「それどころか、彼はとても好感の持てる人よ」

実際は好感以上だが、兄にそこまで話す気はなかった。

ジャックは鼻で笑った。「そうは言っても、きっと問題があるはずだ。まだおまえに見えてないだけで。しかし、すぐに気づくだろうね」

「そうね」ジェマイマは冷たい風から身を守ろうと腕を組み、上着の襟を寄せた。体を温めてくれたうなぎの効果も今は消え、寒くてぞくぞくする。心も体も。ジャックのせいで疑惑が生まれ、どんどん大きくなってくる。三日前にロブが訪ねてきてから、彼女は期待と興奮でうかれていた。兄に計画を打ち明けるまでは。突如、ロブと交わした契約が安っぽい取り引きでしかなく、最悪の場合は取り返しのつかない間違いを犯そうとしているように思えた。

それでもまだロブのことは信じられる。なぜかはわからないけれど、彼はわたしをだまさないという確信がある。はっきり約束し、あんなにやさしくしてくれたのだ。たぶんわたしは簡単に買収されるだろう。やさしい言葉をかけられ、本当にほしいものを差し出されたら。

「兄さんだってあの晩は彼の協力に感謝したんじゃないの」彼女はむっつりして言った。「ひとりではドアを破れなかったんですもの」

「斧《おの》を取りに行くこともできた」ジャックは怖い顔をした。「ぼくはあいつを信用していなかったし、今も信用していない」

「彼がわたしを愛人にするつもりだと思ったのね」

ジェマイマはずばりと言った。「だったら、正式な結婚話だったことを喜ぶべきだわ」

ジャックはうんざりした声を出した。そのあとくるっと向きを変え、欄干に背中をもたせかけた。

「もちろん、おまえの行動については別の解釈もできる」彼はさらりと言った。

ジェマイマは兄の穏やかな口調に不審を抱き、眉を上げた。「あら、そう？」

「ああ。おまえはあのセルボーンという男に恋をした、あるいは恋をしたと思った。だからあいつの頼みならなんでもするつもりなんだ。本をいろいろ読みすぎて、実際に恋愛したくなったのだろう」

ジェマイマは兄をにらみつけた。「冗談じゃないわ、ジャック。今度の計画と愛とどういうかかわりがあるの？　そんなばかばかしい話につき合うひまはありません。ロバート・セルボーンとはまだ何回も会っていないのよ」

「だが初対面のとき、あいつはまるで本気のようにおまえにキスをした」ジャックはとがめるような目で見た。「次は結婚したいと言う。それこそ冗談だろう」

「わたし、彼は……」ジェマイマは口ごもった。「彼は幸運のキスをしたのよ。ほら、兄さんが花嫁にしたのと同じで」

「ぼくは明日という日がないようなキスはしなかったぞ」ジャックはそっけなく言った。

「そうね。レディ・アルフォードのためにとっておいたのでしょう？」

ベアトリス・アルフォードは市参事会員の未亡人で、一年ほど前からジャックに熱を上げている。煙突掃除人には誘惑の機会が無限にあるとジャックは口癖のように言う。家じゅうのどこにでも、寝室にでも入るからだ。

彼は浅黒い顔を赤くした。「あれは終わった」

「そうなの？　どうして？」

「おまえがあの偽紳士といっしょになっても幸せになれないのと同じ理由だよ。日陰の愛人でいるのはうんざりだ」ジャックは足元の石をにらんだ。「貴婦人のベッドには喜んで迎えられても、テーブルに招いてもらったことはない」

「レディ・アルフォードにそんなことを望んでいたとは思わなかったわ」

ジャックはちらっと鋭い目を向けた。「ばかを言うな。彼女と食事がしたかったわけじゃない。ただ、本気で望めば実現できると思いたかったんだ。わかるか？　すべては敬意を払うか、身の程を知るかという問題さ」

ジェマイマは顔をしかめた。ジャックの言いたいことはわかる。取るに足りない人間のように扱われるのは屈辱だ。「ええ、よくわかるわ」

「だったらセルボーン伯爵夫人になるという愚かな考えは捨てろ。おまえは決して受け入れられない。日陰の妻も同然だ。外を歩くとみんなが目をそらす。レディ・デンビーのときのように、おまえの顔の前で日傘をさすかもしれないぞ」

「彼女はサーカス団の曲芸師だったわ」

「曲芸師と煙突掃除人の娘と、どう違う？」

「違うわよ、金持ちの市民の娘が貴族と結婚したいときには」

ジャックは両手をポケットに突っこんで歩き始めた。「それは言える。そういう連中は普通、店のにおいから離れて数世代たっている。例外として、よほどの金持ちで大目に見てもらえる場合もあるけどな。しかし、ジェマイマ、ぼくたちについているのは店のにおいどころじゃない。煤《すす》のにおいだ。はるかにくさくて、ミセス・モンタギューのサロンの香りをもってしても消せはしないよ」

ウエストミンスターのほうに向かいながら、ジャックは歩調を速めた。その横をジェマイマは遅れないよう小走りでついていく。

「もしわたしが貴族との結婚をひそかに望んでいるとしたら、兄さんの意見を認めるわ。でも、そんな気持ちはいっさいないの」

　彼女はうしろめたさを覚えて言葉を切った。たぶん、それは本心ではない。形だけでなく、実際にセルボーン伯爵夫人になる夢を少しだけ描いている。ロブにキスされたときはうれしかったし、愛についての皮肉っぽい信念が揺らぎ始めたのもそのときだ。でも、期待するのは愚かというもの。わたしのような人間が愛を求めるなんてぜいたくだわ。

「セルボーン卿もわたしも本気で結婚するわけじゃないのよ。さっきから話しているように、感情を抜きにした実務的な取り引きなんだから」

「それでおまえの自尊心は傷つかないのか？」ジャックは妹を見つめた。「おまえを同じテーブルにつかせたくない。今度で言えば同じ姓を名乗らせたくないと思っている男から金をもらうんだぞ。だから、結婚したことを秘密にするんじゃないのか。違うか？」

　ジェマイマは真っ赤になって、あごを突き出した。

「どうやらわたしのほうが兄さんより自尊心がないみたいね。セルボーン卿のお金は受け取るつもりだし、そんな機会に恵まれたことをありがたく思うわ」

　ジャックは小声で悪態をついた。

「それに」ジェマイマは兄を無視し、憤慨してつけ加えた。「兄さんはいつもわたしが間違ったことをすると思うのね。まず恋に落ちたのが愚かで、親の決めた結婚を受け入れるのも自尊心がなさすぎるって言うんでしょう。わたしはどうしたらいいの」

　ふたりは黙りこみ、イースト・チープの角に着いたとき、ようやくジャックが口を開いた。

「じゃあ、おまえはこんなやり方で家族と縁を切ってもかまわないんだな？」

ジェマイマはため息をついた。それが最大の悩みだった。少なくとも父の怒りがおさまるまで居場所を秘密にする必要があるからだ。父に対しては心が痛まないが、母を悲しませるのはつらい。

「完全に縁は切らないわ。兄さんには連絡するから」

ジャックは目をつり上げた。「母さんはどうする？　なんの罪もないんだぞ」

「わかっているわ」ジェマイマは暗い気持ちで言った。「でもいずれ、お父さんがあきらめてくれれば、みんなに会いに戻れるかもしれない」

ジャックは首を横に振った。「それは考えが甘すぎる。父さんはきっとおまえを勘当する。母さんが会うことも許さないだろう。心が狭いんだ。機械で掃除できるようになったのに、いまだに小さな子どもを煙突に上らせる人だ。簡単に気持ちは変わらない。許しもしないだろう」

「わたしもよ」

ジャックはため息をついた。「そうだな。おまえと父さんは似たところがある。だからこれ以上いっしょに住めないのかもしれない」

もはや話し合いの余地はなくなった。ジャックは唇をきっと結んだが、やがてため息とともに緊張を解いた。

「わかったよ。どうしても聞き入れないということは、まだぼくに花嫁の付き添いをさせたいと思っているんだな？」

ジェマイマは小さく歓声をあげ、兄に抱きついた。「ああ、ジャック、ありがとう。きっとロンドンでいちばんハンサムな付き添い人になるわ」

彼はにやっと笑った。「それでもぼくは、おまえがとんでもない間違いを犯そうとしている気がしてならない」彼は妹を抱き締めながら言った。「最後は泣くことになるぞ。いいんだな」

「泣くことになんかならないわ」ジェマイマは体を離した。言いたいことがあったが、切り出すのは大きな賭《かけ》だ。「実はね、ジャック、トゥイッカナムに住んだら、ティリーに会う機会もあるかと思ったんだけど」

ジャックはたちまち顔をこわばらせた。「手に入れた幸せをそんなことに使う気か？ つまらないまねはよせ。ティリーは今の環境になじんでいる。お節介な叔母さんはいらないんだ。父親もな」

ジェマイマは表情を曇らせた。危険な話題を持ち出して、古傷を開いてしまった。ジャックが娘のことを口にすることはないが、だからといって気にしていないわけではない。

「何不自由なく幸せに暮らしているのかどうか、この目で確かめたかったの」ジェマイマはためらいがちに言った。「ベスのために」

ジャックの目は怒りでぎらついている。「何不自由なく？ もちろん、そうに決まってるだろう。貴族の後見人がいて、ぼくたちよりはるかに恵まれた世界に住んでいるんだ。あの子に与えられるものは何もない。干渉するな」

沈黙があった。「兄さんが知りたいだろうと思ったのよ」

「知りたくないね。ほっといてくれ、ジェマイマ。どうしてもあのいかれた貴族と結婚したけりゃ、好きにしろ。だが、この件で勝手なまねはしないでくれ」

「あなたは大変な危険を冒しているのよ、セルボーン卿」ジェマイマは言った。グレート・ポートランド通りにある家の裏手の事務所にロバート・セルボーンのメモを持ったメイドが現れたのは十五分ほど前だった。そして、その五分後にジェマイマは彼といっしょに四輪馬車でロンドンの通りを走っていた。

ロブはものうげに眉を上げた。「なぜだい？」

「だれかに見られるかもしれないでしょう」ジェマイマは言った。「結婚式まで顔を合わせることはないと思ったのに」

ロブは肩をすくめた。「きみと話したかったんだ。使用人でも呼びつけるようにいきなり教会に来いとは言いたくなくてね。それではあまりに卑劣だからな」

ジェマイマは彼の言葉がうれしくて胸が熱くなったが、あわててその気持ちを抑えた。どうせ別々の道を行く運命なのだから、今すぐ別れるほうがいい。それでもジェマイマは、家に帰してほしいとは言わなかった。

「どこへ行くんですか？　いっしょにいるのをだれにも見られないよう、話が終わるまでロンドンをぐるぐる走るの？」

ロブはちらっと彼女を見た。「行き先はまだ決めていない」

「ロンドン塔はどうかしら？　あそこなら観光客しかいないわ」

ロブは首を横に振った。「今日は散歩日和ではない。それに、ぼくはきちんと座って話したい」

「それなら、いいところがあるわ。ドルリー・レーンの〈フープ・アンド・グレープス〉よ」

ロブの顔色が変わった。「ひょっとして、いかがわしい宿屋じゃないのか？」

「そうよ」ジェマイマは挑戦的な目を向けた。「だれにも気づかれたくないんでしょう？　あそこにあなたを知る人はいないと思うわ」

ロブはにやっと笑って深く座り直した。「おそらくな。きみが望むならその店にしよう」

〈フープ・アンド・グレープス〉はほぼ満席だった

が、ジェマイマは隅に小さなテーブルを見つけてベンチに座り、ロブはその向かい側に置かれた背もたれの高い木の長椅子に座った。店内にはたばこの煙とエールのにおいが立ちこめ、ふたりが歩いていくあいだも会話はやまなかった。それでも、ジェマイマはみんなの視線を集めているのがわかった。ロブも気づいたらしい。口元に笑みを浮かべながらも目は油断なく光らせている。無理もない。まわりには、考えるより先に相手の胸にナイフを突き立てかねない男が数人いるのだ。

「ここにはよく来るの?」ロブは片手を上げて接客係の女を呼びながらきいた。

ふたりの女がやってきて、どちらが給仕するかでもめだしたとき、ジェマイマは驚きと後悔の入り混じった気持ちで彼女たちを見た。この店ではほんの少し愛想よくしてもらうのもまれなのに、熱心にもてなそうとするなんて。


「エールを一杯、頼む」ロブが近いほうにいた女にコインを渡しながら言った。女は彼の手を一瞬握り締め、いやらしく笑った。ジェマイマはむかついた。

「かしこまりました」女は思わせぶりな目で彼を見つめ、ひざを曲げてお辞儀をした。「ほかに何かお望みでしたら」

ロブが女に微笑みかけたので、ジェマイマはいっそうむかついた。「そのときは必ずきみを呼ぶよ」

ジェマイマは不機嫌そうに唇を真一文字に結んだ。ロブをここへ連れてきたのは失敗だった。子どもっぽい衝動にかられてみえを張り、彼がいやがるかどうかを確かめたかったのだ。これまでのところ彼は予想以上に冷静に振る舞っている。

「まだ悔やんでいるのか?」ロブが愛想よくきいた。

ジェマイマは鋭い目で見た。「悔やむって?」

「ぼくをこの店に連れてきたことだよ」ロブは店内をぐるっと見まわした。「脅しのつもりだったのか?」

ふたりの目が合った。「そんなことができるのかしら」

ロブは漆喰《しっくい》の壁にもたれかかり、両脚を投げ出した。薄汚れた〈フープ・アンド・グレープス〉にいても彼はとびきり優雅で、しかも、たくましく見える。こういう場所でも毅然《きぜん》としていられるのだ。

「無理だろうな」彼は言った。「従軍中はもっとひどい場所で飲んでいた」

ジェマイマはうなずいた。「やっぱりね。そう簡単には怖がらないだろうと思っていたわ。あの隅っこにいる人のことをわたしが教えてあげてもね。実は追いはぎなの」

「本当か?」

「ええ。ネッド・マケイン。グレート・ノース街道が縄張りなのよ」

ロブは口元をゆがめた。「きみはどうやら気に入られたようだぞ、ミス・ジュエル」

それは本当だった。はっとするほどハンサムで若いその追いはぎは、彼女に向かってグラスを掲げた。ジェマイマは仕返しされたと気づきながら、笑顔を返した。

ロブは声をあげて笑った。「なるほど。これでおあいこというわけだ。しかし、きみはまだ質問に答えていない。ここにはよく来るの?」

ジェマイマは首を振った。「いいえ。ここはジャックのなじみの酒場なの。だから安全だと思って」

「お父さんは来ないのか?」

「ええ」ジェマイマは笑った。「近ごろは自尊心が許さないらしいわ。自分のような立派な人間が来るところじゃないと思っているの」彼女はあたりを見まわした。「向こうの、陶製パイプをくわえてカードをしている男の人たちは、みんな煙突掃除の親方よ。心配しないで。わたしたちの正体をばらすことは思えないんだ」

ジェマイマの胸に温かいものがこみ上げた。「気遣ってくれてありがとう、でもそこで充分よ。目的のための手段でしかないのだから」

悪いことを言ったような気がした。なんとなく失礼なことを。ロブの表情がますます険しくなる。

「お兄さんが付き添ってくれるのか？」

「ええ」

「よかったと言うべきなのだろうな」

ジェマイマはため息をついた。「兄とはそりが合わないのね？」

ロブの表情が少しなごんだ。「それどころか、お兄さんはぼくを信頼できないらしい。気持ちはわかるがね」

「わたしもそれは感じます」今度はジェマイマが顔をしかめた。「本当に困った人たちだわ」

ロブは笑った。「すまない。ところで、ぼくも結婚はないでしょう」

「心配はしていない」ロブはそう言って彼女のジョッキにエールをついだ。「だれが来てもきみが守ってくれるだろうからね、ミス・ジュエル」

「あなたは自分で自分を守れる人だわ」ジェマイマは正直に言ったあと、ひと口エールを飲んだ。「ところで、お話というのは？」

「ひとつは結婚式だ」ロブは言った。「三日後の十時に決まった。場所はセント・セイヴィア教会だ」

「ボローの？」

「残念ながら、そうだ」ロブは顔をしかめて自分のグラスを見つめた。「慎重を期すために」

「わかります。気にしないで。わたしはボローよりひどい地区を歩いたこともあるわ」

「実を言うと」ロブはまた酒場の中をすばやく見渡した。「きみが納得してくれないと思ったわけではなく、ぼくの気持ちとしてきみにふさわしい教会と婚式にひとり連れていく。いとこのファーディが花婿の付き添い人をしてくれるんだ」

ジェマイマはエールを飲み干した。「その方には全部話したの？」

「ああ。そのうえで、秘密を守ると誓わせた」

沈黙が流れた。

「そろそろ帰りましょうか？　お話は終わりでしょうから」

「いや、まだだ。こんなに楽しいことはそうはないんでね」

ジェマイマは彼をしげしげと見た。確かに彼はくつろいでいるようだ。長椅子にゆったり腰かけ、一方の肩を壁にもたせかけているので、コートの打ち合わせが開いて淡い黄褐色のズボンと紺色の無地の上着が見える。麻のシャツから磨き上げられたブーツまで、すべて身分の高さを物語っている。接客の女が熱を上げるのも無理はない。

「お兄さんには、きみがトウィッカナムに住むようになってもずっと見守ってもらいたいものだ。弁護士のチャーチワードがなんでも希望を聞いてくれるはずだが、ほかにもだれか顔を出すほうが安心だろう」

「ええ、ジャックとはこれからも会います」ジェマイマは同意した。少しうしろめたさを覚えた。学校を作る計画についてはロブに黙っていようと決めたからだ。生活のために働くと知ったら怒るかもしれない。名前だけのセルボーン伯爵夫人で、すぐにその地位を失うにしろ、しばらくはおとなしく暮らしてほしいと思っているだろう。

「それで、トウィッカナムでは何をするつもりだ？」ロブがきいた。

ジェマイマはどきっとした。彼には人の心を読む力も備わっているようだ。

「何をする、ですって？」はぐらかそうとしているのが自分でもわかる。「レディは何もしないものでしょう。毎日のんびり暮らすのを楽しみにしているわ」

ロブはにやりと笑った。彼の温かい手がジェマイマの手を包んだ。彼女はまた、どきっとした。さっきとは別の理由で。

「本当のことを話してくれないか、ジェマイマ。きみが無為にときを過ごして満足できる女性だとは思えない。どんな計画を立てたんだ？」

ふたりの視線がぶつかった。ロブのとび色の目には明らかにからかうような光がある。ジェマイマは白状することにした。

「いいわ、わかりました。実は、学校を開こうと思うの」彼の表情を見て急いで続けた。「心配しないで、本名は使いません。だれにも知られないようにします。一日じゅう何もすることがなかったら、気が狂ってしまいそうですもの。それにトウィッカナムの善良な奥さま方にすぐに正体を見破られるわ。往々にして上流社会の女性たちは、新たに加わる者を色眼鏡で見たがるものだから」

ロブは唖然《あぜん》とした。「どういう意味だ？」

ジェマイマは笑った。「だから、どこからともなく現れ、はっきりした生活手段も持たない不審な女性はいかがわしいと即座に決めつけられるということよ。それがどんどんふくらんで、とんでもない噂《うわさ》になるの。でも、音楽教師は教養のある貧しい女性という固定観念があるから、仕事をしてもみんなに受け入れられるわ。もちろんいくらか同情されながらね」

ロブは陰気に首を振った。「きみは恐ろしいほど皮肉屋だな」

ジェマイマは肩をすくめた。「わたしは間違いなくあなたのお知り合いのレディたちより世の中を見てきました。だから、トウィッカナムの奥さま方から夫をさらう危険な未亡人か、貴婦人を装った高級娼婦《しょうふ》に見られるとわかっているの。学校を開けば、わたしは一教師にすぎないということになり、みんなほっとするでしょう」彼女はロブを見た。「反対しないでしょう?」

「ぼくが反対したら困るのか?」

「もちろんです。財布のひもを握っているのはあなたですもの」

ロブは苦々しげに笑った。「あきれたな、ジェマイマ、きみにとって重要なのはそれだけか?」

彼女は赤面した。お金が目当てだとは思われたくないけれど、この結婚に感情は持ちこまないと自分に誓ったのだ。必要以上に事態を難しくするつもりはない。

「わたしたちが結んだのは事務的な契約でしょう?」彼女はさりげなく問いただした。「ほかに何をお望みですか?」

ジェマイマが過ちに気づいたのは、ロブの手が彼女の頬にかかる髪の毛をそっと払ったときだった。やさしさがこもっている。彼が見すえた。「愛のために結婚したいと思ったことはないのか?」

ジェマイマはそわそわしながら目をそらした。「ええ、特にはね。たいていの場合、結婚と愛は別じゃないかしら? わたしたちの社会でもあなた方の社会でも、結婚が成立するのは天国ではなく銀行があるからでしょう」

「婚約者を愛していなかったのか?」

ジェマイマはジム・ヴィールのことをほとんど忘れていた。「ジム? そうよ。彼はいい人だったけれど、それだけ。わたしは家のために婚約させられたの」

「つまり、愛はなかったわけだ」

「愛なんて、ドレスで着飾った欲望よ。それ以上でも以下でもない。いつも涙で終わるのよ」

ロブは眉をひそめた。「だれかに傷つけられたことがあるのか？　だからそんなふうに？」

ジェマイマは頬杖《ほおづえ》をついた。「あなたの言うような意味でなら、ないわ」理解してほしいという願いをこめてロブを見つめた。「幼いころいっしょに煙突に上った仲間内の何人もが、今はヘイマーケットで体を売っているの。愛なんて、わたしにはごまかしとしか思えない。男の人とベッドをともにするのは、人々が求めている力やお金や特権を得たり、あるいは単に生き延びるための取り引き材料よ。そして愛はそれをもっと受け入れやすくするための口実にすぎないわ」

ロブは顔をゆがめた。「普通、愛を皮肉な目で見るのは男だが」

「あなたはどうなの？」ジェマイマは迫った。「だれかを愛したことがあります？」

ロブの口元がほころんだ。不思議なことに、その笑顔がジェマイマを落ち着かせた。「いや、一度もない。しかし、これからも愛さないということではないよ」

彼に熱い視線を注がれ、酒場の騒音が遠ざかっていく。ジェマイマは全身がほてった。ぐらぐらするテーブルの下で脚と脚が触れたとたん、ロブを強く意識した。彼女は逃げ出したいのに、なぜか席を立てず、ベンチの上でもぞもぞ動いた。そのとき、頭の上で声がした。

「そんな気取り屋はほっといて、おれとつき合わないか、ダーリン？」

ジェマイマは顔を上げ、視線をロブからネッド・マケインに移すと、にっこり微笑んだ。

「遠慮しておくわ、ミスター・マケイン。でも誘ってくれてありがとう」

マケインは肩をすくめた。「言ってみただけさ」

ロブは姿勢を正した。「そうか。しかし、レディはもう返事をした」

マケインは含みのある表情でにらみつけたあと、うなずき、平手でロブの背中を勢いよくたたいた。「運のいいやろうだ」それから、ジェマイマに会釈した。「もしも気が変わったら……」

ジェマイマは笑って無視し、立ち上がった。「そろそろ出たほうがよさそうだわ。わたしたちのどっちかがさらわれる前に」

ロブは彼女の手を取り、腕にからませて店を出た。「こんな世界を見たあとでは、トウィッカナムはさぞかし退屈だろう。きみに耐えられるかどうか」

トウィッカナム。ジェマイマは背筋が寒くなった。ロブとは別々に生きるということをすっかり忘れていた。でも、そういう契約なのだ。彼女にはどうすることもできない。

6

「魅力的な娘じゃないか」ファーディ・セルボーンはロブの耳元で言った。ふたりはボロー通りをそれたところにあるセント・セイヴィア教会の通路を進むジェマイマを眺めていた。「こんなことをするきみの考えは理解できないが、女性の趣味は悪くないな」

ロブは歯ぎしりした。本当は友人のだれかに花婿の付き添い役を頼みたかった。だが、ほとんどの連中は救いがたいほど軽率だった。なにしろこの結婚式は内密に行わなければならない。だからファーディだったら口をつぐんでいてくれるだろうと思ったのだ。たとえ人の鼻先で花嫁を誘惑することはあっだ。ロブは突然のどが苦しくなり、幅広のネクタイ《クラヴァット》をゆるめながら、自分も彼女のように平然と振る舞えればいいのだがと思った。彼は緊張し、不安だった。

ジェマイマは藤《ふじ》色の綾織《あやお》りのシルクのシンプルなドレスを着て、同色の飾りリボンのついた麦藁《むぎわら》のボンネットをかぶっている。ほこりっぽい窓ガラスを通して差しこむ陽光が形のいい小さな顔を照らす。

ロブは息をのんだ。

ジェマイマが横に立ち、彼を見上げた。目に恥じらいがある。ロブは一瞬、その目に自分と同じ不安を見て取った。彼女の手を握ると、指がからみついてくる気がした。

結婚式はぼんやりした意識の中で進んだ。ロブは自分が返事をする声を聞き、ジェマイマの静かだがはっきりした声を聞いた。彼女の態度は不思議とロブを冷静にさせた。ジェマイマはまるで結婚の誓約でも。

セント・セイヴィア教会は、かつて悪名高いクリンク刑務所やマーシャルシー監獄があったロンドンでも評判のよくない地区の裏通りにひっそりと立っている。そんな不健全で危険な場所を選んだことをロブは後悔した。ここなら詮索《せんさく》されずにすむと思って選んだのだが。特別結婚許可証を見せても司祭は興味を示さなかったのに、紙幣でふくらんだ財布を手に押しつけたとたん、顔を輝かせた。ロブは自分の選択に満足したが、数日前ジェマイマに会って恥ずかしくなった。こんな結婚式は彼女にふさわしくない。

ジャックの腕に手をまわして歩いてくるジェマイマを見つめながら、その気持ちをいっそう強くした。ジャックは不機嫌な顔をしている。実際、ロブを殴り倒しかねないように見える。

それに比べて、ジェマイマの表情はとても穏やかをすべて守る意思があるかのように厳粛に復唱した。ロブは婚姻を取り消すときのことを思って、気が重くなった。ぼくは守るつもりのない誓いを立てている。両親はいつも仲がよかったとは言いがたいが、ともかく一生添い遂げた。ぼくの行動は正しくないかもしれないが、もう手遅れだ。デラバルのことだけを考え、復興手段をたった今手に入れたのだと自分に言い聞かせなければならない。

「では、花嫁に口づけを」

ジェマイマが顔を上げた。ふたりの唇がほんの一瞬触れ合った。そのあと彼女は一歩下がった。

式が終わると、つかの間ぎこちない沈黙が流れた。ロブが腕を取るよう促し、ふたりで付き添い人たちのほうへ歩いていった。グレート・ポートランド通りで会ったときのように、ロブが差し出した手をジャックはしばらくためらってから握った。ジェマイマのためだけに握手したことは、口に出さなくても、ふたりともわかっている。ロブは苦笑した。ジャックにはかなりきらわれているようだ。

「今日はありがとう、ジュエル」ロブは礼儀正しく言った。

「どういたしまして、セルボーン」ジャックは無表情に答えた。

ロブはファーディを振り向いた。「紹介しよう、ぼくのいとこのファーディナンド・セルボーンだ」

ファーディは会釈した。「はじめまして、レディ・セルボーン、そしてミスター・ジュエル」

ジェマイマがはっと目を見開いた。結婚後の姓で呼ばれてはじめて現実に気づいたかのようだ。彼女が頬を染めたのを見て、ロブはうれしくなると同時に腹がたった。考えてみれば、強く魅力を感じる女性に名目だけの結婚を申しこんだのは大きな間違いだった。

最初にこの計画が頭に浮かんだときは完璧《かんぺき》に思え

た。名目だけの結婚はふたつの遺言条件を一挙に満たしてくれる。ジェマイマを妻にすることで父親の要求を満たし、彼女に同居の意思がないので、祖母の遺言は明かす必要もない。ひとつの行動で結婚と禁欲生活を実現できるのだ。だいいち、デラバルの復興に専念でき、領地や家族を顧みなかった罪悪感を少しは和らげられる気がした。

しかし、現実はそう単純ではなさそうだ。ロブはすでにジェマイマにかなり惹《ひ》かれ始めている。十日前に彼女の家を訪ねたとき、ひとりで帰るのがむしろうにつらかった。彼女を連れ出したい、いっしょに来るべきだと言いたい。その衝動を抑えるのは並大抵のことではなかった。その後会うたびに彼女への思いは強くなった。会って間もないということも、保護する必要がある箱入り娘でないこともわかっているが、守ってやりたくてたまらなくなる。こんな気持ちになったのははじめてだ。自分でもどうしていいかわからない。

ファーディはいかにも洗練された態度でジェマイマと親しげに話していた。「もしロブの留守中に何かご入り用の際は、遠慮なくぼくに連絡してくださ い、レディ・セルボーン」彼はロブを歯ぎしりさせるような言い方をした。「喜んでトウィッカナムにまいります」

ロブは横でジャックが身をこわばらせるのを感じた。次の瞬間、ふたりの気持ちが通じ、ジャックが目配せした。ロブは口をはさんだ。

「その必要はない、ファーディ」ロブはぴしゃりと言った。「妻の用事はすべてチャーチワードが引き受けてくれることになっている。それにぼくの留守中、助けが必要なときはきっとミスター・ジュエルが力になってくれるだろう」彼はジャックが黒い目でからかうように見ているのを感じ、まっすぐ視線を合わせた。「そうですよね、ジュエル？」

ジャックは即座にうなずいた。「もちろんだ、セルボーン」

ロブはジェマイマの腕を取った。「失礼して、ぼくたちはちょっとはずさせてもらうよ」

ファーディもジャックも、ロブに花嫁と話すことなどあろうはずがないとでもいうような驚いた顔をした。ふたりはすぐに少し脇《わき》へ寄ったが、お互いにぎこちなく目をそらし、口もきかない。ロブはジェマイマを柱の陰に連れていき、ポケットから手紙を取り出した。

「きみはお兄さんに同行してほしいだろうから、チャーチワードの事務所に行くまでに話す機会はないと思ったのだ。すべてここに書いてある。もし今後、何かあったらチャーチワードに使いを送るといい。彼はすぐに駆けつけるだろう。信頼のおけるいい弁護士だ。きみに必要な情報のほか住所も書いておいた。事務所の場所は間もなくわかるはずだがね」

ジェマイマはうなずいた。下唇をかんだまま、不安そうな顔をしている。ロブは手紙を指ではじいていた。やがて、ため息をついてそれを渡した。彼女が困らないよう最善を尽くしたつもりだったが、今日の結婚式が何もかもおかしいように、この手紙も充分ではないかもしれない。

「明日、チャーチワードがトウィッカナムの屋敷に案内することになっている。きみは、気が向いたときに彼の事務所を訪ねればいい」

ジェマイマはもう一度うなずいた。黒い目を見開いている。彼女が何を考えているのか、その表情から読めればいいのだが、とロブは思った。

「それから、ファーディに助けてもらうのだけはやめてくれ。近寄ってきても相手にするな」

ジェマイマは笑った。「ご心配なく。わたしはそれほど愚かではありません。あなたのいとこがどんな紳士か、ちゃんとわかっています」

ロブは目の前にいるのが世間知らずな娘ではないことを思い出した。「ああ、そうだな。ただ、きみの迷惑にならないようにと思ってね」

ジェマイマはわずかに眉を上げた。「あの方はあなたのいとこですよ。やはり礼儀はわきまえなければいけないわ」

ロブは微笑《ほほえ》んだ。「いとこだからこそよく知っているんだ。姉でさえ安心して任せられないのに、妻を託せるわけがない。もし礼儀に反する振る舞いをしなければならないときが来たら、迷わずそうしてくれ」

ジェマイマも笑みを浮かべた。「覚えておきます。ところで、お姉さまがいらっしゃるの？」

「ああ、カミラって名だ。海軍大佐と結婚して、今はインドに住んでいる。前にも言ったとおり、ぼくの親戚《しんせき》は気にしないでいい。カミラについてはいつかきちんと話す」ロブは言葉を切った。計画どおりにことが進めば、ジェマイマとは家族の話をするどころか、口をきく機会もないだろうと思った。遺産を確保し、彼女に金を支払い、百日間の禁欲条件を満たしたら結婚を取り消す。それですべて終わりだ。セルボーン伯爵夫人ははじめから存在しなかったかのように消えるのだ。

「オックスフォードシャーの領地から戻ったら、会いに行くよ」彼は思いつきで言った。「一、二カ月のうちに」

ジェマイマは驚いたようだ。「やめたほうがいいと思うわ。訪ねてくるところを見られたら、噂《うわさ》になるでしょう。それこそ、避けたいことだわ。わたしはセルボーンの名前を使わないつもりだし、もちろんあなたとのことは秘密にします。すべてミスター・チャーチワードを介して行うほうがいいでしょう」

ロブはうなずいた。ジェマイマの言葉を少し冷たく感じたが、理屈は合っている。本来なら彼がそうした取り決めを要求したはずだ。婚約したときと同じくらい早く解消する、形だけの結婚。問題は彼がもうそれを望んでいないということだ。ロブはいらだったものの、理由がよくわからなかった。せめて彼女にこれほど責任を感じなければよいのだが。それに、いっしょにいたいという、もっと困った衝動にかられなければ。

ロブは突然、ジェマイマにもうひとつ渡すものがあったことを思い出した。彼はポケットの中を探り、茶色の紙でくるんだ小さな包みを取り出した。

「これは結婚の贈り物だ。ささやかなものだが」

ジェマイマはそれを受け取り、包装を解いた。あまり長く黙っているので、気に入らないのかと不安になり、ロブはあわててつけ加えた。

「特別なものではない。ただ暖炉の燃えかすを見て、きみの本が燃えてしまったのではないかと」

「そうなんです」彼女の声に感動の響きがある。

「『ラックレント城』だわ。うれしいわ」

ロブはほっとした。「気に入ったかい?」

「もちろんです。ありがとうございます」ジェマイマは顔を上げた。輝くばかりの笑顔にロブは心を奪われた。彼女はロブの腕にそっと手を触れた。「ささやかどころか、こんなにありがたい贈り物はないわ」

ふたりは見つめ合っていたが、やがてジェマイマは突然われに返った。

「もう行ったほうがいいのではない? このあとミスター・チャーチワードに会うつもりなら」

「そうだな」ロブはそう言って腕を差し出した。

「ぼくの馬車が裏手で待っている」

「まだ車輪がついていればいいけれど」ジェマイマはつぶやいた。「失礼して、兄に話してきますね。ぜひいっしょに来てほしいから」

ロブは彼女が兄のところへ行くのを目で追った。ジャックはもたれていた信徒席からすばやく離れ、妹に近づいていった。そして黒いマントを着せかけると、並んでドアに向かっている。ジェマイマはとても小さく見える。ロブは激しい嫉妬《しっと》心に襲われた。本来なら彼女を教会から導くのは兄でなく、このぼくだ。ジェマイマが歩きながら結婚指輪をはずしてしゃれた小さな袋に押しこむのが見えた。ロブは腹がたった。ここは金の宝飾品を身につけて歩ける地区ではないと頭ではわかっていながらも。

気がつくと、ファーディがすぐ横にいた。やはり小柄なジェマイマを見つめている。ロブのいとこはにやにやして言った。

「実にすてきな人だ、ロブ。この果報者め。きみの代わりに新婦をなぐさめてやってもいいぞ」

ロブがあまりに勢いよく振り向いたので、ファーディは驚きと恐怖を顔に浮かべてあとずさりした。

「おい、まさか神の家で殴る気か？」

「挑発されればな」ロブは冷ややかに言った。「彼女はぼくの妻だぞ」

「だが煙突掃除人の娘だ」ファーディは言い返した。「格好の獲物ではないか。結婚式の前にぼくも親しくなっていればな」

ロブはいとこのクラヴァットをつかんで締め上げた。ジェマイマを軽蔑《けいべつ》したり、彼女の貞操を疑われるのはがまんならない。

ファーディはあえいだ。「落ち着けよ、ロブ」

「ジェマイマを二度と侮辱するな」ロブは威圧的に言ってから、いとこを放した。

「つまり、レディ・セルボーンの世話は断るというわけか」ファーディは感情を害したふうもなく言い、上着の襟元を整えた。「きみがそんなに独占欲の強い男だったとは知らなかったよ」

「今思い知っただろう」ロブは口を固く結んだ。彼自身も思いもかけなかったことだ。花嫁探しを始めたときに、妻は妻で好きな人生を送ればいいと軽く考えていた。名ばかりの結婚をする女性に自分は貞操など期待しないだろうとも。だがファーディであれだれであれ、ジェマイマがほかの男性との恋にたわむれると思っただけで怒りと嫉妬が心の中に燃え上がる。

ロブは急いでジェマイマとジャックに追いついた。楽しそうに話している仲のいいふたりがうらやましかった。自分が邪魔者のような気がする。結婚式の日にわが身の愚かさを見せつけられた気分だ。何か気に入らない。

ファーディがロブの腕をつかんだ。「おい、ぼくもウエストエンドまで乗せていってくれないか? ひとりではこのあたりを歩けない。十歩も行かないうちに強盗に遭いそうだ」

ロブはほっとした。ファーディがいれば道中が少しは気づまりでなくなるかもしれない。ジェマイマとジャックの向かい側に座って、仲のよさを見せつけられながらむっつりしていたくなかった。

どういうわけだか、妻への気持ちが変わっていた。いっしょにデラバルへ来てほしいと思った。もっとジェマイマについて知りたい。だが、合意して始めた以上、今さら約束を破ることはできない。望みはないのだ。

ジェマイマはひと目でミスター・チャーチワードが好きになった。チャーチワードは彼らに生ぬるいシャンパンを勧めて控えめに乾杯し、トウィッカナムの家の契約書を取り出して内容をざっと説明した。紳士が新妻のために別宅を借りるという一風変わった状況については意見を述べなかった。父親の遺言状のせいで追いこまれたロブの特異な立場をよくわかっているようだ。実際、わたしの知らされていないことを知っているんじゃないかしら、とジェマイマは思った。というのも一度、ロブの祖母である第十三代伯爵未亡人の遺言に話が及んだのだが、それについては何も聞いていなかったからだ。

とはいえ、順調にことが運んで話が終わりかけたとき、部屋の外で声が聞こえ、騒々しくなった。事務員がドアから顔をのぞかせた。

「お邪魔して申しわけありませんが、レディ・マーガリート・エクストンとミス・レティ・エクストンがお見えです。セルボーン伯爵ご夫妻がいらっしゃると聞いて、できれば同席なさりたいと――」

ロブをちらっと見て、ジェマイマは彼が青ざめたのに気づき、すばやく腕をつかんだ。

「どなた？」彼女が口を開いたとたんにドアが大きく開いた。すぐに背の高い、高貴な風貌《ふうぼう》のレディが現れ、続いてジェマイマと同じ年ごろの、会ったこともないほど美しい小柄な金髪女性が入ってきた。

その女性は興味深そうな目でジェマイマを見たあと、歓声をあげてロブの腕に飛びこんだ。

「ロバート。まさかここで会えるなんて。受付でセルボーン伯爵夫妻がお見えだと聞いても、信じられなかったわ。何かの間違いだと思ったの」彼女はジェマイマを振り向き、ますます目を輝かせた。「はじめまして。わたしはロバートのいとこのレティ・エクストン。それで、あなたがロブの奥さまになった方ね。お会いできてうれしいわ」

7

「いとこですって？」ジェマイマはロブを見て、非難するように言った。彼女は少し声を荒らげた。「たしか、近しい親族はあまりいないとおっしゃったわね？」

ロブは興奮冷めやらぬミス・エクストンに抱きつかれ、なんとか逃れようとしていた。うれしいような困ったような顔だ。ジェマイマは吹き出しそうになった。ようやく体を離すことに成功したロブは、高齢のレディのほうを向いた。いくぶん横柄だったそのレディも再会したふたりの様子を眺めながら、うれしそうに微笑《ほほえ》んだ。

「ロバート。帰ってきただけでなく、結婚したのね。先週くれた手紙にはそんなことひと言も書いてありませんでしたよ。心外ですね、実の祖母が偶然出会って知ることになるなんて」レディ・マーガリート・エクストンが言った。

ジェマイマはひるんだ。この高貴なレディがロブのおばあさま？　彼女は夫になった男性と自分とでは近しい親族という意味合いがかなり違うのがわかった。それにふたりが窮地に立ったことも。

ミス・エクストンは高い声で言った。「そうよ、ロバート、あんまりだわ。結婚式で踊りたかったのに。第十五代セルボーン伯爵になったらもう、わたしたちのことはどうでもいいの？」

「レティー」老貴婦人が穏やかな声でたしなめた。彼女は頰を差し出してロブのキスを受けてから、弁護士を振り向いた。「こんにちは、ミスター・チャーチワード。お邪魔してごめんなさいね。セルボーン卿《きょう》が来ていると聞いて」

「レディ・セルボーンもよ」レティが声をはずませた。

「そう、レディ・セルボーンにも」老貴婦人は言い、ジェマイマに冷ややかな微笑みを送った。「ご挨拶《あいさつ》しなければと思ったのですよ」

ジェマイマは突然、身の縮む思いがした。ロブの親族に会うために心の準備をする時間がもっとあればよかったのに。そのとき、ふと考えた。この老貴婦人はわたしのことを悪くすれば結婚詐欺、よくても成り上がり者だと思っているかもしれない。彼女はとっさに助けを求めてロブを見た。ふたりがどのように出会ったか、あるいはどんなふうに結婚に至ったか、なんの話も準備していない。そんな必要はないと思っていたのだ。けれど今、ロブの祖母といとこが目の前に立っていて、明らかに説明を待っている。

ロブが横に来て、ジェマイマの手を取った。彼女はほっとした。

「おばあさま」彼は突然、硬い口調で言った。「妻を紹介します、ジェマイマです。ジェマイマ、こちらはぼくの母方の祖母、レディ・マーガリート・エクストンだ」

ジェマイマはひざを曲げてお辞儀した。「はじめまして。お会いできてうれしいです」彼女はちらっとロブを見た。「ロバートから近しい親族はいらっしゃらないと聞きましたが、そんなはずはないと思っていました」

「まあ、ひどいわ、ロバート」レディは口をとがらせた。「奥さまを隠していたこともね。もしわたしたちがここに寄らなかったら、ずっと知らなかったのよ」彼女はジェマイマを振り向いた。「おばあさまとわたしはオックスフォードシャーに住んでいて、ロンドンにはめったに出てこないの。今日来たのは、わたしが来月二十一歳になるのでミスター・チャーチワードに相続の相談をする必要があったからなの」

「着いてすぐにあなたの滞在先に手紙を送ったんですよ、ロバート」レディ・マーガリートは言った。

「受け取っていないようね？」

「はい、おばあさま」ロブの声にあきらめと楽しむ様子がうかがわれる。「この街においでだとは知りませんでした」

気づまりな沈黙が流れた。

「気にしないで」レティが満面の笑みを浮かべた。

「こうしてお会いできたんですもの」

ジェマイマは感謝して微笑み返した。レティのことが好きになり始めている。レディ・マーガリートは冷たくて高慢そうだが、彼女とは対照的にレティは温かく、親しみが持てる。でも、ロブの祖母がこの結婚に疑惑を抱くのももっともで、諸手《もろて》を挙げて歓迎されなくてもしかたがない。出だしでつまずいたのは明らかだ。

ふとジャックを見ると、彼も興味深げにレティを見ている。

「申しわけありません。うっかりしていました。レディ・マーガリート、ミス・エクストン、わたしの兄を紹介します。ミスター・ジャック・ジュエルです」

ジャックは上品にお辞儀をしたあと、それを帳消しにするほどぶしつけな、紳士にあるまじきまなざしでレティを見つめた。ジェマイマにはレディ・マーガリートの顔に祖母として非難の気持ちがはっきり表れたのがわかった。レティは頬を染め、笑った。

「はじめまして、ミスター・ジュエル」

「はじめまして、ミス・エクストン」ジャックはこれ以上ないほどの笑顔を見せた。レティはいっそう顔を赤くし、目をふせた。

ジェマイマはロブの視線を感じ、いぶかしげに彼を見た。何かを伝えようとしている。彼は鋭い目でジェマイマの手を、次に小さな袋をさした。彼女ははっとし、結婚式のあとすぐに指輪をはずしてそこにしまったことを思い出した。レディ・マーガリートはこういう細かなことをきっと見逃さないだろう。ジェマイマはこっそり袋の留め金をはずし、手をすべりこませた。

チャーチワードの机に身を乗り出していたレディが叫んだ。「まあ、トウィッカナムに家を買うの、ロバート？ デラバルとロンドンに家があるのに、いったいなんのために？」

ジェマイマは心臓が止まりそうだった。チャーチワードが落ち着き払ってトウィッカナムの屋敷とジェマイマに関する書類を大きな吸い取り紙の下にすばやく隠した。「これは別の依頼人の書類ですよ、ミス・エクストン。出しっぱなしにしておくとは大失態です。面目ない」彼は眼鏡をはずし、ハンカチで勢いよくふいた。自分に非がないのに責めを負わされるのはかなわない、とでもいうように。

また沈黙が流れた。

「シャンパンはいかがですか、おばあさま？」ロブがたずねた。

「ぜひいただくわ」レディが代わりに答えた。「お祝いですものね」

レディはグラスにシャンパンをつぐジャックをにこにこしながら見ている。

「そうだ、お祝いだよ」ロブは笑みを浮かべた。「ぼくたちは今朝、結婚した。ひっそりとね」彼は実に見事に先手を打った。「まだ喪中だから」

「嘆かわしいことね、喪が明けるまで気持ちを抑えられなかったとは」レディ・マーガリートは鼻で笑った。「少なくともほかの親族にジェマイマを紹介してからにすべきでしたよ。体裁が悪いわ。ずいぶん急いで結婚したようだけれど、古くからのお知り合いなの？」

「いいえ」ロブは言った。彼ができるだけ情報を与えないつもりなのに、レディ・マーガリートが引き出そうとしている。ロブはジェマイマに微笑んだ。彼女はなぜか体が熱くなった。「しかし、それは重要なことではありません。会ったとたん、ぼくはこの女性と結婚したいと思ったのですから」

レティがうっとりとため息をついた。「まあ、なんてすてきなんでしょう」

老貴婦人は鼻であしらった。「なんと衝動的な」

ロブはジェマイマを引き寄せた。彼の手は温かくて頼もしく、まなざしは愛情に満ちている。きびしい状況にもかかわらず、ジェマイマは緊張がほぐれてきた。

「あなたのご家族とは面識がないようですけれど、レディ・セルボーン」レディ・マーガリートは鋭い目で見すえながら続けた。

ジェマイマはロブの手に力がこもるのを感じた。

「はい、マダム」ジェマイマは礼儀正しく言った。「おそらくご存じないはずです」

「どういう意味なの？」レディ・マーガリートの口調は冷ややかだ。ジェマイマを財産目当ての女と思っているのは間違いない。

「おばあさま」レティが当惑してたしなめた。

ジェマイマは微笑んだ。できるだけ早く真実を話すことが大切なのは充分わかっている。けれども、尊大なレディ・マーガリートに素性を明かそうとは思わない。もし孫息子が煙突掃除人と結婚したとわかったら、彼女は気つけ薬が必要になるだろう。

「わたしの家族は社交界に出入りしないもので」ジェマイマは穏やかに言った。「母はほとんど家にいて、父は」彼女は一瞬ためらった。「不動産に携わっています」

ジャックが笑いを押し殺すのが見て取れた。

「結婚式にほかの親族は招待しなかったの？」レディ・マーガリートがたずねた。

ロブは落ち着きをなくした。「ファーディにぼくの付き添い役を務めてもらいました」彼はしかたなく言った。

「ファーディ・セルボーンですって」レディ・マーガリートの整えられた眉がつり上がった。「あきれた。あきれてものが言えませんよ」老貴婦人はジェマイマに視線を戻し、藤《ふじ》色のシルクのドレス、ボンネット、小袋と順に眺めて宝石をつけていないことに気づき、結婚指輪を見つめた。ジェマイマは礼儀知らずだと思われたのかもしれない。「それで、どこで知り合ったの？」レディ・マーガリートはたたみかけた。

「教会の前です」ロブは言い、ジェマイマの手を放すと、彼女の腰に腕をまわした。彼の唇がジェマイマの髪をやさしくかすめる。彼女は心強く感じるよりも、むしろうろたえた。彼との距離が近すぎて落ち着かない。少し離れようとしたが、しっかり抱かれていた。

「あら、そう」老貴婦人がつぶやいた。まだ疑っている様子だ。「女性が街で見知らぬ人と話すのはとても危険なことです。どんな人に出会うかわからないのだから」

「でも、教会の前だったのよ、おばあさま」レティは興奮して目を輝かせた。「そういう場所で会うのはきっと身分のある方だわ」

「弁護士事務所と同じです」ジャックが口をはさんだ。

レティは上目遣いに彼を見た。ジャックは微笑んだ。レディ・マーガリートがテムズ川も凍らせるほど冷たい目でにらんだが、無視した。

「ロンドンには長くご滞在ですか、レディ・マーガリート？」ジェマイマはあわててきいた。

「いいえ」老貴婦人は細長いグラスに入ったシャンパンを少し飲んだ。「レティの相続の手続きをすませて、知り合いを訪ねるだけです。二、三週間のうちにはオックスフォードシャーに帰りたいわ」彼女はふたたびロブに冷ややかな視線を向けた。「あなたはすぐにデラバルへ戻るの、ロバート？　それともずっとロンドンに？　もしロンドンにいるのなら、近々みんなで夕食をしましょう」

ジェマイマは困ったようにすばやくロブを見た。自分はすぐに戻るが、ジェマイマはロンドンに残りますとは言えないだろう。それこそ怪しまれる。だが、ふたりともデラバルに戻ると言えば、同じオックスフォードシャーだ。遅かれ早かれレディ・マーガリートにはデラバルに伯爵夫人がいないことを知られてしまう。そうしたら、なおさら変に思われてしまう。

ロブがジェマイマを見下ろした。口元にかすかな笑みを浮かべている。彼女はふと、複雑な事態になりそうないやな予感がした。

「ぼくたちはすぐにロンドンを発《た》ちます、おばあさま」ロブは言った。「実は、できるだけ早くデラバルの復興作業を始める予定なのです。明日、出発したいと思っています」

ジェマイマはぎょっとした。怒りを抑えて息をつき、否定しようとしたが、ロブが耳元に顔を近づけてきた。彼は低い声で、しかしきっぱりと言った。

「何も言うな」

ふたりの視線がからみ合い、張りつめた時間が流れたあと、ジェマイマはもう一度そっと息をついた。ロブの苦しい立場は理解しているつもりだ。もし、ふたりが当分ロンドンにとどまる予定だと話せば、レディ・マーガリートはきっと今晩にもいっしょに食事しようと言い張るだろう。ジェマイマは怒りをこらえた。ふたりは罠《わな》にはまった。でも、少しはロブが逃げ道を残してくれたらよかったのに。

ジェマイマに反論する気がないとわかってロブは緊張を解いた。笑みを浮かべて感謝の意を表す彼を、ジェマイマはうらみがましいまなざしで見返した。

幸い、レティもレディ・マーガリートもこのひそかなやりとりにまったく気づかない。

「やるべきことがあるのはいいですね。夫婦はいつも忙しくしているか、ほかの仲間と交わるべきです。そうすればずっといっしょにいても退屈しないですむわ。スワンパークに戻りしだい知らせますよ、ロバート、ぜひ訪ねてきてちょうだい」

「ありがとうございます、おばあさま」ロブは言った。「喜んでうかがいます」

「たぶん、チェルトナムでいっしょにお買い物ができるわ、レディ・セルボーン」レティが意気ごんで言った。「ロンドンは一流店ぞろいだけれど、チェルトナムはとても上品で趣味がいいの。あそこにお連れてきたらうれしいわ」

「ありがとう」ジェマイマは礼を言いながら、事態が勝手に動きだしたのを感じた。「お気遣いいただいてありがとう、ミス・エクストン」

「まあ、レティと呼んで、これからはお友だちですもの」彼女は心から言った。「あなたのことはジェマイマと呼ばせてね、さしつかえなければ」そこでジャックを振り向き、にっこり微笑んだ。「あなたも妹さんを訪ねてデラバルにいらっしゃるの、ミスター・ジュエル？」

「そのつもりでいます、ミス・エクストン」ジャックはジェマイマが目で止めるのを無視して言った。

レディ・マーガリートは軽蔑《けいべつ》するように彼を見た。

「あなたも不動産のお仕事を？」

「はい、通常は」ジャックはそう言って会釈した。

「申しわけありませんが、ぼくは約束がありますので」彼はジェマイマに振り向いた。「そのうち会いに行くよ。おまえが、その……デラバルに発つ前に。いいだろう、ジェム？」

「ええ」彼女は嘘《うそ》の話にのった兄へのいらだちを抑えた。「待っているわ」

ジャックが去ると、レティはため息をついた。

「ああ、ジェマイマ、あなたのお兄さまほど魅力的でハンサムな男性に会ったのははじめてよ。もう決まった方がいらっしゃるの？」

「レティ」老貴婦人は眉をつり上げた。「若い娘がそんな立ち入ったことをきくなんて、はしたないですよ」

「ええ、います」ジェマイマは答えた。祖母に叱《しか》られたうえ、ジャックに婚約者がいると知ってしょんぼりしているレティの気持ちは無視することにした。

「長年家族ぐるみのつき合いをしている女性です」

レディ・マーガリートはこの事実を聞いて喜んだようだ。それまでよりずっと温かい態度で手を差し出した。

「近いうちにまた会いましょう、ジェマイマ。そのときはもっとゆっくりお話しできるでしょうね」

「楽しみにしています」ジェマイマはうわべだけ礼儀正しく言った。そのあとロブに振り向いた。「ロブ、わたしたちには至急話し合わなければいけない問題があったはずだけど」

ロブは腕に彼女の手をからませた。「そうだったね。すべて仰せに従いますよ。おばあさま、レティ」彼はふたりにキスをした。「では、いずれまた。ロンドンの滞在を楽しんでください」

彼はジェマイマを連れて外に向かった。

「ねえ、おばあさま」ドアをうしろ手で閉めかけたジェマイマの耳にレティの声が届いた。「ロバートが家庭を持つなんてすばらしいじゃない？　何より驚きなのは、彼がついに恋に落ちたことよ」

「セルボーン卿」ジェマイマは冷たく言った。「あなたは頭がどうかしているわ。いったいなぜ、わたしもいっしょに明日デラバルへ行くと言ったの？しかもおばあさまが戻られたら訪ねていくなんて、調子のいいことまで言って。もう弁解の余地はないわ。取り決めを忘れてしまったの？」

ふたりはホルボーン通りの喧騒《けんそう》をあとにし、グレイス・イン法学院の静かな庭のベンチに座っていた。太陽が真上から照りつけ、木々が涼しい陰を作り出す。ジェマイマには木陰がありがたかった。チャーチワードの事務所で飲んだシャンパンのせいで酔いがまわった。そのうえ、新たな状況が生んだいらいらも加わって、体がかっかと熱い。

一方、ロブは冷めて落ち着いて見える。体を半分ジェマイマに向けて長い脚を伸ばして座り、そよ風にとび色の髪をなびかせている。

「ぼくのしたことがやりすぎだと思うなら、あやまるよ。祖母の質問に答えるためにすばやく結論を出すしかなかったんだ。だが、すべて独断だ。もし気に入らないなら――」

「気に入るわけがないわ」ジェマイマは怒った猫のように目を細めて彼を見た。「あたりまえでしょう？ 別々の道を行くという取り決めだったのよ。あなたはデラバル、わたしはトウィッカナムへ。それなのに、無理やりデラバルへ行かされることになってしまったわ。おまけにあの堅苦しいおばあさまを訪問するですって。それはこの際おくとして、たしか近しい親族はいないと言っていたわね。でも、いたでしょう。突然ふたりも現れたわ」

「すまない」ロブはさほどすまなそうでもない。「祖母はめったにオックスフォードシャーを離れないから、顔を合わすことはまずないと思ったんだ。こんなときにたまたまロンドンにいるなんて、わかるはずがないだろう」

「予想すべきだったわね」ジェマイマは不機嫌に言った。「結局は、母方におばあさまといとこがいて、父方にはおじさま夫婦と三人のいとこ……ああ、インドからいつ戻ってきても不思議ではないお姉さまもいらしたわ。ほかに報告し忘れている親族はいませんか？」

ロブはかすかに顔をしかめた。「いや、いない。名づけ親はいるが、親族ではない」彼はジェマイマの手を取った。「どうか落ち着いてくれ」

「落ち着けるわけがないでしょう」彼女は鋭く言った。麦藁《むぎわら》のボンネットを脱ぎ、いらいらと髪をかき上げた。「あなたは親族じゅうが同じ弁護士を雇うかもしれないと予想してもよかったのよ。考えもしなかったのは、うかつすぎます」

「みんながチャーチワードを雇っていることぐらい知っていたよ」ロブはおもしろがるような目でジェマイマを見た。「ただ、それが重要だとは思わなかったのさ」

「これほど何人も親族がいるのに結婚したことを隠しとおせると思ったの？」

「思った」ロブは座り直した。「きみはトウィッカナム、ぼくはデラバルで過ごし、遺産を確保したところで結婚を取り消せば、だれにも知られないはずだった」

ジェマイマは唇をかんだ。「でも、もう知られてしまったわ。おばあさまはこの結婚についてほかの親族にきいてまわるでしょうし、きかれた人は好奇心をそそられ、事情を知りたがるわ。おばあさまはミスター・セルボーンに問いただすかもしれない」

「大いにあり得るな。だからこそ、きみにもデラバルへ来てほしいのだ。ファーディの口が固いのはわかっている。しかし、親族には父の条件を気づかれたくない。そのために本当に愛して結婚したように見せる必要があるんだ」ロブは少しジェマイマに近寄った。「無理なことかい？　こんな展開になったのは気の毒だが、チャーチワードの事務所で祖母に会ってもきみは冷静に切り抜けた。同じ調子で伯爵夫人の役をやりとおせないはずはない」

ジェマイマの心中には矛盾する感情がせめぎ合っていた。たとえロブの軽率な言葉のせいで窮地に追いこまれたとしても、彼のことは好きだ。大好きだから、計画につき合ってデラバルへ行きたい気持ちはある。けれども、それは重大な結果を招く。陰の存在ではなく、現実にセルボーン伯爵夫人としてみんなに知られるのだから。

伯爵夫人の役はこなせると思う。そのことは気にしていない。いやなのはそれ以外の厄介な問題だ。素性を隠し、アン・セルボーンの結婚式に来ただれかに見破られるのではないかと気をもむ。さらに最大の問題として、自立のための計画をあきらめなければならない。学校を作りたかったのに、夢が遠のいてしまう。

でも、わたしの自由は実際にロブが寛大かどうかにかかっている。わたしは独立心にあふれた人間だと自負していたけれど、それは幻想だわ。もしロブが例の取り決めを破棄すると決めれば、あるいはトウィッカナムの屋敷とお金を準備してくれなければ、もしくは強硬にデラバルへついてこいと主張すれば、わたしに選択の余地はない。わたしはロブの妻だ。罠にかかったのだ。

ジェマイマは絶望と怒りの声を発した。「ああ、だまさないとあなたは誓ったのに」

ロブは彼女を見すえた。「だますつもりなどない。ぼくの考えを納得してもらいたいんだ」

ジェマイマは腹がたった。「ものは言いようね。すばらしい言葉のすり替えだわ。おかげでわたしは計画を変更するよう迫られているのよ」

ロブがため息をついた。癇癪《かんしゃく》を起こさないよう懸命にがまんしているのがわかり、いっそ爆発させてくれたらいいのに、とジェマイマは思った。そうしたら激しく言い合って、すっきりするかもしれない。ここが法学院でなければ、そしてわたしがセルボーン伯爵夫人でなければいいのに。彼女は深呼吸した。

「ごめんなさい。デラバルへは行けません。最初の取り決めを守るべきだと思うわ」

ロブはゆっくりとうなずいた。「わかった」彼は眉を上げた。「では、その取り決めについて話し合おうか？」

ジェマイマは足元の芝生を蹴《け》った。ロブがどれほど口がうまいかを知っているので応じたくない。結婚を申しこまれたときも、断る決心をしていたのに説きふせられてしまったのだから。

「何も話し合うことはありません。あなたからおばあさまに正直に事情を説明してもらえない？」

ロブは首を横に振った。「きみも気づいただろう。祖母の目をごまかすのは容易なことではない。突然妻が現れるだけでも充分疑わしいのに、また急に消えたら疑いは深くなり、どんな説明にも納得しないだろう」

「だから真実を話してください」

ロブは首を振った。「それはいらぬスキャンダルを引き起こし、ぼくだけでなく、きみの評判も傷つけてしまう。レディは評判にもろいものだ。なんとしても傷つけたくないんだよ」

ジェマイマは彼をにらんだ。「わたしが気にすると思うの？　評判なんて関係ありません」

「きみはそうかもしれない」ロブは肩をすくめた。「だが、ぼくにとっては重大だ。名誉にかかわることであり、きみの評判が傷つくのを放《ほう》ってはおけない」

彼女はため息をついた。「では、ロンドンに残る口実を自分で考えます。母が病気だとか」

「永久に病気で、永久にきみの付き添いが必要なのか？　あり得ないことではないが、説得力に欠ける」

「だったら、レディ・マーガリートに言ってくださ
い。わたしはあなたのもとを去ったと」ジェマイマは言葉を切った。一瞬ロブが激しい怒りを見せた。彼女と同じくらいの頑固さも。それがジェマイマを動揺させた。ロブは静かな声で言った。

「そんなことは言えない。きみが本当にそうしたいのなら別だが」

ふたりは見つめ合った。ジェマイマが先に視線をそらした。彼女の言葉でロブが傷ついたのがわかった。契約を結んだときにはふたりとも結婚の誓いを守るつもりなどなかったが、どういうわけだか、早くも何かが変わった。変わったような気がする。

「ごめんなさい、ロブ」彼女は口を開いた。「口にすべきことではなかったわ」

ロブは少し緊張を解いた。顔に映った木の影が揺れている。間近で食い入るように見つめられ、ジェマイマは息苦しくなって目をふせた。

「伯爵夫人の役をこなせないと思ってるわけではないのよ」彼女はしばらくして言った。「ただ、わたしではふさわしくないと考える人たちがいると思うの。レディ・マーガリートはあなたに職人の親戚《しんせき》ができるのを望まないはずよ。たとえわたしが山ほど持参金を持ってきたとしてもね」

ロブは悲しげな顔をした。「祖母は口ほど悪い人ではない。いったんきみを好きになったら、このうえなくやさしくなるだろう」

ジェマイマは露骨に疑いの目を向けた。「それで、いつ好きになってくださるのかしら？　わたしが煙突掃除人の娘だと話す前、それともあと？」

ロブはあごを引いた。「きみが煙突掃除人の娘で

あろうとなかろうと、ぼくは結婚したことを恥じていない。素性を知られたら知られたでかまわない。もしきみを侮辱する人間がいたら、そんな連中とはつき合いたくもない」ロブは彼女の指に指をからませた。「きみはぼくの妻だよ、ジェマイマ。大事なのはそれだけだ」

ジェマイマは微笑み、手を離した。事態はそんなに単純ではない。持参金もない下層の娘との結婚をロブの親族が拍手喝采《かっさい》して喜ぶとはとても思えないし、田舎の社会はなおさら認めないだろう。彼女は貴族の性根や自尊心について語ったジャックの激しい言葉を思い出した。〝彼らは決しておまえを受け入れないだろう〟たとえ素性を隠そうとしても、きっと遅かれ早かれ露見する。秘密は明かされるものだ。でも、真実を打ち明ければ、つまはじきにされるだろう。それも困る。

ジェマイマははっとした。ロブがさらに寄ってきたからだ。意図的かどうかはわからない。だが、彼女の心は乱れた。藤色のシルクのドレスを通して太腿にロブの太腿が押しつけられているのがわかる。腕と腕が触れ合う。彼女はさりげなく身をよじって離れようとして、ベンチの端にいるのに気づいた。一瞬目を閉じた。こんなに近づいてきたら話に集中できるわけがない。

「ジェマイマ？」ロブが心配そうに言った。

彼女は目を開け、ちらりとロブを見た。それから麦藁のボンネットを目深にかぶった。シャンパンのせいでまだ頭がぼんやりして、ふと、ロブの肩に寄りかかりたくなった。自然に体が傾いていきそうだ。彼女はあわてて姿勢を正した。

「ジェマイマ、大丈夫か？」

ロブの真剣なまなざしに、彼女はうろたえた。

「え、ええ、ありがとう。ぽかぽかして、ちょっと眠くなったの」

「そうか」ロブは不安が消え、興味深そうな表情を見せている。「ひと眠りしたいなら、遠慮はいらない。ぼくの胸に頭をあずけるといい」

ジェマイマはその光景を思い浮かべ、顔を赤らめた。「そんなはしたないことをしようとは夢にも思っていません。それにまだ話し合いは終わっていないわ」

「話し合いね」ロブはつぶやいた。「そうだった。ほかのことはおあずけか」

ジェマイマは顔をしかめた。「ほかのことなんて何もないわ。もしあなたの計画につき合うとしても、これは偽りの結婚で、本物ではないのだから」

「もちろんだ」ロブは眉を上げた。「では、ついてきてくれるんだね、ジェマイマ？」

8

「まだ決心がつかないの」ジェマイマは眉を寄せた。「わたしはなんとしても学校を作りたかったの。とても楽しみにしていたのに、あきらめきれないわ」

ロブはうなずいた。「その気持ちはよくわかるが、いっしょにデラバルに来てくれるなら、いくつでも好きなだけ開校できるよ」

ジェマイマは笑った。「まあ。もう少しでその気になるところだったわ」

ロブは身を乗り出した。「ぼくはある意味きみをだましてしまった。契約を結んだのに、今になって変更してくれと頼んでいるのだから。しかし」彼は肩をすくめた。「デラバルの復興に手を貸してもらえるとありがたい。いずれあの村にも学校が必要になる……もしきみにまだその意思があればだがね。きみならミセス・モンタギューのようにやれるはずだ」

一瞬、ジェマイマは胸をふくらませたが、早まってはいけないと思い直した。「学校で教えるのは伯爵夫人にふさわしくないんじゃない？」

ロブは少し困った顔をした。「確かにそうかもしれない。だが開校して、慈善のために関心を示すことはできる。結局きみの恩師もそういうことをしたわけで」ロブは言葉を切った。「どうかしたか？」

ジェマイマは苦笑した。「これまでずっと働いてきたから、慈善家になって何もせずに過ごすなんて考えられないことだわ。トウィッカナムで何をするつもりかときかれたとき、あなたも指摘したわね。わたしはじっとしていられない性分なんです」

ロブは笑った。「デラバルにはきみの仕事が山ほどあるよ、嘘《うそ》ではない。屋敷は崩壊寸前なのだからら」

ジェマイマはざらざらした木のベンチを指でなでた。「だったら、結婚の取り消しはどうなるの？」

彼女は上目遣いにロブを見た。「取り消さないということ？」

「そう、結婚は取り消さない」

ジェマイマは胸が締めつけられた。両親の家であの日やさしくされたときと同じだ。でもいくらやさしくてもあのとき彼にはジェマイマをデラバルのレディ・セルボーンにするつもりはなかった。結婚は便宜的なもので、すぐに終わるはずだった。このままいけばそうはいかない。セルボーン伯爵ははからずも煙突掃除人の娘につきまとわれることになる。ジェマイマはのどに大きな塊ができたような気がした。

「思い出してください」彼女はやっとのことで言っ

た。「もともとの計画では妻を巻きこむ考えはなかったはずでしょう」

ロブは表情を和らげた。「そのとおり、最初はね。だが今は心からそれを望んでいる」

ジェマイマの鼓動は激しく打ち、心は乱れた。ロブに惹《ひ》かれているのは否定できない。だから厄介なのだ。ジェマイマは混乱した。彼を見ることもできない。

「最初に取り決めを提案したときは、きみのことをよく知らなかった」ロブはやさしい声で続けた。「ぼくに必要なのは、デラバルを復興させるための遺産だけだと思いこんでいた。結婚は手段にすぎないとね」手を彼女の手に重ねた。「ぼくの目を見てくれ、ジェマイマ。今から言うことをどうかきちんと聞いてほしい」

ジェマイマは顔を上げた。彼の熱いまなざしに身を焼かれそうだ。彼女は視線をそらしたいのを必死でこらえた。

「ぼくがセルボーン伯爵夫人になってほしい女性はきみだけだ」ロブはかんで含めるように言った。「きみはぼくの妻だよ、ジェマイマ、それを誇りに思う」

ジェマイマは手を引き、立ち上がった。そして、ベンチから数歩離れた樫《かし》の木陰に逃げた。かなり動揺した彼女は、両手で頭をかかえた。

「こんなはずではなかったのに」

すぐに駆け寄ったロブがそっと彼女を振り向かせ、羽根のように軽く頬に触れた。「きみが本当にやっていけないと思うのなら、ぼくは親戚《しんせき》一同に事情を話す。こんな状況を招いたのはぼくの責任だ。きみが苦しむことはない。契約を守りとおすことにしよう」

ジェマイマは肩を落とした。契約を守るのが唯一筋のとおった結論なのに、自分で主張しておきながらら、少しも正しいとは思えない。ロブを見ると平静を装いながらも失望している様子がわかり、悲しくなった。彼を落胆させてしまったように感じたからだ。しかも、心の隅では、いっしょに暮らしたいという彼の気持ちを知って喜んでもいる。複雑な心境だった。

「わたしはしとやかな妻にはなりませんからね」ロブはその言葉を同意と受け取り、ぱっと顔を輝かせた。

「手が汚れるのをがまんできない上品なレディよりも、デラバルの復興に手を貸してくれる女性のほうがぼくは好きだよ」

ジェマイマは思わず微笑《ほほえ》んだ。ふたりの目が合った。ロブは彼女を人目につかない木陰へ引っ張っていった。そして急にまじめな顔になる。

「では、いっしょにデラバルに来てくれるね？」

ジェマイマの胸に不安と興奮がいっきにこみ上げてきた。「はい、行きます」

「よかった」ロブは静かに言った。

ジェマイマは頬を赤らめた。めったにないことなのに、ロブには見つめるだけで彼女を熱くさせる力があるようだ。あとひとつ、もっと気がかりな問題が残っている。彼女は咳《せき》払いをした。

「あのう」彼女は口ごもった。「わたしは、これがあくまでも見せかけだということをはっきりさせておきたいの。だから、これからも結婚は形だけで」

ロブの笑みが広がった。ジェマイマは全身がかっとした。シャンパンだけでなく、もっと熱い何かのせいで。「もちろんだ」

ジェマイマは目を見張った。今までに出会った紳士はほしいものを手に入れるためにもっとしつこかったので、彼女はロブのあっさりした態度に疑問を抱いた。すでにキスをしたのだから、わたしに気があるのは間違いない。それはしぐさにもまなざしにも表れているのに、名実ともに夫婦になることに興味がなさそうに見えるのはなぜだろう。

「その点だけははっきりさせたいの」彼女はくり返し、ため息をついた。「いっしょに暮らしても、禁欲は続けると」

ロブは大笑いした。「同感だ。少なくともしばらくは」

ジェマイマは顔をしかめた。「本当？　でも、なぜ？」

ロブは眉を上げた。「ぼくの気を変えさせたいのかい？」

「とんでもない。誘惑するつもりはありません」ジェマイマはうろたえたが、必死で落ち着こうとした。「ただ、男の人というのは、わたしの経験では……」

「ほう？　男性経験が豊富なのか？」

ロブはまたジェマイマの手を取り、手首をなでた。彼女はますます動揺した。鳥肌が立ち、脈が速くなる。

「いえ、そういうことではなくて、愛に対する考えは以前にお話ししたはずです。路地裏育ちであっても、わたしは、恋愛には疎いの。しつこく迫られたことはあるけれど」

ジェマイマは絶望的な目を向けた。ひどく気づまりだった。

「屈しなかったんだね？」ロブがやんわりと言い、微笑んだ。「先に言って悪かった。だが、うれしくてね」

ジェマイマは麦藁《むぎわら》のボンネットの縁を指でもてあそんだ。ロブとこんな問題を話し合うのは親密すぎるように思える。彼女は昔からあまり自分を表に出すほうではなかったが、今はさらけ出している気がする。

「わたしの経験はどうでもいいでしょう」彼女は話を戻そうとして言った。「まだこの偽装結婚の話の途中よ。ほかの人にどんな印象を与えようと、これは形式だけのものだと了解しておいてください」ジエマイマは神経質に手を組んだ。「ロブ、わたしはあなたのことをよく知りません。だから親密な関係になっても安らげないでしょう」

ロブは手を伸ばし、彼女の顔に落ちた髪をそっと払った。「わかったよ、ジェマイマ。以前聞かせてくれた話を思うと、きみのためらいはよくわかる。知り合って間もないのに安らぎを感じるとしたら、そのほうが不思議だ。しかし今は不安でも、いつか、もっと強い気持ちで結ばれるときが来るといいね」

ジェマイマは胸を打たれてうろたえた。欲望は危険な罠《わな》であり、愛情はジャックがベス・ロサに恋したときのように人をもろくすると、ずっと思ってきた。だから避けてきたのだ。それなのに、夫という目の前にいる男性に軽く触れられただけで信念が揺らぎそうで、怖い。彼女は気持ちを立て直そうとした。

「あなたはさっき、形だけの結婚でもいいと言ったわね」彼女は蒸し返した。「もし本心でないなら、はっきりそう言うべきです。正直なことは大切よ」

ロブはため息をつき、両手をポケットに入れた。「しばらくは、とつけ加えただろう。あの言葉が重要なのさ」彼は苦笑いした。「ぼくの本能と必要なこととは矛盾しているのだ」

ジェマイマは興味をそそられた。本能は理解できる。でも、必要というのがわからない。「必要？どういう意味ですか？」

ロブはいきなり彼女の手を取り、さらに木陰の奥まで引っ張っていった。そして乾いた草の上に座り、彼女も隣に座らせた。

「きみに話さなければいけないことがある」真顔だった。「できれば言いたくないんだが」

ジェマイマは眉を上げ、待った。ロブはため息をついて木の幹にもたれた。少し沈黙したあと、ロブは顔をしかめた。

「なんとなく想像がつくわ」しばらくしてジェマイマが口を開いた。「本当に話しづらそうだから」

「丸一日想像しても正解は出せないだろう」ロブは幹に頭をつけたまま彼女を振り向き、大きく息をついた。「父の遺言を覚えているよね」

ジェマイマはうなずいた。「もちろんよ。でなければ、わたしたちはここにいないわ」

「そうだな。ところで、ぼくの祖母も両親と同じ疫病で命を落としたんだ」ロブは言いよどんだ。「一風変わった人でね。四万ポンドの遺産を残してくれたのだが、条件がひとつあった」

ジェマイマは眉をひそめた。「条件をつけるのがあなたのご家族の癖みたいね」

「まったくだ。それさえなければうまくいくのに」ロブはしみじみと言った。


「いったい、どんな条件？」

ロブは乾燥した草の上に指でいくつも円を描いた。彼女のほうは見ない。

「財産を引き継ぐのにふさわしい人間になるため、百日間の禁欲をしろというものだ」彼は突然、顔を上げた。「笑うのか？」

笑いがこみ上げてきたジェマイマは、手で口をおおった。「笑わないわ」

「笑っているじゃないか」ロブは彼女の肩をつかんだ。「ジェマイマ」

「ごめんなさい」ジェマイマは吹き出した。「でも、おかしいわ。お父さまとおばあさまはそれぞれ何をしているかご存じなかったの？」

「そう思いたいね」ロブはむすっとした。「でなければ、ふたりとも血も涙もない人間だ」

ジェマイマの目はまだ笑っている。「だからあなたは会ったばかりの女性を選び、見知らぬ人と結婚し、式の当日に別れようとしたのね。昔からの知り合いに、結婚してからこんな条件を明かすのはあまりにもばつが悪いもの」

「ご指摘、ありがとう。今も充分、ばつが悪いよ」

ジェマイマはまた笑いそうになるのをこらえた。

「それに知り合いのレディと結婚したら、自分を抑えるのにものすごく苦労したでしょうね」

ロブは楽しげな彼女をにらみつけた。「そのことは悩みの種だ。さっきも言ったように、本能と必要が闘っている」

ふたりの視線がぶつかった。ジェマイマは目をそらし、草の葉を指にからませた。

「もっとよく状況を考えなければいけないわ」彼女はゆっくり言った。「いっしょに住むのはとても大変なことよ。いつもそばにいると親密な関係になりやすいから」

「本当か？　では、試してみよう」

ジェマイマは彼をちらっと見て、また目をそらした。「そんなことをしてどうなるの？」彼女はあわてていた。「名ばかりの結婚のはずでしょう？」

「一時的なものだ」ロブは少し近寄った。「ジェマイマ、正直に言っておく。ぼくは禁欲生活を百日以上続ける気はない。百日でも拷問なのに」

彼女は赤面した。ロバート・セルボーンのことは好きだし、キスを楽しんだのも事実だ。だが、軽率な恋にはのめりこみたくない。これ以上弱い立場に追いこまなくても、人生とはつらく残酷なものだ。

ジェマイマは自分も正直になろうとした。

「話してくれてありがとう、ロブ」彼女は咳払いした。「わたしはあなたに無関心なふりはできないし、この先も同じよ。一度のキスでわたしの考えをひっくり返した人ですもの。でも」彼が思わずすり寄ろうとするのを見て、ジェマイマは手で制した。「まだ、不安が……」

「もちろんだ。きみの信頼を得なきゃいけないのは承知しているよ」ロブは彼女の手の甲をなでた。「ぼくには妻を口説く時間が、あと八十五日ある」

ジェマイマの全身に震えが走った。「八十五日？」

ロブはとび色の瞳を愉快そうに輝かせた。「正確には八十四日と十時間と三十五分少々だ。ずっと数えているんだよ」

彼女は息をのんだ。「それでは、あなたは……」

ロブはにっこり笑った。「きみを誘惑するつもりだよ、ジェマイマ。禁欲期間が終わるころには、ふたりとも新婚初夜の喜びを経験したくなっているだろう。予告しておくよ」

ふたりが法学院の庭を出て、川に向かう裏通りを下っているときには正午を過ぎていた。話し合いのあとジェマイマは黙りこみ、何を考えているのかロブにはわからなかった。彼女はロブの最後の言葉には反論せず、おなかがぺこぺこだしシャンパンのせいでもう何も考えられないとだけ言った。そして、彼の腕を取って川岸に向かった。また怪しげな酒場に連れていかれなければいいが、とロブは思った。結婚式当日に追いはぎがぼくの花嫁に熱を上げ、奪い去ろうとしていると思うだけで、必死に抑えてきた感情が爆発しそうだ。

ジェマイマをおびえさせる気はなかったが、偽りのつもりで始めたこの結婚がずっとこのまま続くと誤解させておいてはいけない。法学院の庭ではっきり意思を伝えたとき、彼女の返事は得られなかったものの、表情から多くを読み取れた。見開いた目には不安とともに、恥じらいと関心がありありと表れていた。小さくあえぐように開いた彼女の唇にロブはキスをしたくてたまらなかった。彼の考えを知ろうとして悩み、気がついて赤面し、想像をふくらませまいとして必死で理性を働かせたジェマイマの様子を、ロブはじっと見ていたのだ。あと一歩のところだったが、今度愛について話すときには別の結果が出るだろう。ゆっくり攻めていこう。だが、着実に前進させたいとロブは思った。

ともかく、今は何か食べなければ。

「どこへ行くんだ？」

「川岸の屋台よ。とれたての新鮮な牡蠣《かき》が食べられるの。よかったらうなぎも試してごらんになるといいわ、セルボーン卿《きょう》」

ロブは身震いした。「遠慮する。うなぎはきらいだ」彼はジェマイマをちらっと見た。「牡蠣といえば精力効果があるらしいじゃないか？」

ふたりの目が合った。ジェマイマは頬を赤らめ、横を向いた。「だったら、牡蠣はやめましょう」快活に言った。「じゃがいもがいいわ。屋台で買って、ミセス・ミジンのコーヒーで流しこむの。あそこのコーヒーはロンドンでいちばん苦くて鎮静作用があるとジャックが太鼓判を押したわ。囚人たちに飲ませて欲求不満を静めるべきだと言うのよ」

「それこそぼくに必要なものだ」ロブはおどけて言った。

結局、ふたりは冷たい川風を避けられるキング通りの角に腰かけ、屋台で買った熱い豆スープとベイクド・ポテトを分けて食べた。ふだんならロブはまずピストルを携帯してからでないと決して川沿いの細い道を歩かない。だが、この日はすべての経験にわくわくした。スープは熱くておいしかったし、いつの間にか、薄暗い路地から出てきた二十人ほどのわんぱく小僧に、まるでのぞき部屋に群がるように取り囲まれていた。ジェマイマは彼らと知り合いらしく、食べながら気軽にしゃべり、そのうちの何人かを煙突掃除の見習いだと紹介した。宿屋の給仕や、厩番《うまやばん》や、波止場で働く少年もいる。みなはだしで、服はぼろぼろだった。見習いの子は頭から爪先まで煤《すす》で真っ黒だ。だれもが無条件にロブを受け入れた。油断したすきに時計をくすねる子までいて、返しなさいとジェマイマにきびしく叱《しか》られたりする。ロブは口を動かしながら、妻がそよ風に髪をなびかせ、日光に照らされた顔を輝かせて子どもたちと話すのを眺めて、夫として誇らしかった。

去ろうとしてふたりが立ち上がると、子どもたちはさっと道をあけた。

「この格好いいおじさんはだれ？」少年が甲高い声で言った。

ジェマイマはにっこり笑った。「わたしの夫よ」彼女はロブの手を取った。ロブは舞い上がりたい気分だった。

「ふうん」少年たちは彼を上から下まで眺めた。

昼食後、ふたりは手をつないで川沿いをぶらぶら歩いた。

「子どもたちにお金をやらないでくれてうれしかったわ」ブラックフライアーズ橋のたもとに立ち、ゆっくりと川面《かわも》を行く小舟を眺めているとき、ジェマイマが言った。「たいていの紳士はお金を与え、それが親切だと思うらしいの」

ロブが振り向いた。「ぼくもやろうかと思った。しかし、間違いだという気がした。頼まれもしないのに友だちに金をやるようなものだ」

ジェマイマは微笑んだ。瞳がきらきら輝いている。はっとするような青だった。コテージの庭に咲くラベンダーを思わせる紫がかった青。

「そのとおりよ」彼女は穏やかに言い、腕を組んだ。「もう帰らなければ。母には友だちを訪ねると言って出てきたので、あまりゆっくりできないの」彼女はためらった。「今後の行き先は、夜打ち明けるつもりだった。父は仕事で留守なのよ。ベッドフォード公爵のお屋敷の煙突掃除だから、明日まで帰らないでしょう。お望みとあれば、朝早く、あなたの準備ができしだい迎えに来てくださいね」

ロブはむっとしたように川に石を放《ほう》った。別れの時間が迫った今になって、どれほど彼女と離れたくないかに気がついた。数時間でも長すぎる。

「ぼくたちの結婚式の夜なんだよ」

「そうね。でも、あなたは滞在先の別邸で、わたしは自分の家で過ごしましょう」ジェマイマはにっこり笑った。「おばあさまの四万ポンドのことを考えながらおやすみください。心が温かくなるはずよ」

9

翌日、新妻を伴ってオックスフォードシャーへ旅立つロブの心を占めていたのは四万ポンドのことではなく、祖母の遺言条件を満たすための残りの八十三日だった。禁欲日を数えまいとすればするほど、何も手につかなくなる。妻とベッドをともにするさまを思い描くまいとすればするほど、頭にこびりついて離れない。昨夜はほとんど眠れず、ジェマイマのことばかり考えていた。

結婚式で軽いキスをしたときも、その前にキスをしたときも震えていた彼女の唇の感触がまざまざとよみがえる。またキスをしたくてたまらない。あの経験はとても忘れられるものではない。ここまできたらもうあと戻りできないし、戻りたいとも思わない。ぼくがほしいのは妻なのだ。

馬車に揺られて田園地帯を走りながらロブは目を閉じた。あと八十三日。八月の残りと九月、十月、そして十一月の初旬まで。彼はうめき声をあげそうになった。欲求不満で頭がおかしくならないよう、断固たる手を打たなければならない。

今朝グレート・ポートランド・ストリートを出発した瞬間から、ロブは妻にしか注意が向かなくなった。丸みのある体の線にぴったりした濃い緑色の旅行用ドレスを着たジェマイマは、とびきり魅力的だった。ロブは彼女の優雅さや気品を認めながらも、ドレス姿を見たとたん、脱がしたくなった。

それに、香りだ。ジェマイマは、ロブが最後にデラバルを離れたときに太陽のさんさんと当たる南側の壁沿いに咲き誇っていたジャスミンと同じ、甘い花の香りを漂わせている。それを彼女の肌からじかに吸いこみたい。しかし、どんなに想像をふくらませようと、しょせんは果たせぬ夢なのだ。

暑い日だったので、ジェマイマは窓を開け放してほしいと強く望んだ。おかげでジャスミンの香りが刈りたての牧草のにおいと混ざり合い、ロブの欲望をかきたてた。こんな気持ちになるのは夏の日差しと田園の緑豊かな風景のせいなのだろうか。しかし、二時間もいらいらしている彼を、それまで外の景色に夢中だったジェマイマは落ち着きがないと言った。こんなことなら馬車の横を馬で行けばよかった、そのほうがいやおうなくジェマイマと隣り合わせて座っているよりまだましだ、とロブは思った。五時間後、馬車がバリントンに着き、〈フォックス亭〉の庭に乗り入れたとき、彼女の横で緊張していたロブは心底ほっとした。

一方ジェマイマは、一日じゅう冷静だった。途中の田園地帯や村々に大いに興味を示した彼女は今、宿屋を見つめながら、ロブが動揺しているにもかかわらず落ち着いている。彼女までが神経質になる理由はないのだ、とロブは陰気に思った。彼女はためらいながらもキスに応じて内に秘めた情熱を感じさせたが、何かぼくに隠しているのも確かだ、心の奥底に。興味深い女性だ。路地裏できびしい現実を学んだ煙突掃除人の娘が身にまとっているのは、ミセス・モンタギューの手で作られた貴婦人という仮面だ。彼女を正しく理解するのにかなり時間がかかりそうだし、心から信頼してもらうにはもっと長くかかるだろう。しかし、あと何カ月もある。妻を抱くのはそれからだ。抑えがたい衝動に負けないかぎりは。

ロブの賢明な決意は、宿の亭主ミスター・ヒントンに応接室に案内されたとたん、ぐらつき始めた。亭主は卑屈にお辞儀しながら、宿がこんでいることをさかんにわびた。ロブとジェマイマは応接室をいっしょに使わなければならず、さらに悪いことに、寝室もいっしょだった。ロブはデラバルまでいっきに行ってしまいたくなった。あとほんの三十キロだったが、馬車の車輪がひとつ壊れかけていたうえ、夜も近いのでひと晩泊まってもかまわないだろうと思ったのだ。しかし、今は自信がない。妻と同じ部屋で、しかも同じベッドで寝るという、新婚の夫なら普通は大喜びしそうな状況に、気持ちが沈んだ。あと八十三日の禁欲期間を一生涯に感じたりもするが、そこにたどり着くまでにもっとひどい苦しみが待っていることを思い知らされた。

「気持ちのいい部屋ね」宿の亭主に案内されて隅のテーブルに向かいながらジェマイマは言った。むき出しの曲がった梁《はり》と、金色の板石を敷いた床が気に入った。「エールを一杯いただきたいわ、ミスター・ヒントン。それから羊のシチューも」

宿の亭主は一瞬けげんな顔をした。「エールですか、奥さま？　なんとまあ。かしこまりました。で、ご主人さまは？」

「同じものを頼むよ、ミスター・ヒントン」ロブはあきれた亭主の顔を見て、笑いをこらえているようだ。ロブはジェマイマのほうを向いた。「きみは地方の社交界に新しい流行を生み出すかもしれないね。レディがエールを飲むという流行を」

ジェマイマは木製の長椅子に腰を下ろした。「ほんの少しいただくだけよ」彼女は落ち着き払って言った。「この状況で飲みすぎたらそれこそ無謀でしょう？　お酒ほど人の判断を狂わせるものはないわ」

ロブはエールのグラスを手に取り、彼女をつくづく眺めた。「立派なご意見だ。きみのその良識があるかぎり、ぼくたちが祖母の遺言条件を破る心配はなさそうだ」

ジェマイマは彼を見た。「あなたも自制心を働かせてくだされればね。わたしひとりの力ではどうしようもありませんから」

ロブはにやりとした。「精いっぱい努力するよ。まあ、絶対の保証はできないがね」

ジェマイマはため息をついた。この先二、三カ月はいろいろな意味で苦労が続きそうだ。ほかの若いレディならセルボーン伯爵夫人としての暮らしを思い描いてうっとりするかもしれないけれど、現実的なわたしには楽ではないことだとわかっている。大きな屋敷を管理するにはさまざまな調整が必要だ。でも、わたしにはそんな大役を引き受ける準備はできていない。たとえできていたとしても、田舎のことを何も知らない。田舎の生活はわたしが育った都会の生活とはまるで違うのだ。

それに、親戚《しんせき》や友人や近所の人々と会わなければならない。ロブ自身の問題もある。

ジェマイマはエールを飲む夫をじっと見た。彼は生まれながら威厳を備えていて、無理に目立とうとしなくても存在感がある。特別着飾ってはいないが、気品がにじみ出ていて、ジェマイマは魅了された。五時間も男性がそばにいたのははじめてだったので馬車の中では落ち着かなかったものの、いやな気はしなかった。ロンドンからデラバルまでの所要時間や、車窓から見えるさまざまな作物について、気楽に思いつくまま話した。欲望とはっきりわかる光を帯びたロブのまなざしが熱く向けられたときには、顔が赤くなり、全身がほてった。

昨夜、彼女は寝る前に、夫といっしょのときは冷静でいなければいけないと自分に言い聞かせた。その気持ちはすでにぐらつき、あらゆる良識をくつがえしてしまいそうだ。こんなに意志が弱くては、彼に抱き締められたとたん、完全に身を任せてしまうかもしれない。お互いにもうわかりかけてきたつもりになっているけれど、本当はあまりわかり合えていないのだという自覚が必要だわ。こうやって思いをめぐらせるのはめずらしいことで、ジェマイマは苦しいと同時にわくわくもした。ロブがまた特別な目でこっちを見ている。彼女は動揺を抑え、安全な話題を探した。

「デラバルまであと三十キロほどだと聞いたけれど、正確にはどこかしら？」

「バーフォードの町の近くだ」ロブはちょうど運ばれてきた湯気のたつ羊のシチューをちらっと見た。「実は、ぼくたちはマーリンズチェイス、つまりマーリン公爵の領地のすぐ近くにいるんだ。デラバルへ行くにはここから南へ……」

ジェマイマはもう聞いていなかった。公爵の名前を聞いたとたん、凍りつき、気を失いそうになった。マーリン公爵。マーリンズチェイス。ティリーが暮らす土地だ。姪《めい》がそれほどデラバルの近くにいるとは思いもしなかった。ジャックと口論したあと、テイリーを捜すことはもう考えまいとしてきたのに。皮肉にも今度はなんとしても会わないようにしなければならないとは。

「わたしは」声がかすれ、ジェマイマは咳払《せき》いをした。「てっきり、マーリン公爵はグロスターシャーのどこかにお住まいかと」

「そうだよ」ロブは顔を上げ、彼女を見て眉を上げた。「どうかしたのか？　顔色が悪いよ」

「えっ？　いいえ、大丈夫」ジェマイマは自制心を取り戻した。それでも、フォークを手にしたものの、シチューを少しつついてまた置き、グラスに手を伸ばした。エールは冷たいが、味はしない。「ただ、その……公爵ご一家はご身分がはるかに上だから、わたしたちとおつき合いはなさらないわよね？」

「そんなことはない」ロブは気楽に言った。「デラバルで暮らしていれば会うだろう。公爵の甥《おい》のバーティ・パーショーとは旧知の仲でね。実を言うと、マーリン公爵はぼくの名づけ親なんだ」

ジェマイマのグラスを持つ手が震え、オーク材のテーブルにエールが少しこぼれた。ロブのいぶかしげな視線に気づき、彼女はグラスを置いた。突然取り乱した理由をあわてて説明しようとした。

「公爵が名づけ親ですって？　まさか」

ロブは微笑《ほほえ》んだ。「心配しなくてもいい。とてもいい人だ。きみも好きになるだろう」

ジェマイマは会いたくなかったが、そうは言えない。なんとかして避けるための口実をひねり出さなければと思うと憂鬱《ゆううつ》になった。彼女は深く息をつき、冷静に考え始めた。危険がさし迫ったわけではない。デラバルがあるのは三十キロ離れたオックスフォードシャーだ。マーリン公爵に会う必要はないし、テイリーに出会うと決まったわけでもない。あの子がわたしにそっくりでもないかぎり、だれもふたりを結びつけることはないだろう。ジェマイマは疲れはてた。ティリーのことをロブに打ち明けようかとも思ったが、やめた。ロブにとっては煙突掃除人の娘と結婚しただけでも重荷なのだ。彼の名づけ親がわたしの姪、それも庶子の後見人だと突然知らされたら……。彼のことをもう少しよく知るまで待ったほうがいい。今はティリーとわたしのために、そして秘密を守るために、あの子に会うおそれのあることはすべて避けなければ。

ロブはまだ夢中でシチューを食べていて、ジェマイマが青ざめたことを彼の知人に会うことへの不安や恐れ以外に理由があるとは思っていないようだ。彼女もフォークを取った。シチューは熱くて二、三口食べると、少し元気が出てきた。ふたたびエールを飲んだ。ティリーのことは近いうちにロブに話そう、と心に誓った。ふたりのあいだに秘密があってはいけない。

「ミスター・ヒントンに言えば暖炉に火を入れてくれるかしら？」彼女は話題を変えた。「今日は暖かい日だったけれど、この石造りの古い建物は寒いわ」

火をくべるように頼んでみると、宿の亭主はわびた。「申しわけありません。煙突の煙がひどいんですよ。冬はかなりの損失でした。お客さまを煙まみれにしてしまい、わざわざオックスフォードから清掃業者を呼んで大金をかけたのに無駄でした。三ギニー払って、半ギニー分の効果もないんですから」

「鵞鳥《がちょう》を煙突に放ってみました？」ジェマイマはきいた。「はばたきして、煤《すす》を全部払ってくれるとか」

宿の亭主はもじもじした。「それは考えたんですが、妻が鵞鳥をかわいがっていて、そんなことをさせるくらいなら自分の子にやらせると猛反対するんです。おまけに、煤は強固にこびりついている。鵞鳥の羽ぐらいじゃ落ちないでしょう」

ジェマイマはエールを飲み終えた。「わたしがいい方法を知っています。銃はありますか、ミスター・ヒントン？」

亭主はぎょっとした。「もちろんです、マダム。田舎ではほとんどの者が所有しています」

「では、ここへ持ってきてください。それと、大きなシーツも何枚か」

亭主はますます当惑した。「はあ？」彼はロブに顔を向けた。「あのう……」

「妻が猟銃を見たいと言うのだ」ロブはにっこり笑った。「ぼくに異存はない」

「はい、さようで」宿の亭主はふたりとも頭がおかしいと思ったようだ。急いで出ていき、古ぼけた銃とひとかかえのシーツを持ってすぐに戻ってきた。妻と、好奇心をあらわにした四人の子どもと、雑種犬もついてきた。


「シーツを暖炉のまわりに広げてください」ジェマイマが指示した。「煤を受け止めるためよ。それでいいわ。一枚は仕切り代わりに梁からたらして。ロブ、あのテーブルをうしろに下げてくださる？　ありがとう。さあ、ミスター・ヒントン」彼女は宿の亭主を振り返った。「炉端に立って、銃を煙突の真上に向けて撃ってください」

「マダム！」亭主は仰天した。

「わたしが代わりにやりましょうか？」ジェマイマは穏やかにきいた。

今やほかの客たちも集まってきて、こわごわ見ている。宿の亭主は火格子の中に足を入れ、銃口を煙突の上に向けて引き金を引いた。大音響がとどろき、建物が揺れた。外では鶏や鵞鳥が鳴きわめき、小鳥がけたたましい声とともにいっせいに木から飛び立った。レディは悲鳴をあげた。ジェマイマだけが悠然と微笑みながら、腰に手を当てて待った。やがて荷馬車が走るような音と振動に続いて、煙突からどさっと煤がシーツの上に落ちてきた。宿の亭主はもろに煤をかぶった。

「ごめんなさい」ジェマイマは笑いをこらえながら言った。「暖炉から離れてと言うのを忘れたわ」

亭主が水から上がった犬のように全身を震わせると、煤が四方八方に飛び散った。彼は白い歯を見せて笑った。

「ひゃあ、驚いた。どんな熟練の掃除人より見事ですね、レディ・セルボーン、いやまったく」

「ありがとう」ジェマイマは上品に言った。ほかの客人は建物が崩壊しないとわかって拍手喝采《かっさい》し、そのあと席に戻ってふたたび食事をした。宿の亭主と妻は真っ黒になったシーツをかかえて出ていった。

ジェマイマは座って、何事もなかったかのようにシチューを口に運んだ。彼女は無邪気にロブを見た。

「どうしたの？　デラバルの煙突も冬が来る前に同じ方法でお掃除してほしい？」

ロブは呆然《ぼうぜん》としていた。「驚きだよ、実に効果的だった。おまけに、ぼくのシチューには少しも煤が入ってない」

「わたしの考えには気づいたはずよ」彼女はシチューをほおばりながら言った。「銃を取りに行かせたときに」

「ああ、想像はついた」ロブは顔をしかめた。「止めるべきだったかもしれないが、ぼくはそういう夫ではないんでね」

「何も被害はないわ。宿のご主人は喜んでくれたし。でも、最初はエールで、次に煙突」ジェマイマは首をかしげて彼を見た。「あなたって本当に寛大な方ね、ロバート・セルボーン。どこまでわたしを自由にさせてくれるの？」

ふたりは見つめ合った。ロブはかすかに笑みを浮かべた。「人を試すものではない。ふいを襲われることあるぞ」

穏やかな外見の奥にあるロブの断固たる決意を思い出し、ジェマイマは震えた。彼の言うとおりかもしれない。

「ベッドの真ん中に長枕《まくら》を置けばいいわ」その夜、寝室に入ってからジェマイマが言った。「少しは役に立つでしょう」

ロブはそうは思わなかった。さっきはジェマイマの見事な煙突掃除ぶりに一時的に注意をそらされたが、夜がふけるにつれ、欲望は高まってきて彼を苦しめた。ジェマイマが二杯目のエールのグラスをあけてテーブルに肘をついたとき、ドレスの胸元からのぞく魅惑的な谷間に目が吸い寄せられた。蝋燭《ろうそく》に照らされた彼女の生き生きした小さな顔に見とれ、話しかけられても返事がしどろもどろになった。今、寝室でふたりきりになり、ロブは緊張で心臓が破裂しそうだった。

「まずわたしが寝る支度をします」ジェマイマはきびきびと言った。「悪いけれど、あなたはしばらく部屋を出て、ころあいを見計らって戻ってきて」

ロブはうめきそうになった。彼の頭の中は天蓋《てんがい》つきのベッドに横たわるナイトガウン姿のジェマイマでいっぱいだった。実際そんな姿を目にしたら……。寝苦しい夜を予測させる興奮を体に感じて、彼はそわそわした。

「ぼくはあっちで寝てもいい」彼は暖炉のそばにある、見るからに固そうな肘掛け椅子をあごで示した。椅子でもベッドでもバーのカウンターでも大差ない。どうせ一睡もできないだろう。

ジェマイマは一瞬、からかうような顔をした。

「もし、それをお望みなら」

「望むわけがない」ロブは歯ぎしりして言った。「浅ましくも、きみとベッドをともにしたいと思っているよ」彼は感情を抑えようとして言葉を切った。

ジェマイマがズボンを見つめて頬を赤らめている。ナイトガウンを胸にかかえた姿が、急にあどけなく無垢《むく》に思えた。ロブは心の中で自分を叱《しか》り、もっと穏やかに話そうとした。「すまない、ジェマイマ。下品な言い方をするつもりはなかった。ただ」彼は絶望的だとでもいうように肩をすくめた。「この結婚は大きな間違いだったんだ」

そう言ったとたん彼は状況をさらにまずくしたことに気づいた。ジェマイマが悲しそうな表情を見せた。彼は続けた。

「それはつまり、ぼくが、きみにすっかり惹《ひ》かれてしまったからなんだ。むしろオーガスタと結婚したほうがましだった。そうすれば、彼女が隣に寝るのに耐えられたかもしれない」

ジェマイマはくすっと笑った。少しは気が晴れたらしい。「心配しないで。わたしが床に寝ます」

ロブは目をむいた。「なんだって?」

ジェマイマはナイトガウンを鞄《かばん》に戻し、マントをたたんで暖炉の脇《わき》の床に敷き始めた。

「ここに寝るのよ。昔はしょっちゅうだったわ」

「きみは頭がおかしくなったのか?」

ジェマイマは手を止め、紫がかった青い目を見開いた。「いいえ。あなたにベッドを使ってもらって、わたしは床に寝ようと思っただけ。子どものころはよくそうしていたもの」

「昔はともかく、伯爵夫人になってまで床で寝ることはない」

ロブの口調は自分でもわかるほど横柄だった。その事実にジェマイマはうんざりした。

「まあ、ずいぶん傲慢《ごうまん》ですこと」

「それでは」ロブは深く息をついた。「ぼくが床に寝る。戦地で何度も経験ずみだ」

「だったら」ジェマイマは穏やかに言った。「ふたりとも床に寝て、ベッドはだれかふさわしい旅行者のためにあけておきましょう」

ふたりは顔を見合わせて吹き出した。

「応接室に行くよ」ロブが言った。「しばらく時間をつぶしてくるから。お願いだ、ジェマイマ。戻るまでには眠っていてくれ。ベッドでね」

「わかったわ、ロブ」ジェマイマは答えた。

ロブが応接室に下りていくと、風呂上がりのミスター・ヒントンが洗濯物のそばで鼻歌を歌っていた。暖炉には小さな火が燃えている。ヒントンはロブにブランデーの入ったグラスを差し出した。

「宿のおごりです。奥さまが煙突掃除の方法を教えてくださったことに感謝して」彼は間を置いた。「ご結婚なさったとは知りませんでした。奥さまはこのあたりの方ですか？」

「いや」ロブは言った。「ジェマイマはロンドン生まれだ」

ヒントンは眉を寄せた。「だれかに似ている気がするが、じきに思い出すでしょう。奥さまには近隣にご親戚はいますか？」

「ぼくの知るかぎりではいない」寝室に戻るまで、どれくらい待たなければならないのだろう。応接室は暖かく、ブランデーは眠けを誘った。その一方で、天蓋つきのベッドに横たわるジェマイマの姿を思うと、まだブランデーの行き渡らないところがすべて目覚めてしまいそうだ。意識がなくなるまで、せめて何もできなくなるまで飲むほうがいいだろう。

ブランデーをさらに二杯飲み、一時間半過ぎたころ、もうジェマイマは眠っただろうとロブは思った。足音をしのばせて階段を上り、寝室のドアを開け、盛り上がったベッドを見た瞬間、彼はため息をついた。大半は安堵《あんど》で、残りは失望によるものだった。

ベッドにはすでにふたりの人間が横たわっているよ

うに見えた。というのもジェマイマが大きな長枕を真ん中に置いたからだ。彼の寝る場所は十五センチほどしかない。

ジェマイマは蝋燭を一本、つけたままだった。そのおかげでロブには、妻がほとんど上掛けの下にもぐって体をすっぽり隠しているのがわかった。これにもいくらかほっとした。彼はジェマイマの顔から視線を移し、金色の明かりに照らされてつややかに輝く黒い髪が枕に広がる様子を眺めた。それから急いで服を脱ぎ、蝋燭を吹き消して、与えられた狭い場所に体を横たえた。

まもなく、自分がなぜか息を殺していることに気づいた。隣で、というより大きな長枕の向こうで、ジェマイマはすやすやと寝息をたてている。よくもそう簡単に眠りにつけたものだと、ロブはむしょうに腹がたった。長枕はふたりの体を隔てているが、頭の枕までは仕切っていない。少しでも楽な体勢になろうと寝返りを打つうちに、ジェマイマの髪がロブの枕のほうにはみ出し、彼の鼻をくすぐった。彼はそっと髪に触れた。昼間と同じようにジャスミンの香りがする。長枕をどけてジェマイマを抱き寄せ、石炭のように黒く光る髪を心ゆくまでなでたいという衝動を、ロブは必死で抑えた。淡い月明かりの中で、彼女の顔が教会の肖像のように白く穏やかに見える。黒いまつげは長く、頬は大理石ほどなめらかで、口元はかすかに微笑んでいる。まるでキスを誘うかのようだ。ロブの体は満たされぬ思いで痛いくらいだった。

彼は横向きになり、ジェマイマの顔をまじまじと眺めた。つんと上を向いた鼻と長いまつげのせいでとても若く見える。実際に若いのだ。同じ年齢の娘とはまったく違う経験をしてきただけで……。しかし、育ちがどうであれ、今彼女を起こして抱くのはいやらしい行為だろう。彼女の生い立ちを考えて、なおさら大切に扱うべきだ。それに、抱いたら四万ポンドの遺産は受け取れない。

ますます目がさえてきて寝られなくなり、彼は仰向けになった。昨日、ぼくはジェマイマになんと言った？　どうしてもほしいものは手に入らないということを知る必要があると言ったのではないか？　人間性がどうのとか。そして今、ぼくは自分の人間性をのろっている。ぼくがほしいのは隣に寝ている女性であり、しかも決して彼女を手に入れることはできないのだ。

眠ろうとして羊を数え始めたが、四千九百七十三匹になったところであきらめた。遺言条件を破るのはそれほど悪いことか？　チャーチワードに嘘《うそ》をつくこともできる。まだ愛を交わしていないと。もしジェマイマが妊娠したら弁明できないだろうが。そんな不実な考えをめぐらしただけでも自分に腹がたち、ロブはうつぶせになって枕に顔を埋《うず》めた。ジェマイマの香りがした。甘く、心地よい、魅惑的な香り。

ついに耐えきれずに跳ね起き、ロブは長枕を乱暴に引っ張った。

びくともしない。ロブはもう一度引いた。布の裂ける音がした。ジェマイマの規則正しい呼吸が一瞬止まった。彼女はため息をもらして横を向いた。ロブも息を止めた。彼女は本当に寝ているのだろうか。

「ジェマイマ」

返事がない。

「ジェマイマ」少し大きな声を出した。

彼女は深い眠りの中で何やらつぶやいた。

「ジェマイマ！」今度は叫んだ。

隣の寝室で壁をたたく音がした。漆喰《しっくい》がばらばらと落ちた。ジェマイマはまだ動かない。

ロブはマットレスの上に体を投げ出し、まもなく眠りに落ちた。

　白々と夜が明け、淡い夏の光が寝室に差しこむころ、ロブは目を覚ました。ベッドに寝ているのはひとりだとすぐにわかった。片肘をついて上体を起こし、あたりを見まわした。やはり、ジェマイマはいない。長枕がきちんとベッドの中央にあるだけだ。

　ロブは起き上がった。

　ジェマイマは暖炉のそばにマントを広げ、猫のように体を丸めて寝ていた。薄いローン地のナイトガウンが朝の光にぼんやり浮かび、彼女がいかにも小さく華奢《きやしや》に見える。ロブは微笑んだ。ジェマイマは結局、床で眠ったのだ。昔の習慣はすぐによみがえるものらしい。彼はベッドから出てジェマイマを両手で抱き上げた。裸の胸を彼女の髪がふわっとなでた。とても軽い。それに冷たい。ロブはベッドまで運んで彼女を寝かせた。上掛けをかけてやろうとして、体が凍りついた。

　朝の薄明かりの中でもジェマイマの素足がはっきり見えた。体のほかのところと同じようにほっそりして小さい。ロブは片足を持って、そっとなでた。皮膚はやわらかくない。古い傷跡や、やけどによるみみずばれや黒いしみがある。彼は痛々しいみみずばれを指でなぞった。

　しばらくのあいだうつむいて、それを見つめた。以前にもやけどを目にしたことはあるし、打撲傷も知っている。ジェマイマの体には両方の跡がある。

　ロブは深く息をついた。ジェマイマが煙突掃除人の娘なのはよく知っている。子どものころは煙突に上ったとも聞いたが、それは遠い昔に別の人に起こった出来事であるかのように思っていた。今、自分がいかに世間知らずだったかを痛感した。小柄で骨が細い子どもは、男女を問わず、煙突上りにうってつけだ。しかも、アルフレッド・ジュエルは昔、貧しかった。彼のような男なら、平気でわが子を仕事にこき使ったただろう。ジェマイマは煙突に上らされ、くすぶる煤に足を焼かれながら、むっとするほどどんだガスを吸っていた。生きるために、窮屈な煙突を必死で上ったのだ。ぼくのジェマイマは。

ロブは激しい怒りにかられ、何かを思いきり殴りたくなった。できることならアルフレッド・ジュエルを。それが無理ならなんでもいい。すさまじい怒りのあまり胃がむかついた。そしてそれがおさまったときには、会って間もない女性にこれほど感情を高ぶらせたことに唖然とした。ひとりの女性、ジェマイマに。今、彼女に対して責任があるのはぼくだ。命がけで守らなければならない。

彼は布が裂ける音も無視して長枕をベッドから引きはがし、妻の隣に身を横たえて両腕をまわした。彼女は寝ぼけた子どものように無邪気に体をすり寄せた。ロブは壊れ物を扱うようにそっと彼女を抱き締め、夜が明けきるまでじっとしていた。ジェマイマは何も知らずに眠り続けた。

ジェマイマが目を覚ますと、部屋には太陽の光があふれていた。だれもいない。ベッドにいたので、ロブが運んでくれたにちがいないと思った。彼女は夜中に目を覚まし、寝つけなくなってベッドを抜け出し、窓辺に行ったのだ。東の方角にバファードの町が静かに横たわり、その向こうにマーリン公爵の広大な領地マーリンズチェイスがある。そのあたりのどこかに、とても近くて遠いところにわたしの姪がいる。

ティリーが生まれたとき、ジェマイマは十五歳だった。彼女はすでに寄宿舎生活をしていたが、ジャックがベス・ロサに夢中なのは知っていた。ベスはベッドフォード・スクエアにあるマーリン公爵の別邸で皿洗いをしていた。ジャックはそこへ煙突掃除に行ってふたりは知り合ったのだ。彼女は小柄でやせていた。みんなに用事を言いつけられて疲れていたにもかかわらず、信じられないほど表情は穏やかで、態度も上品だった。彼女はジャックの恋人であると同時にジェマイマの友人でもあった。ジャックはちょっとした贈り物を持っていったり、仕事中のベスの姿をかいま見るためにドア付近をうろついたりもしたらしい。彼がときどき夢見るような表情になったのをジェマイマは今でも覚えている。あれ以来、一度もそんな顔は見せないけれど。

ベスが妊娠したときから不幸が始まった。彼女はずっと黙っていて、六カ月を過ぎてようやく打ち明けた。ジャックは即座に結婚を決意した。ジェマイマはちょうど休暇で帰省中で、兄と父の口論をドアの陰に隠れて聞いた。アルフレッド・ジュエルはベスの仕事をさげすむような言い方をし、ひとり息子との結婚を許さなかった。子どもの父親がだれなのかと疑うようなことまで言ったあげく、結婚させてほしいというジャックをあからさまに笑った。ふたりはひそかに結婚しようと決めて駆け落ちした。だが結局連れ戻され、ベスは道に放《ほう》り出され、ジャックは鞭《むち》で打たれた。その後ジャックは二週間ほど行方をくらまし、ニューゲート刑務所で見つかった。酔っ払って乱暴した罪で投獄されたのだ。もし父親が多額の罰金を払わなかったら、流刑に処されていただろう。

その間にベスは姿を消した。職場を首になり、身を寄せていた宿屋のおかみから早産しそうだと通報があってはじめて居所がわかったのだ。赤ん坊は助かったものの、ベスは過労と出血多量で死んだ。ジャックの泣くのを見たのはあとにも先にもあのときだけだった。

マーリン公爵を訪ねて赤ん坊を公爵の領地で育ててもらうようかけ合ったのは、アルフレッド・ジュエルだった。彼にとっては赤ん坊の後見人を探すことのほうが大事で、それまでに起きた一連の出来事はどうでもよかったのだ。ジェマイマはこの結末に大きな衝撃を受け、学校に戻った。あれからジャックはすっかり人が変わってしまった。

今、ティリーのすぐ近くにいると思うと、ジェマイマは胸がかきむしられるようだった。姪に会いたい気持ちは強かった。どんな女の子になっているだろうと、六年間ずっと思ってきた。ジャックのように愛らしい黒い巻き毛と黒い瞳をしているだろうか？　それとも母親のベスのように金髪で、色が白く、表情も豊かなのかしら？

一方では、ティリーと公爵に近づいてはいけないと頭ではわかっている。人と人は思いがけない出会いをするものだし、それがとても厄介な事態を招くこともある。眠っている犬を起こすなとジャックは言ったが、そのとおりだ。

彼女は暖炉のそばの床に座り、羽目板張りの壁に頭をもたせかけて体を丸めた。ジャックは干渉されたくないのだから、彼の意思を尊重しなければならない。ベス・ロサとともに過去は葬られたのだ。

ジェマイマはのろのろとビロードのマントの上に身を横たえ、やわらかい生地に頬をすり寄せた。床で寝てはいけないとロブに言われたし、本当はわたしもそうしたくない。さびしい。ベッドに戻ってロブの隣で安心して眠りたい。でもよく考えてみれば、彼も孤独を感じさせる存在だ。安らぎは与えてくれるかもしれないけれど、今でも他人にすぎない。信頼できないの。今はまだ。

彼女はマントの上で丸くなった。ジャックといっしょに灰と煤にまみれて暖炉のそばで眠った子どものころのことがよみがえった。よくここまで来たとは思うけれど、なんだかあのころと少しも変わっていないような気がした。

10

馬車が門を通り抜け、デラバルに向かって走るあいだ、ジェマイマは座席の端に身を寄せていた。胃にぽっかり穴が開いたような妙な気分だ。ロンドンからオックスフォードシャーに来るまでにセルボーン伯爵夫人としての扱いを受けたが、実感はなかった。今、両側にこんもりした森の広がる私道を進むうちに、白い石造りの屋敷がどんどん大きく見えてきて、デラバルの女主人であることの意味に突然気がついた。あまりの重大さにぞっとした。

この朝、ロブは旅の最後を馬で行こうと決めた。快晴で、丘からさわやかな風が吹き、青空に白い羊のような小さな雲が浮かんでいる。帰郷には申し分ない日和だ。ジェマイマは景色を眺めながら、五年ぶりに故郷を目にする夫の様子をそれとなく観察した。ロブは荒れ放題の領地を見て顔をこわばらせていた。腰の高さまで草の伸びた牧草地、倒壊した塀、雑草の生い茂る乗馬道。それでも彼の冷めた表情の裏にある抑えきれないほどの興奮と緊張は伝わってくる。夫となったこの男性のことをわたしはほとんどわかっていないのだと、ジェマイマは改めて思った。

馬車寄せに入って玄関の前で馬車が止まった。お仕着せを着た使用人が出てきて扉を開けた。チャーチワードに頼んで人手を集めたとロブから聞いてはいたが、使用人たちが石段に整列してふたりを迎えるのを見て、ジェマイマは新たな不安に襲われた。生まれながらのレディではないのに、優雅なレディを装って暮らさなければならないのだ。

ロブは馬車の踏み段の脇《わき》に立ち、ジェマイマが降りるのに手を貸した。彼女はお礼をこめて微笑《ほほえ》んだ。ロブも微笑み返したが、どこかうわの空だった。おそらく屋敷のことで頭がいっぱいなのだろう。縦長の窓やごてごてと飾り立てた石の彫刻のせいで上が重い感じがする三階建ての建物は、ジェマイマには巨大な人形の家《ドール・ハウス》のように見えた。彼女はかすかに眉を上げた。とにかくデラバルのこの屋敷は美しいとは言えない。ロブはわかっているのかしら？

執事が前に出て、使用人たちを紹介した。かなりの時間がかかった。ジェマイマは顔の筋肉が痛くなるほど笑みを浮かべてうなずきながら、みなの名前はとうてい覚えられないだろうと思った。つかの間、心に残る時間があった。家政婦のミセス・コールが仕組んだようだ。土地差配人の幼い娘が矢車草の花束をかかえてふたりに近づき、まわらぬ舌で歓迎の言葉を述べた。ジェマイマは花束をつぶしそうなほどその子を強く抱き締め、今にも泣きそうになった。

これにはだれもが好感を抱いた。

やがてロブが先に立って戸口まで行った。そしていきなり彼女を抱き上げると、敷居をまたぎ、磨きこまれた玄関ホールのタイル張りの床に下ろした。

「わが屋敷にようこそ」ロブが言った。

ジェマイマは彼の顔に誇らしさと喜びを見て取った。声にもそれがにじみ出ている。夫の唯一の愛するものを見つけて、彼女は嫉妬《しっと》を覚える自分にとまどった。

デラバルに来て三週間が過ぎ、物事は期待どおりに運ばないものだとジェマイマは痛感した。グランドピアノや村の学校の話はひと言も出ない。彼女に必要なのは着古した服だけで、朝も昼も夜も仕事に明け暮れた。床をこすり、窓を磨き、シーツを洗い、荒れたデラバル邸をゆったりくつろげる屋敷に戻すために采配《さいはい》をふるう。使用人といっしょに働いているので、三週間もたつと、夫のことは知らないのに使用人のことはよくわかった。ロブと過ごす時間はほとんどなく、顔も忘れてしまいそうだ。

　それは無理もないことではあった。彼女に屋敷の中の仕事があるようにロブには領地での仕事があって、農場を訪ねたり、改良工事について土地差配人と検討したり、市場に出かけて、結婚によって自由になった父親の遺産で家畜や機械を買ったりしている。それでもジェマイマはロブのよそよそしい態度が腹だたしかった。まるで使用人にでもなったような気分だ。しかも給料はもらえない。結婚式の日に彼が宣言した言葉や、不安と期待を抱きながらプロポーズを待っていたときのことを思い出すと、苦笑いがこみ上げてきた。ロブは今、久しぶりに再会した愛する屋敷に夢中で、彼女のことはほとんど頭にないのだから。

　最初のうち、使用人たちはジェマイマがいっしょに働くのを不審に思っていたようだが、やがて感謝するようになった。それでも心やさしいミセス・コールから、毎日一度はサンルームで休息し、たまには外出もするよう強く勧められた。このあたりには知り合いもなくロブが村の人々を紹介してくれる気配もないので、天気のいいときはいつもひとりで庭や付近の草原を散歩した。

　九月も半ばを迎え、空気に秋のきざしが感じられる。あちこち歩いてまわったジェマイマは、屋敷はともかく、デラバルの土地はとても美しいと思った。鬱蒼《うっそう》とした森を抜ける長い私道が北の方角から屋敷の正面まで続く。裏手は一年間ほったらかしにしたせいで庭園の面影はなく、生い茂った薔薇《ばら》がブラックベリーや忍冬《すいかずら》やタイムとからみ合い、周囲の草原から芥子《けし》とともに刺草《いらくさ》や野良人参《にんじん》まで入りこんでいる。雑草の生えた私道で孔雀《くじゃく》が餌《えさ》をついばみ、温室は今や彼らの住かだった。

ある日ジェマイマは散歩の途中で、土地差配人と牧草地を囲む塀の修理のことを話しているロブを見かけた。近づいて声をかけようと思ったが、ロブは馬に乗って行ってしまい、その機会を失った。ジェマイマは馬に乗れないのでいっしょに出かけられず、彼も誘わない。厩《うまや》には彼の狩猟馬や馬車用の馬のほかに、美しくて従順な雌馬もいるというのに。

彼女は草深い森の乗馬道を歩いては、太陽に温められた草や乾燥した羊歯《しだ》の香りを吸いこみ、腰の高さまで伸びた刺草をかき分け、蝶《ちょう》や鳥や動物のことを学んでいった。彼女にとって田舎暮らしははじめてだ。思いつくかぎりでは、ストロベリー・ヒルの洗練された環境がもっとも今の生活に近いが、あとはずっと都会の喧騒《けんそう》の中に住んでいた。デラバルはまるで違う。田舎の生活は異質に感じる。夜は真っ暗で、多くの星がダイヤモンドさながらに鋭い光を放つ。静けさには生命が宿っているようだ。近くの森から鹿《しか》の声が聞こえたときには、飛び上がりそうになった。

それでもデラバルはとても美しく、ジェマイマはすぐにここでの暮らしが好きになった。露をたたえて草の上できらめく蜘蛛《くも》の巣、きつつきが森の木をたたく音、木々のあいだをやさしく吹き抜ける風。早朝の散歩中に、乗馬道の端にいる狐《きつね》を見かけたこともある。狐は彼女のにおいに気づいてぴくっと鼻を上げ、神秘的な金色の目でこちらを見たあと、ゆっくり去っていった。ジェマイマはこういうことをロブとともに体験し、いろいろ教わったり質問したりしたかった。でも、ロブには彼女のためにさく時間はないようだ。冬が来る前に急いでデラバルの領地をある程度復興させ、春には望みを持って出直しをはかるつもりなのだ。

ジェマイマの望みは違った。この一カ月のあいだに何度もトウィッカナムの家を夢に描いたばかりか、グレート・ポートランド通りでの暮らしさえ懐かしく思い出した。ジャックは手紙を書けないが、母からはたどたどしい文章でジェマイマの新生活の無事を祈る便りが届いた。アルフレッドは以前ジャックが言ったとおり、反抗的な娘を勘当した。突然生まれた貴族との縁をお父さんが利用するといけないのであなたの住所や今の身分は秘密にしていると母は書いてきた。苦労してつづった文字や、文面にはないさまざまな事柄を思い、ジェマイマは涙を流した。

憂鬱になりそうになると、彼女は自分をいましめた。思いどおりにならないからといって嘆いてはいけないわ。ロブはわたしにではなく、デラバルに夢中なのよ。彼が結婚したのは遺産を手に入れるためだけ。わたしがこの新天地を好きになれなくても運が悪いとしか言いようがないの。わたしは荒れた屋敷と忠実な使用人を持つ伯爵夫人よ。そのうち環境の変化にも慣れてくるわ、とジェマイマは思った。

ところが、ふたりの仲があまりよくないことを心配する人間はほかにもいた。

「まったく、お気の毒ね」ある朝、ミセス・コールがハウスメイドに話すのをジェマイマは耳にした。窓を洗おうと水を取りに行って戻ってきたとき、使用人たちは彼女がそばにいるとは思わなかったらしい。「だんなさまは一日じゅう外でお仕事、奥さまは中で働きづめで顔を合わせないものだから、ふた言以上話したことがないのよ」

「どのみち、疲れすぎてそれ以上は無理でしょう」ハウスメイドが言った。「従僕のティルバリーの話では、寝室をつなぐドアの鍵《かぎ》はずっとかかったままだそうですよ」

ミセス・コールは舌打ちをした。「これは便宜上の結婚と聞きました。村の人たちの噂《うわさ》ですけどね。レディ・マーガリートもロンドンからお戻りになったらしいわ。この事態をどうなさるかしらね？」

「きっと跡継ぎを作るように励めって、おっしゃるんじゃないですか」ハウスメイドはくすっと笑った。「でも、どうしてなんでしょう、だんなさまはハンサムで、奥さまはとても愛らしいのに。それでもうまくいかないなんて」

ミセス・コールは腰に手を当て、うめきながら背中を伸ばした。「わたしのほうがききたいわ。跡継ぎの誕生を期待してデラバルをきれいにしているのに、だんなさまと奥さまにその余裕がないとしたら、なんのために――」

「いずれ励むことにするわ」ジェマイマはせかせかと部屋に入り、持っていた水差しを窓際の椅子に乱暴に置いた。「それはわたしの作業リストの二百番目なのよ、ミセス・コール。客用の寝室のカーテンを洗濯したあとだわ」

ミセス・コールはぽかんと口を開け、ハウスメイドは真っ赤になった。「申しわけございません、奥さまがいらっしゃるとは思わなくて」

「いいのよ、気にしないで」ジェマイマは言った。「あなたたちが話題にしてもしなくても、事実は事実ですもの。許してね、おしゃべりは聞き流せばいいのだけれど、遠慮のない家で育ったから、黙っていられなかったの」

「ごもっともです、奥さま」ミセス・コールは感心すると同時に恥じ入って言った。「これから舞踏室の燭台《しょくだい》を磨くところでした。とりかかってよろしいでしょうか？」

「お願いします」ジェマイマはていねいに言った。使用人が出ていきドアが閉まるのを待って、彼女は吹き出した。

それでも噂には胸が痛んだ。使用人たちが陰口をきくのはかまわない。よくあることだ。ふたりの寝室をつなぐドアの鍵がかかっているのを知られずにすむとも思っていなかった。おそらく最初の夜に気づかれたのだろう。レディがこんなことで悩むべきではないのはわかっている。だが、わたしはレディではない。

ロブの祖母が戻ったという知らせにもあせった。レディ・マーガリートがこの結婚生活の実態を見抜くのは時間の問題だ。そして、辛辣《しんらつ》な意見を言うのも。

そこでジェマイマは夕食後にロブに話をしようと思ったが、すぐにやすみたいので申しわけないが時間はないと断られた。掃除したての客間に座り、一年半前の『レディズ・マガジン』のページをぱらぱらめくりながら、彼女の心は揺れていた。寝室に上がったとき、ロブの部屋のドアノブを乱暴にまわしてみた。だが、中からはなんの物音もしなかった。

翌日は初秋にしては日差しが強くて暑かった。ジェマイマは朝から、デラバルにだれかを招待するというありそうもない事態に備えて客用の寝室に風を通した。備えつけの家具は古くさいが上等で、大量の衣装が入ったままだ。ロブは屋敷の飾りつけや改装にはまったく関心がないらしい。父親の遺産はすべて、デラバルが自立できるように農場やそのほかの土地の回復につぎこまれる。祖母の遺産を相続しても、やはり使い道は同じだろう。ジェマイマは果樹園のりんごの木と木のあいだに間に合わせに張った物干し綱に毛布をかけながら、この調子でいけばロブにはおばあさまの遺言条件を満たすのも難しくないだろう、とまたもや考えた。難しいのは百日の期間が終わり、お互いの名前を思い出せなかったときの対処法かもしれない。妻を口説くとロブは言ったが、結果はこのとおり。これでも口説いているつもりなら、ロブは思ったほど女心をわかっていないのだわ。

五時間後、ジェマイマの気持ちがまだおさまらないうちに、暑い中での牧草地の仕事をようやく終えてロブが帰ってきた。彼女は十分ほど待ってから勢いよく階段を上り、寝室のドアを激しくノックした。彼と話したかったたし、今度こそ機会を逃さない覚悟だった。

一分ほどして、ロブの従僕のティルバリーがドアを開けた。ロブは整理だんすのそばに立ち、大きな白い洗面器の水に手と腕をつけて石鹸《せっけん》で洗っていた。顔はびしょびしょで、髪にまだ水滴がついている。その姿を見てジェマイマはどきっとした。顔や腕は長時間、外で働いていて日焼けしているが、シャツで日差しをさえぎられている首筋には、白いところがあり、肌はやわらかそうだ。思わず触れたくなった。彼女は身構えるように腕を組み、寝室に足を踏み入れた。不安にかられながらも、出ていく気はなかった。

「少しお話ししてもいいかしら？」

ティルバリーはロブの夜会服を選んでいる最中で、優秀な従僕らしく控えめに動きまわっている。ジェマイマははじめて目にするロブの寝室を、興味深く眺めた。彼女の部屋と左右対称で、古くてもきちんと整頓《せいとん》されているが、ここにしかない彼の私物がいくつかある。暖炉の上の壁にロブの両親の肖像画がかかり、サイドテーブルの上には、おそらくインドから持ち帰ったものと思われる立派な陶器の食器一式がのっていた。彼の趣味をまったく知らなかったことに気づき、ジェマイマはいっそうむなしさと孤独を感じた。

ロブは戸口にいるジェマイマを見てちょっと眉を上げ、タオルに手を伸ばした。

「ありがとう、ティルバリー。しばらくはずしてくれ」

「かしこまりました」ティルバリーは無表情で答え、

そっと部屋を出てドアを閉めた。突然ジェマイマは、何を話すつもりかはっきりした考えもなしにロブと向き合っていることに気づいた。

「さてと」ロブは手をふき、シャツの袖《そで》を下ろした。「話というのは何かな?」

ジェマイマは息を吸った。ふたりのあいだは相変わらずよそよそしい。彼の口ぶりときたら、まるで土地差配人にミルクの産出高について説明を求めるような感じだ。彼女はあごを突き出した。「使用人のいないところであなたと話したかったんです。こうするしか方法がなかったの。あなたがひとりでいるのを見たことがないから」

ロブはベッドの端にタオルを放《ほう》った。かなり疲れているようだ。一日じゅう外で働いているからだろう。ジェマイマは彼をわずらわすことにうしろめたさを感じたが、すぐにその気持ちを抑えこんだ。こんな扱いをされたらだれでも不安になるはずだ。

「どうした?」ロブは静かにきいた。

ジェマイマは彼を見た。「ああ、ロブ、あなたのことが心配なの。このごろひどく疲れているみたいね。もっとゆっくり仕事を進められないの? 働きすぎだわ」

ロブはむっとした。「きみは田舎のやり方がわかっていないようだね、ジェマイマ。今はいちばん忙しい時期なのだ。ただじっと座って冬を待ち、羊小屋が壊れたり野原で牧草が枯れるのを放っておくわけにはいかないんだ」

ジェマイマは顔をしかめた。そんなふうに軽蔑《けいべつ》したように言われるのは心外だわ。ずっと学ぶ気は満満だったのに、ロブが教えてくれようとしなかったのだ。

「わたしが田舎の生活をほとんど知らないというのは、たぶんそのとおりでしょう」彼女はできるだけ冷静に言った。「あなたが時間を作って説明してくれなかったんですもの。デラバルを再建する話を聞いたときは、いっしょに仕事をするものとばかり思っていたのに。でも、これでは別々の場所で暮らすのと同じよね」

ロブはまだ湿っている髪をかき上げた。

「ジェマイマ、ぼくはとても疲れて――」

「あなたはいつもそうね」ジェマイマは突然大きな声を出した。「夕食で顔を合わせても、食べる力がないほど疲れきっていて、わたしと話す気力もない。そのあとは別々の寝室に入るのよ、境目のドアに鍵をかけたままでね。使用人たちが気づいてわたしを哀れんでいるわ」

ロブは深いため息をついた。「そんなことを悩んでいるのか？　使用人の噂など気にするな」

ジェマイマは手を腰に当てた。「デラバルのレディ・セルボーンは噂など気にしません」

「それならいい」

「でも、床磨きやカーテンの洗濯は気に障ります。あなたはちっともわかっていないのよ。ここまで無視されたら、まるで使用人になった気分だわ」

ロブの表情は険しい。「今はくたくたで、とても話し合えない。風呂に入って夕食用の服に着替えたいのに、きみがいてはできない」

ジェマイマは怒りと失望を感じた。「では、いつ話せるの？　ほかのことをする時間はあっても、わたしのためにさく時間はないのね。結婚して四週間以上たつのに、いまだにあなたについてほとんど知らないのよ」

ロブはさっさとシャツを脱ぎ、かたわらに放った。ジェマイマは広い筋肉質の胸からあわてて目をそらした。

「たしか、ロンドンできみはお互いの距離を保ちたいと言ったはずだが。気が変わったのか？　だからこんなことを」

ジェマイマは頬を赤らめた。「違います。ずいぶん偉そうね。無理にあなたの気を引こうとしたわけではないわ」

「すまない」ロブは相変わらず憎らしいほど他人行儀だ。「てっきりそのつもりかと思ったのでね」

長い沈黙があった。ジェマイマは怒りではらわたが煮えくり返りそうだった。男の人はなぜ思いやりと魅力を振りまいておきながら、目的を果たしたとたんにころりと態度を変えられるのかしら？　男の人によっては四月に求婚して早くもその年の十二月には結婚するのだと聞いたことがあるけれど、その言葉がこんなに早く証明されるとは思わなかったわ。ロブも甘い言葉で求婚し、ほしいものがすべて手に入った今ではわたしを見捨てて、牧場の牛や羊なんかのほうをずっと大事に考えているのね。

「この床を掃除しましょうね」ジェマイマは唐突に言った。「それだけがわたしの仕事だとお思いのようだから」彼女はいきなり洗面器の縁をつかみ、夫に水を浴びせかけた。幸い水は少ししかなかった。先週でなければ階下の食堂の天井の漆喰《しっくい》を汚して、その苦労を台なしにするところだった。ロブはぶるっと体を震わせ、早口で言った。

「何をする。ひどいじゃないか」

「ひどいのはわたしの気分よ、あなたがこれほど思い上がった、いまいましい人だとはね」ジェマイマは憤慨して言った。「結婚する前に気づかなかったのが残念だわ」

ロブは彼女の両腕をつかんだ。手がぬれていて、上半身から石鹸水がしたたっている。たちまちジェマイマの綿のドレスに染みこんだ。彼女は離れようともがいたが、さらに強く抱きすくめられた。ぬれた吸い取り紙のようにうっすらと透けたドレスを通して、彼の体温を感じた。

「放してください」

「そのうちね」ロブは楽しそうに言った。「きみがそんなに癇癪《かんしやく》持ちだとは知らなかった」

「そうよ、わたしは職人の娘ですもの！」ジェマイマはかっとして叫んだ。「血の気の少ない貴婦人をお好みなら、いとこのオーガスタと結婚すればよかったのよ」

「ぼくは自分が決めたことに満足している」ロブは少し彼女から体を離し、怒った小さな顔を見つめた。彼の目に笑みが浮かんだ。ジェマイマは脚が震えだした。なんとも不利な状況だ。触れられてこんなにも敏感に体が反応するのでは、これ以上怒れない。

「放してください」彼女はまた言ったが、今度はささやきに近かった。今は軽く抱かれているだけなのでいつでも逃げられるが、そうはしなかった。ロブの目の色が深みを増し、キスしようと首を傾けたのを見て、ジェマイマはとっさに彼の腕を払った。

「だめよ。話をするまでは」

ロブは笑い、彼女を放した。目にいたずらっぽい光がある。「わかった。話をしよう。それからキスだ」

「考えておくわ」

彼はベッドの上を軽くたたいた。「ここに座らないか、ジェマイマ？」

「お断りします」彼女は部屋を横切って窓際の椅子に座った。ロブはベッドカバーの上に勢いよく腰を下ろした。くつろいでいる様子だ。しかも、筋肉質の体は浅黒く、かなり危険な雰囲気がある。何週間も肉体労働をしたおかげで、ジェントルマン・ジャクソンのスポーツクラブに通う人もうらやむほどのたくましい体になっている。

ジェマイマはロブの胸から視線をそらし、からかうような彼の目を見た。

「さあ、なんでも話してくれ。うかがいましょう。使用人の噂だけが問題ではないんだろう」

「もちろんよ」ジェマイマはそわそわした。「あなたのおばあさまがロンドンからお帰りになったそうですね」

ロブはびくっとした。「本当か？　やれやれ。できるだけロンドンでゆっくりしてほしかったのに」

「とにかく、スワンパークに戻られたようだから、もうじきここにいらっしゃるでしょう」ジェマイマは彼を見た。「それに、きっと噂も耳に入っているわ、使用人の噂話や何かが」

ロブは顔をしかめ、いきなりベッドから立ち上がった。「祖母がぼくたちの結婚に不審の念を抱くというのか？」

「すでにお持ちよ」ジェマイマは言いきった。「いろいろ聞いて、確信を強めるだけでしょう」

彼は戸口まで行き、振り返った。「同じ部屋で寝ることにするか、せめてうわべだけでも」

「結構です」彼女はきっぱりと言った。「起きているあいだずっとわたしを無視する男性と寝室をいっしょにしたくはないわ。こんな考えは浅はかな思い上がりかもしれないけど、それでは妻というよりまるで愛人じゃないの」

ロブの目が光った。「愛人はただ寝室をともにするだけではない。具体的に説明したほうが――」

「結構です」ジェマイマはまた言った。うろたえながらも、視線は動かさない。「厚かましい人ね、ロバート・セルボーン。この三週間あまり、ずっと無視しておきながら、急に」ロブが真正面に立ったので彼女は口をつぐんだ。彼の瞳がいたずらっぽく輝いている。

「急に、なんだ？」

「ともかく、わたしがあなたとベッドをともにするなんて思わないで」ジェマイマはぴしゃりと言った。

「まだ五十五日残っているのよ」

「五十四日だ。日数を増やしただろう？」ロブの目から光が消えた。彼はジェマイマの隣に腰を下ろし、彼女の両手を握った。「なぜこれまできみを避けてきたかわかるか？」

ジェマイマはむっとした。「わからないわ、あなたに話す気がないのだから。何も聞かずに、わかるわけがないでしょう？　たぶん、この荒れた屋敷と土地に夢中だからだとは思っていたけれど」

ロブは傷ついたようだ。「荒れてはいない」まるでお気に入りのペットをけなされたかのように声を荒らげた。「デラバルをよくもそんなふうに言えるな」

ジェマイマは笑った。「事実、荒れているんですもの、ロブ。それがわからないとしたら、目が見えないか欲目かのどちらかね。でも、魅力がないというのではないわ。独特のよさがあるのはわたしも認めます」

「当然だろう、きみががんばってきれいにしてくれたのだから」

ジェマイマは少し機嫌を直した。「ええ、がんばっているわ。気づいてくれてありがとう」

ロブは指に力をこめた。「きみのことはなんでも見ているよ、ジェマイマ」手を伸ばし、彼女の頬にそっと触れた。「ぬれた髪にどんなウエーブがかかるかも、怒ると眉間《みけん》に小さなしわが寄ることも」彼はジェマイマの頬をなでた。「そして、キスの前には目の色が濃くなることも」ロブは体をいっそう近づけた。「深い青になって、まつげを震わせ――」

「やめて！」ジェマイマは叫び、彼を押しのけようとして裸の肩に手をついた。肌のぬくもりに触れ、思わずたくましい肩に指をはわせた。はっとして指を止めると、ロブが笑った。

「もう少しできみを誘惑できたのにな」彼の目に強い光がある。からかいと欲望の光が。

ジェマイマは開いた窓を背にしてできるだけ彼か

ら離れた。動揺していたが、引き下がるわけにはいかない。言うだけのことを言うまでは。

「あなたはデラバルに一所懸命で、わたしのことはそっちのけ。この土地はまるできびしい監督みたいね」彼女は小首をかしげ、じっとロブを見た。「それともわがままな愛人かしら」

彼はうっすら笑みを浮かべた。「確かに、ここのところ、領地に少々気をとられ――」

「少々？」

ロブは照れ笑いした。「大いにかな？」

「ほかへまったく目がいかないくらいにね」

「遅れを取り戻したいのだ」

「それはわかるわ。でもあなたは夕食を六回食べそこねているし、いつ寝室に上がったのかわからないほど遅く帰った日が五回、早朝に出かけたきり一日じゅう姿を見かけないことも何度かあったわ」

彼女は言葉を切った。ロブの表情にとまどったからだ。「それこそ妻の観察力だな。少しはぼくに関心があるということか？」

「わたし」ジェマイマは唇をかんだ。へたに返事をしたらつけこまれ、ほかのことまで認めさせられてしまうかもしれない。それに、彼に関心があるのは事実だ。デラバルに没頭する彼に腹がたつのはそのせいだということに気づかないとしたらどうかしている。「わたしは、あなたの疲れきった姿を見たくないの」彼女はあいまいな言い方をした。「体によくないわ」

「気遣ってくれるのはうれしい」ロブはかがんで彼女の頬にキスをした。「ぼくが長い時間働くもうひとつの理由を知りたくないか、ジェマイマ？」

彼女は心臓がどきどきした。まだ剃《そ》っていないロブのひげが頬に触れ、あわてて飛びのいた。

「わざときみを避けているんだよ」ロブは静かに言った。「きみのこと以外はほとんど考えられない。

塀を建てるときも、牛の乳をしぼるときも、発芽を早める保温箱を買うかどうかジェフソンと検討しているときも」

ジェマイマの怒りが和らいだ。彼女は軽い笑みを浮かべた。「とてもロマンティックだわ、ロブ。続けて」

ロブは彼女の髪に指をはわせた。「笑われるかもしれないが、ジェマイマ、きみは自分の危うさに気づいていない。ぼくは毎日外で精いっぱい働けば、疲れてほかのことを考える余裕はなくなると思ったのだ」彼は突然立ち上がった。「だが、逆だった。肉体労働で気持ちはますます……」

「激しくなった？」

「みだらに、ふしだらに、本能のままにね」ロブは彼女を見つめた。

「あなたって、軽薄で、軽率で、情熱的ね」ジェマイマは甘い声で言った。微笑まずにはいられない。

「ああ、ロブ」

「笑いごとではない」ロブはむすっとして言った。

「そうね」ジェマイマは窓際の椅子から立ち上がった。彼のそばに行き、たくましい胸に両手を当てた。「でも、話をするくらいはできたでしょう」

「無理だ。話せばよけいにつらくなる。きみのことばかり考え、キスをしたくなる。キスの先もだ。さっきも言ったが、きみは自分の危うさに気づいていないのだ」

「だって、あなたが気持ちを聞かせてくれないから、きらいで避けているのかと思ったのよ。あなたにとってはデラバルがすべてで、ほかには関心がないのかと」

ロブはにやりとした。「きみにはもっと深い関心を持てるだろう」

ジェマイマはあわててあとずさった。「無理なことはわかっているくせに」

「ぼくがその気になったら拒むかい？　この前はいやがったね。愛は罠《わな》だというきみの考えは忘れていないよ」

「わからないわ」ジェマイマは赤くなった。「あなたのことをずっと考えているのは事実だけれど」

ロブは喜びをあらわにした。「わが愛する妻」

「でも」ジェマイマは言い張った。「まだ五十四日残っているのが気になるわ」

ロブは手を伸ばして彼女を引き寄せた。キスはしなかったが、しっかりと抱き締めた。ジェマイマは夢見心地になると同時に不安にかられた。彼の肌は冷たく、白檀《びゃくだん》の香りがする。この胸に顔を埋《うず》めて味わいたい。うっすらにじむ汗と、ひんやりした肌の感触を。

彼女はほてった顔を見られないようにして言った。

「夫といっしょに過ごしたいと望むのは平民だけかしら？」

「上流社会ではないことだな」ロブは笑いを含んだ声で言った。「妻にたまらなくキスをしたいと思うのもね。ぼくたちはかなりの不良かもしれないぞ」

ジェマイマは彼の唇に指を当てた。「待って。キスはいけないわ」

ロブはうめいた。「ああ、ジェマイマ、お願いだ」

「だめ。ここはあなたの寝室で……」

「そうだ」ロブの声にはとげがあった。「それがどうした」

「とても危険だわ」

ロブは片手でベッドの柱をつかみ、ジェマイマをベッドの足元へ追いこんだ。

「一回のキスでは禁欲を破ったことにならない」

「解釈によるわ」

「キスの？」

「禁欲のよ」ジェマイマは急いで言った。「あなたはどう思う、ロブ？」

彼は首を横に振った。「よしてくれ。こんなときに哲学を論じるつもりはない。明日にしよう、いっしょに馬で出かけるときに」

「明日、馬で？」

「いい考えだろう？　なかなかふたりで過ごせないのだから」

「でもわたし、馬に乗れないわ」

「だったら、教えてあげよう」ロブは笑った。「ぼくたちの熱情を充分冷ましてくれるだろう。二、三分もしないうちに口論になるはずだ。だから、今はできるだけ時間を有効に」彼はふたたびジェマイマを引き寄せた。

彼女は腕の下からするりと抜けてドアに向かった。「乗馬の講義を終えてから、キスが相続条件に反しないかどうか考えて」

「ジェマイマ。待ってくれ」

ジェマイマはすばやく部屋から出て、自分の寝室をめざした。鍵をかける音が聞こえた。

ロブはものうげにシャツを拾った。どれだけ妻に惹《ひ》かれ、どれだけ今起きたことに挑発されたかを示す体の変化は無視しようとした。

「頼むから物覚えのいい生徒であってくれよ」閉じたドアに向かってロブはつぶやいた。「さもなければ、ぼくは欲求不満で死ぬかもしれない」

11

乗馬のレッスンはさんざんだった。ジェマイマは馬を恐れていない。ロンドンの路地で荷馬車馬を見慣れていたからだ。それでも、自分には才能がないとすぐに悟った。ロブは根気よく教えてくれたが、黒毛の種馬のアローを的確に操る彼の技はとうていまねできなかった。馬には子どものころから乗っていたと言うだけあって、人馬一体となったロブの華麗な動きに、彼女は息をのんだ。

ジェマイマはどんなにがんばっても上達せず、結局は息切れして雌馬のポピーを不機嫌にさせただけだった。疾走するポピーの背中で石炭袋のように揺さぶられて二度落馬したあとは完全にあきらめ、せいぜい速足《トロット》でしか進まない二十歳前後のポニーが引く一頭立て二輪馬車に乗った。こうしてふたりは領地をまわった。ロブは馬車と並んでゆっくり馬を走らせながら、彼女にあれこれ指さして説明したり話しかけたりした。そしてときどきアローが元気をもてあますと、適度な運動をさせるために速く走らせる。その姿が草原のかなたに消えるのをジェマイマは座って眺めた。

「あなたはなぜデラバルを離れて軍隊に入ろうと思ったの？」九月末のある日の午後、ふたりで北側の並木道を歩いているときにジェマイマはきいた。遠目には人形の家《ドール・ハウス》みたいだった屋敷が、近づくにつれてどんどん大きくなる。「これほどの屋敷と領地を所有し、心から愛してもいるのに、出ていくなんて不思議だわ」

ロブは着古した狩猟服のポケットに両手を突っこんだ。

「あれもこれもやってはいけないとずっと言われていたせいさ」彼は苦笑いした。「そして、それには抵抗すべきことがあると信じていたせいでもある」

ジェマイマは彼の顔を見た。「やってはいけないと言われていたせいって、どういうこと？」

ロブはにっこり笑った。「両親はぼくが戦争に行くのを禁じた、だから」彼は肩をすくめた。「たちまち行きたくなった。ぼくは昔からひねくれた子どもでね。祖父母が甘やかしてますますひどくなったんだ。主義主張は立派だったが、行動するという鍛錬を怠っていたんだ」

「今はそんな印象はないわ」ジェマイマは驚いて言った。「それどころか、きびしく鍛錬されたように見えるもの。軍隊で変わったの？」

「ああ。戦いに直面し、ぼくを信頼してくれる部下を持ったとき、いっきに成長したよ」ロブは長いため息をついた。「インドへの出征は少年が冒険をする気分だったが、イベリア半島は違った。そのころにはぼくも非情な兵士になり、想像を絶する光景を何度も目にしていた。事実、自分がどれほど甘やかされて育ったかを思い知らされた」

ふたりは脇《わき》道にそれ、草深い乗馬道に入った。足下の地面はふかふかで、雑草に交じってクローバーやフランス菊といった季節はずれの野草の花がちらほら咲いている。大きく枝を広げた木々のあいだから陽光が差しこむ。

「ここで過ごした子どものころの話は聞いてないけれど、幸せだったの？」

「とても幸せだったよ」ロブはあたりを見まわした。「このデラバルをだれが愛さずにいられるだろう？幼いころから本当に好きだったんだ」

ジェマイマは故郷をいちずに愛するまじめな少年を想像して笑みを浮かべた。「ご両親はどんな方だったの？」

ロブは渋い顔をした。「ぼくは遅くにできた子どもでね。姉が生まれたとき母はすでに四十歳で、ぼくはその二年後に生まれた。わが家では親子のあいだにいつも深い溝があった。年齢のことだけではない。父は近寄りがたい人だった。ぼくが十六歳のときに祖父が銃の事故で死ぬまでは、次に伯爵となる立場のセルボーン子爵だった。そのせいで鬱屈《うっくつ》した気持ちをかかえていたのかもしれない。父は怒りっぽかった」

「跡を継ぐ日を待って暮らすのは妙な気分だと思うわ。おじいさまはきっと丈夫な方だったのね」

「そのとおり。あの事故がなかったら、百歳まで生きたかもしれない」

「何があったの?」

「まったくいやな事故だった」ロブははるか遠くの森を指さした。「ぼくたちは連れだって雉《きじ》狩りに出かけた。祖父のそばにはファーディがいた。いとこのファーディには結婚式で会っただろう?」ジェマイマがうなずくと、彼は続けた。「祖父は自分の猟銃を暴発させて死んだ。ファーディはすっかり取り乱した。彼はまだ十五歳で、事故が起きたときは祖父と彼のほかに獲物を追いこむ役目の男がいるだけだった。手の施しようがなかったのだ。祖父はまさしく頭を吹き飛ばされていた」

ジェマイマは身震いした。「ファーディはさぞかし怖かったでしょうね」

「ああ、そうだろうね。ぼくの知るかぎり、それ以後あいつは狩りをしていない」

「もうひとりの男の人は?」

「ネイラーという、厩番《うまやばん》だった。戦争に行ったきりで、だれも彼の姿を見ていない」

「あなたのお父さまは跡を継いだものの、喜ばしい状況ではなかったのね」怒りっぽい伯爵は、相続の過程で裏切られた気がしたのではないかとジェマイマは思った。父親は自然死ではなかったのだから。

「そうなんだ。伯爵になっても、短気なところは少しも変わらなかった。ぼくがインドに行くまで家族そろってここで暮らした。祖母、両親、カミラ、それにぼくだ」

「おばあさまにお会いしたかったわ」ジェマイマは微笑《ほほえ》みながら言った。「遺言にあんな条件をつける風変わりなレディですもの、ぜひお目にかかりたかったのに」

「祖母はきみを気に入っただろう。中身の空っぽなお嬢さんではなく、自分の意見を持った女性と結婚しなさいとぼくはいつも言われていた。祖母の望みどおりの結婚ができてうれしいよ」

ジェマイマはほめられて心がなごんだ。「でも、お父さまはわたしを認めなかったでしょうね。職人の娘を家族に迎えたいはずはないもの」

「まあ、父ならそうだろう。性格より社会的地位を重んじる人だった。現に、幼いころのカミラやぼくにはあまり関心を示さなかった。もちろん子どもが生まれた喜びはあっただろうし、驚きもしただろうが、そのあとカミラが結婚適齢期になり、ぼくがデラバルの継承者としての全責任を負える年ごろになるまでは、そっけないものだった」

「あなたが親の期待にそむいたのはそのころね？　お父さまは相当な衝撃を受けたにちがいないわ」

セルボーン家の過去を詮索《せんさく》するのは少々ためらわれたが、彼女はそうすることでロブがデラバルを離れ、必死でかつての繁栄を取り戻そうとしている理由がわかるような気がした。

「衝撃のあまり怒り狂ったよ」ロブはぎこちなく肩をすくめた。「父はひどくがっかりしたようだ。だがぼくは息がつまりそうだった。二十一歳になったとたん、結婚して跡継ぎをもうけ、領地をおさめるよう求められたのだ。物心ついてからずっとその期待を背負っていたんだよ」彼はまた肩をすくめた。「状況を悪くした原因はカミラにもあったが、ぼくには責められない。姉は、いわゆる良縁を選ばなかったのだ。あくまでも父の基準の良縁だけどね。この近くに住む兄を訪ねてきていた船長に恋をし、結婚を決意した。なかなか立派な家の子息だったが、格別の良縁というほどではない。父は失望したが、すでにカミラは二十三歳で求婚者もそう多くなかったため、好きにさせたのだ。それから父の期待は全面的にぼくに向けられた。思いどおりにさせようとしてね」

ジェマイマは好奇心にかられた。「軍隊に入りたいと話したときは大変だったでしょう？」

ロブは足を止めた。緊張したようだが、口調は冷静だった。

「激しい口論になった、お察しのとおりね。すべて予想はついていた。父は相続権を剥奪《はくだつ》すると脅した」

「それでもあなたは出ていったのね？」

ロブはかすかな笑みを浮かべた。「領地は限嗣相続財産だから、デラバルは当然ぼくのものになるとわかっていたのさ。しかし、そうだ、ぼくは父の怒りと母の嘆きを無視してウェルズリー将軍とともにインドに行き、その後イベリア半島へ行った。とにかく何かして、自分なりの道を進むことを証明したかったのだ。それに、デラバルはいつまでも待ってくれるだろうと思った」表情が険しくなった。「そう、確かに待ってはいたが、ぼくの想像とはまるで違った。疫病で大勢の人が死んだ。建物は壊れ、土地は荒れはてた。両親も死んだ。父と最後に交わした言葉に怒りをぶつけてしまったことが忘れられない」

ジェマイマはそっとロブの手を取った。彼がかかえている罪の意識をなんとか和らげ、心を癒《いや》してあげたい。

「まさかこんな事態になるなんて、当時のあなたは知らなかったんですもの」

「ああ」ロブは一瞬、彼女の手を強く握った。「しかし、できればあの世ではなく、この世で父と仲直りしたかった」

ジェマイマは爪先立って彼の頬にキスをした。

「たぶん、お父さまはもうご存じよ」彼女はささやいた。「あなたが今ここで懸命に働いていることを」

ふたりの目が合い、一瞬緊張が走ったあと、ロブは彼女に両手をまわして髪に頬を押し当てた。

「きみが働いてくれていることもね。ジェマイマ、正直言ってぼくは、きみのやさしさにきちんと報いてきたかどうかわからない」

ふたりはしばらく黙ってじっと立っていた。

「わたしと結婚したのはしきたりに逆らうためだったの、ロブ?」ジェマイマはくぐもった声で言った。

ロブは彼女の顔を自分に向けさせ、微笑んだ。

「違う。好きだから結婚したんだ。最初からきみがほしかった。誓いの言葉を述べているときからね。そもそもあの契約を結ぶのは気が進まなかったのだ」彼はため息をつき、ジェマイマを放した。「遺言条件を守るのがこんなにつらいとは思わなかった。少しでも計画を楽に運ぶためにきみと距離を置きたいと思いながら、その一方で」彼女の目を見つめた。「ぼくはまったく逆のことを望んでいる」

ジェマイマは目をそらさなかった。暖かい日なのに、寒けがした。ロブは問いかけるような表情を浮かべた。彼女が一歩寄り添ったとたん、背をかがめて顔を近づけた。唇と唇が触れ合い、ほんの一瞬、試すようにからみ合った。ジェマイマは負けまいとした。目を閉じてはいけない、官能の渦にのみこまれてはいけない。これまで学んできた理性的な生き方に反する。それがわかっても抵抗できなかった。

次の瞬間、彼女はロブに体をあずけ、無我夢中でキスを返していた。世界がぐるぐるまわり始め、まるで二度と逃げる気にならない熱くて暗い刺激的な場所に落ちていくようだ。抱き合うふたりの頭上で木の葉が揺れ、影が舞う。

〝好きだから結婚したんだ〟

好意と愛情。ジェマイマは突然、好意と愛情の差がどこなのか不安になった。彼女はわかりかけてきたばかりの熱い気持ちにめまいを感じながら身を引いた。

「ロブ」震える指でドレスのしわを伸ばした。「いけないわ」

彼はいぶかしげな顔をした。「なぜだい？」

「ふたりとも自制心を失いそうだもの」

ロブは彼女の手を取った。「そうか。きみはそれを恐れていたな」

ジェマイマは視線をそらした。「わたしは」

彼女は言葉をのんだ。〝あなたと恋に落ちたくない〟と本気で言いたかったことに気づいて衝撃を受けた。だがすぐに、もう手遅れだろうと悟った。わたしは夫に恋をしている。もうあと戻りはできない。彼女はジャックとベスの、みじめで残酷な愛を思った。あんな結末は迎えたくない。でも、わたしたちは違うかもしれない。思いきって踏み出すべきだ。信じなければ。

「わたしは、お互いが後悔するようなことをしたくないの」

ロブは樫《かし》の若木に片手をついた。「何が起ころうとぼくは後悔しないよ」彼女を見た。「きみは？」

「答えられません」ジェマイマは急いで言った。「あなたに関心がないわけではないし、信じたいとも思う。でも」彼女は口をつぐんだ。言葉でロブを傷つけたくないけれど、完全には信頼できない。もし信頼できたら、これほど心が揺れずにすむものを。

「時間はたっぷりあるんだ」ロブはまた彼女を引き寄せた。「ゆっくりやっていけばいいさ」

言葉とは裏腹に、彼はまた駆りたてられるように唇を重ねた。ジェマイマは無意識に口を開き、激しいキスに酔いしれた。なめらかな唇の感触も、われを忘れるほどの舌の動きも、はじめての経験だった。防壁はもろくも崩れた。身も心もゆだねそうになるのをかろうじて踏みとどまったのは、頭の中で防衛本能がささやきかけたからだ。ジェマイマは彼の胸を押して体を離した。

「あなたは」息をはずませながら言った。「もしあの遺言条件がなかったら、世界一冷酷な女たらしになったでしょうね。わたしから良心の呵責《かしゃく》を感じさせなくしてしまうのだから」

ロブは笑った。「女たらしとはひどいな。もし本当にそうなら、あの夜、きみを寝室から逃がさなかっただろう。遺言があろうとなかろうとね」

「あれから、わたしはあなたの寝室に入っていないわ」

「賢明だ。ぼくは女たらしではないが、修道士でもないからな」

「修道士はさぞつらいでしょうね」ジェマイマは彼の腕に手をからませながら言った。

「修道士の苦境など考えたくもない」ロブはしみじみと言った。「自分のことで精いっぱいだ」

「でも、多くの時間をいっしょに過ごしたおかげで状況はずっと楽になったはずよ。あなたもわたしも礼儀正しい振る舞いを通してきて」彼女はロブの熱い危険なまなざしにはっとし、言葉を切ると、息をつめた。

「礼儀正しい振る舞い？」ロブがきき返した。彼はジェマイマを抱き寄せた。「では、こうするのは礼儀正しいと言えるかな？　ぼくはきみの姿を見るたびにベッドに連れていきたくなる」

「ロブ」

「どうした、ジェマイマ。正直に言っただけさ。嘘《うそ》をつくほうがいいかい？」

「いいえ」ジェマイマは彼から離れた。「とにかく、まだ五十一日あることを忘れないでほしいわ」彼女の表情がゆがんだ。「一度抱いたら、もうわたしに興味はなくなるでしょう」

「五十日だ。五十一日ではない。しかもマダム、きみは決してぼくから逃げられないよ」

翌朝、デラバルの屋敷に最初の客人が訪れたとき、ジェマイマはまずい現場を目撃された。彼女は書斎にある暖炉の火格子の中に立って煙突を見上げ、煙の発生する原因を探っていた。前日に屋敷じゅうの暖炉の点検が始まったのだ。というのも、冬に備えて聖ミカエル祭までに煙突掃除をすませる習慣があるからだ。ジェマイマは数個の鳥の巣のほかにも障害物をいくつか見つけ、本格的に寒くなる前にチェルトナムの業者を呼んで掃除する必要があると判断した。いちばん気になるのがこの書斎の暖炉だ。煙突の中ほどに何か突き出ている。見えてはいても、手が届かない。

「まあ、いったい何をしているの？」

レディ・マーガリート・エクストンの声がまるで煙突を共鳴させるように響き渡った。ジェマイマは危うく頭をぶつけそうになった。彼女はそろそろと火格子から抜け出し、エプロンで手をふきながら背筋を伸ばした。煤《すす》は煙突の内側に張りついているので体はさほど汚れない。でもたぶん頬が黒くなり、ボンネットにもほこりがついただろう。彼女は義理の祖母が間の悪いときに現れたことを嘆いた。

「おはようございます、おばあさま。失礼しました。清掃業者が来る前にと思って煙突を調べていたものですから」

「変わったことをするのね」レディ・マーガリートは言った。茶色い縞《しま》柄のシルクのドレスを着て、それに合わせたボンネットをかぶり、日傘を手にした姿は、いかにも貴婦人らしい。非の打ちどころのないレディ・マーガリートの優雅さに比べ、ジェマイマは自分がとても薄汚れて見えた。

レティが駆け寄り、ジェマイマの頰にキスをした。そのあと腕の長さ分だけ離れて、くすくす笑った。

「ロブはずいぶん人使いが荒いのね。結婚してまだ二カ月にもならないのに、奥さんをこき使うなんて。そういえば、とても衝撃的な話を聞いたわよ」

「レティ」レディ・マーガリートがたしなめ、ジェマイマのほうを向いた。「わたしたちはあなたとロバートにふたりだけで過ごす時間をかなりあげましたよ。それでもまだお互いの顔を見るのに飽きていないのは驚きね。一カ月以上ふたりでいたら、どんなに愛し合っている夫婦でも、ほかの人に会いたくなるものだけど」彼女はあたりを見まわした。「わたしの孫はどこにいるの？」

「デラバルに来てからロバートとはあまり顔を合わせていないんです」ジェマイマは飲み物を頼むためにベルを鳴らしながら言った。「彼は領地の問題にかかりきりだし、わたしは屋敷の改修を任されていますので。きっと今ごろは牧草地の塀を建てている最中でしょう。使用人を呼びに行かせます」

「感心ね」レディ・マーガリートはうなずいた。

「あまりいっしょに過ごさないことがですよ。だけど、ロバートが外で労働者のように働くのは感心しませんね。伯爵にふさわしくありません。使用人が足りないのならスワンパークから何人かよこしてあげましょう」

ジェマイマはレティと目を合わせ、笑いそうになるのをこらえた。レティが顔をしかめたところを見ると、レディ・マーガリートの鼻持ちならない言動はいつものことらしい。ジェマイマは勇気づけられて自分の考えを言った。

「ロバートは楽しんで働いていると思います。肉体労働は刺激になると何度か話していましたから」

話したのは事実だが、その意味はおそらくレディ・マーガリートの考えとは異なるだろうとジェマイマは思った。

「楽しむですって」レディ・マーガリートは不愉快そうだ。「最近の若い人はどうかしていますね」

「きっとロバートはイベリア半島にいたときに砦《とりで》の防壁作りを手伝ったことがあるのよ」レティは目を輝かせた。「それで労働の楽しみを知ったのかもしれないわ」

レディ・マーガリートは悪臭でもかいだように鼻にしわを寄せた。「男の人にとって軍隊は有害ですよ。堕落を蔓延《まんえん》させています」彼女は従僕の差し出した皿からケーキをひと切れ取った。「このケーキはとてもおいしいわ。メイド頭をほめてあげて」

「はい、そうします」ジェマイマは言いながら、母から教わったフルーツケーキが気に入られたことを喜んだ。自分の腕前をほめてもらうつもりはない。レディ・マーガリートはたぶん伯爵夫人にケーキ作りはふさわしくないと思っているだろう。

「今日わたしたちが来たのは、再来週のパーティに出席できるかどうか確かめるためなのよ」レティがお茶をかき混ぜながら言った。「カードが届いたでしょう？　ロバートとふたりで来てくれれば、知り合いに紹介する絶好の機会になると思って」

ジェマイマは黙っていた。いつもやさしくしてくれるレティをがっかりさせたくないけれど、あまりにも危険だ。わたしの顔に見覚えがあるという人に出会うかもしれない。姪《めい》のティリーに似ているとか、アン・セルボーンの結婚式で会ったとか言われたら困る。とはいえ、世間から隠れて世捨て人のように暮らすわけにはいかない。そんなことをしたら頭がおかしいと思われるだろう。ティリーについても、親戚《しんせき》に素性を明かすことについても、ロブと話し合わなければならない。もう一度レディ・マーガリートの顔を見たあと、ジェマイマは今すぐ断ろうと決心した。

「ごめんなさい。ぜひうかがいたいのだけれど、着ていくものがないの。チェルトナムまで買いに行く時間もなさそうだし」

レティが落胆するのを見て、ジェマイマは気がとがめた。

「まあ、ジェマイマ。とっても楽しみにしていたのに。あなたが来ないとつまらないわ」

「レティの言うとおりですよ」意外にも、レディ・マーガリートが口をはさんだ。「セルボーンの新しい伯爵と夫人にはぜひ来てもらわなければ。でないと何か深刻な問題があるように思われますよ」

ジェマイマはうしろめたさで赤面しそうだった。

「あさってなら、みんなでバーフォードへ買い物に行けるのではない？」レティが明るさを取り戻して言った。「とても優雅なマダム・ベリンダの婦人服店があるの。舞踏会のために入り用なものはなんでもそこでそろうはずよ」

「バーフォード？」ジェマイマはその町がマーリンズチェイスのすぐ近くだということを思い出した。

「いいえ、とんでもない。わたしは……」

「すばらしい考えだわ」レディ・マーガリートが言った。「ロバート」彼女は部屋に入ってきたロブに微笑んだ。「木曜日にみんなでバーフォードへ行くことになったのよ。あなたも来るわね」

ロブは近づいて祖母の頬にキスをした。「おはようございます、おばあさま。ぼくがですか？」

「そうですよ」レディ・マーガリートは敏感ににおいをかぎ取り、少し身を引いた。「たまには仕事をしない日があってもいいでしょう」

「あなたがどれほど労働に刺激を感じているか、おばあさまにお聞かせしたわ」ジェマイマはさらりと言った。

ロブはソファまで来て彼女の隣に腰を下ろし、不安そうな目を向けた。「本当か、ジェマイマ?」

「ええ、本当よ」ジェマイマはにっこりした。「いつか話してくれたわね、野良仕事はとても――」

「ジェマイマ」

「やる気と、根気と、元気が出てくるって」ジェマイマは言葉を締めくくった。

ロブは目を細くし、彼女の耳元でささやいた。

「仕返しか?」

「ただひとつだけ、バーフォードへ行くのに問題があるの」レティが言った。「オーガスタとファーディとバーティ・パーショーも誘わないといけないわ。三人とも明日来て、舞踏会まで滞在する予定なの。男性たちはいいけれどオーガスタはちょっとね。ユーモアが通じなくて」

「そんなことはほかの欠点に比べたら問題にもならないよ」ロブが言った。

「まあ、失礼よ」レティの目がきらりと光った。「ジェマイマ、あなたにはいやな思いはさせないつもりだけれど、ロブのいとこだから逃げられないわね」

ジェマイマはなんとしても逃げたかった。オーガスタには二度と会いたくない。このあいだ会ったときにいやみなことを言う人だとわかったからだ。それに、結婚式にかかわったファーディ・セルボーンと、マーリン公爵の甥《おい》のバーティ・パーショーが来るとは。事態がいっそう厄介になりそうで、ジェマイマはまるで卵の殻の上を歩くような不安に襲われた。

「あの娘にはうんざりですよ」レディ・マーガリー

トも認めた。「お金目当てで結婚してくれる人でもいればいいけれど、財産を使いはたしたあともいっしょに暮らすとなるとねえ」

レティはくすっと笑った。「まあ、手きびしいのね、おばあさま。でも、そのとおりだと思うわ。ともかく彼女はずっとそばにいて、あなたに取り入ろうとするでしょう。それで友だちに自慢するのよ。セルボーン伯爵夫人と」レティはあわてて口を手でおおった。「いやだわ、わたしったら意地悪なことを言って。でも、事実ですものね」

ジェマイマはオーガスタのとげのある言葉を思い出し、彼女がそばに来ると思っただけでぞっとした。

心配だったのはオーガスタがわたしの顔を覚えていて、まやかしの伯爵夫人だと暴露するかもしれないことだ。けれど、もしレティの話が本当ならオーガスタはへつらうのに必死で、結婚式のときにちょっと会った煙突掃除人の娘だとは気づかないかもしれない。そう思うといたずら心がくすぐられた。

「ミス・セルボーンにも来ていただいたら、きっと楽しいわ」ジェマイマは言った。

「ひょっとして」レティがためらいがちに言った。「あなたのお兄さまのミスター・ジュエルは舞踏会にいらっしゃれない？　出席してくださると最高なんだけれど」

とたんに冷たい空気が流れた。特にレディ・マーガリートの表情は冷ややかだ。

「ごめんなさい」ジェマイマは言った。「ジャックが近いうちにデラバルに来る予定はないの」

レティは力なく腰を下ろし、ふた切れ目のフルーツケーキを食べても元気にならなかった。わずか一度の出会いでそんな気持ちになれるものかとジェマイマは驚いた。レティは社交的だから崇拝者は大勢いるはずだ。よりにもよってジャック・ジュエルを選ぶとは、なんと運命は意地悪なのだろう。

レディ・マーガリートとレティが近所の知り合いを訪ねるために去り、ロブも仕事に戻ったあと、ジエマイマはふたたび暖炉を調べた。煙突内の高さ三メートル余りのところにやはり何か突起物が見える。火格子の中で爪先立って手を伸ばしても、あと数十センチ届かない。少し上らなければ無理だ。

ジェマイマはためらった。上って確かめるのは二、三分ですむけれど、やってはいけないことだ。セルボーン伯爵夫人が煙突に上るなど。

ちらりとうしろを見てからジェマイマは靴を脱いだ。できればはだしが最適だが、ストッキングは履いたままでいい。いざ煙突に入ろうとして一瞬、考えた。スカートが邪魔になりそうだ。それにいくら古いものでもドレスを着て上るのはまずい。捨ててしまえるほど衣装持ちではないのだから。彼女は急いでドレスを脱ぎ、床に放《ほう》った。時間との勝負だ。

煙突の中にいるところを使用人に見られたくない。

上る感覚はすぐに思い出した。実は今まで忘れたことはない。学校でも、煤だらけの煙突の代わりにしょっちゅう木や壁によじ登っていた。ミセス・モンタギューでさえ、おてんば娘の行動を完全には止められなかったのだ。

ここの煙突は楽だった。内部は広く、煉瓦《れんが》の出っ張りがあって上りやすい。ジェマイマはいちばん下の出っ張りに足をかけ、背伸びをして手をかけるところを探した。ペチコートが煙突の内側に触れるせいで、煤が火格子の中に舞い落ちた。煉瓦の角でストッキングが破れ、肘が壁に当たってこすれた。煤の強烈なにおいが鼻を突き、煙突特有の圧迫感に襲われる。かつて煙突掃除をしていたころより体は大きくなっている。ジェマイマは少し怖くなった。

伸ばした手に、冷たくて固い、金属製のものが触れた。これが障害物にちがいない。指で探ると角張ってている。ブリキの箱のようだ。彼女はそっとつかんだ。

下りかけたとき、書斎のドアが開いて声がした。ジェマイマはぎょっとし、頭の上で箱を持ったまま、もう一方の手を煙突の壁に突っ張って体を支えた。

「ちょっと出かけたようですね」ロブの声が聞こえた。「申しわけありません。お見えになったことは伝えておきます、レディ・ヴァウス」

何やらぶつぶつ言うのに続いてドアがふたたび開き、閉まる音が聞こえた。ジェマイマはほっとした。箱を引き抜き、光の差しこむ四角い床に向かって慎重に下りた。突然、光がさえぎられた。

「ジェマイマ」ロブの声が煙突の中に異様に大きく響いた。「すぐに下りてこい」

ジェマイマは足を踏みはずした。あわてて何かつかもうともがいた拍子にブリキの箱がけたたましい音をたてて火格子の中に落ちた。彼女はなんとか両手で煉瓦の出っ張りをつかんだ。ロブの真上で足をぶらぶらさせながら、落ちて彼をつぶしはしないかと気が気ではなかった。

「ロブ！」彼女は叫んだ。「そこをどいて。邪魔なのよ」

ちらっと下を向くと、ロブが見上げていた。正確にいうと、ペチコートをだ。彼はにやりと笑った。

「どうやら、煙突の中に怪しいやつがいるようだ」

「お願いだから、どいて！」ジェマイマは金切り声をあげた。彼女が両脚を大きく開いてようやく足場を見つけると、ロブは楽しそうに口笛を吹いた。次の瞬間、両手でジェマイマの腰をつかみ、慎重に彼女を煙突から出して、煤がうっすら積もった書斎の床に立たせた。

「ひとりで下りられたのに」ジェマイマは怒った。

「ほっといてほしかったわ」

「すまない」ロブはまだにやにやしている。「きみにつぶされてはたまらないと思ってね。助けたつもりなんだが」

ジェマイマはぎこちなく髪をうしろになでつけた。むき出しの腕は煤で黒ずみ、首と胸元も筋がついて汚れている。ボンネットがずれて髪はくしゃくしゃだ。ロブにうっとり見つめられても救いにはならない。彼は煤で汚れたボディスの胸のふくらみにしばらく目を留めたあと、ずたずたに破れているストッキングとその下の素肌へとゆっくり視線を移した。ジェマイマは急いでペチコートのすそを引っ張った。生地が薄いので脚が透けて見えるかもしれない。でも問題はそんなことではない。彼は真下に立っていたとき脚のほかにも何か見たにちがいない。ジェマイマは顔から火が出そうだった。

「ぼくはレディ・ヴァウスが訪ねてきたのを知らせに来たんだよ」ロブは熱いまなざしを向けたまま言った。「きみはいったい、あそこで何をしていたのだ?」

ジェマイマは火格子の中のブリキ箱を指さした。それにはタール状になった煤がべっとりついていた。「煙の通り道を邪魔しているものがあったの。それが何か調べに行っただけよ」彼女はいつもと同じ口調で言おうとした。「これでもう、くすぶらないと思うわ」

「ほう、ありがたい」ロブは口元をゆがめた。彼の目に浮かんだ表情にジェマイマは動揺した。これまで煙突に上るとき、人目を気にしたことはない。煙突掃除人は、もし服を着ないほうが上りやすければ裸で作業することもある。そうすると体じゅう傷だらけになるのでジェマイマはやらなかったが、下着で上るのがはしたないとは少しも思わなかった。今までは。

ロブが一歩近づいた。彼はやさしくジェマイマの腕を取って肩先に顔を近づけ、そっと息を吹きかけた。わずかに煤が舞った。ジェマイマはかっと熱くなった。鳥肌が立ち、胸の先端が硬くなったのがわかる。ロブは無造作に手を伸ばし、彼女の胸元の煤を払った。軽く触れただけだが、目に親しみがこもっている。彼の手がボディスの上から軽く胸を押さえたとき、ジェマイマはかすかなうめき声をもらした。息ができないうえ、体はとろけそうだった。

「ほこりを落とさないといけないね」ロブが穏やかな声で言った。

ジェマイマは顔をそむけ、必死でドレスを捜した。「いいえ、そうはいきません。服を着てレディ・ヴァウスに会わないと」

ロブは彼女のうなじに手をすべらせた。「もう帰るころだよ」

「でも、服を」

「無理だ。ドレスが汚れてしまう」

ジェマイマは悲痛な声をあげた。「ロブ、わたしはこのままペチコート姿でずっと書斎にはいられないのよ」

「きみは実に魅力的だよ」ロブは彼女の首筋を指でなでた。「煙突掃除がこれほどわくわくする仕事だとは思わなかった」

彼はジェマイマを抱き上げ、大きなソファに横たえた。彼女は抵抗した。

「だめよ、使用人たちが」

「みんな客人の見送りで忙しいはずだ」ロブはジェマイマの眉に触れた。「こんなところに煤がついている」次に舌先で唇の端をつついた。「こっちにも」

うめき声とともに開いた彼女の唇を、唇がふさいだ。ジェマイマには下着姿であられもなくキスをしている自分が信じられなかった。しかもついさっきまでレディ・マーガリートが品よく座っていたソファの上で。なぜかそのせいで自分たちの行為がよけいに悪いことに思えた。いっそうみだらで、いっそう刺激的に。

「きみが心配なんだ、ジェマイマ」ロブはキスをしながら言った。「あんなまねをしたらけがのもとだ。もう二度と上らないでくれ。特に下着姿では」

「裸で上る煙突掃除人もいるわ」ジェマイマは何げなく言ってはっとした。ロブが挑発されたようにまた唇をふさいだ。今度は強引で、乱暴で、有無を言わせぬキスだった。彼女はクッションに深く身を沈めた。

「わかっているんだぞ」ようやく口がきけるようになったとき、ロブが言った。「わざとぼくを誘ったな。いつでも煙突に上るといい」

彼はジェマイマの首筋とふっくらした胸がピンク色に染まるまでキスの雨を降らせた。ペチコートの下にすべりこんだ手がジェマイマの脚をはい上る。

ドアが開いた。「だんなさま、チェルトナムの煙突清掃業者が到着しま――」執事のギディングズはソファの上でたわむれる伯爵と夫人を見て、言葉をのんだ。そして、しずしずとドアを閉めて下がった。

ジェマイマとロブははじかれたように離れた。ふたりはお互いを見つめた。

「あんなところで邪魔されて、ギディングズに感謝することになるとは思わなかった」ロブは呼吸を整えながら言った。「だが、来てくれなかったらやめるときがわからなかっただろう」

「どうしましょう」ジェマイマは身をひねって離れ、ドレスと靴をまた捜し始めた。「わたしたち、ギディングズを驚かせてしまったわ」

ロブはソファに寝ころび、頭のうしろで両手を組んだ。彼はジェマイマがドレスを拾い上げるのを見てにやりとした。「使用人たちに新たな話題を提供することになりそうだ」

12

「お近づきになれて光栄だわ、レディ・セルボーン」二日後、ジェマイマとレティとともにバーフォードに向かう馬車の中で、オーガスタが機嫌をとるように言った。「わたしがどれほどロバートの結婚を待ち望んでいたか、想像もつかないでしょうね」

「自分とロバートとの結婚という意味よ」レティが耳元でささやいた。「だまされないでね」

ジェマイマは笑いをこらえた。レティの予言どおり、彼女はデラバルからずっとオーガスタの心にもないお世辞に悩まされていた。オーガスタは一度さげすんだ煙突掃除人の娘にへつらっているとは思いもしない。ジェマイマはセルボーン伯爵夫人の役を

冷静にやりとおせるという自信をいくらか深めた。

「こちらこそ。うれしいわ、ミス・セルボーン」ジェマイマは儀礼的に言った。

「まあ、ガシーと呼んで」オーガスタは不満をもらした。「特別なお友だちはみんなそう呼ぶの」

ジェマイマは微笑《ほほえ》んだ。「わかったわ」

オーガスタは優雅にうなずいた。帽子につけた駝《だ》鳥《ちょう》の羽根飾りが、はじめて社交界に出る少女のようにちょこんとお辞儀した。近くの町に買い物に出かけるにしては派手すぎるようにジェマイマには思えた。それに引き換え、淡いブルーのモスリンのドレスを着たレティはとてもチャーミングだ。

「ロンドンのご出身でしたわね、レディ・セルボーン」オーガスタは続けた。「あの町に比べると、こちらは退屈でしょう? ロバートに頼んで冬の社交シーズンのあいだロンドンにいらっしゃるの?」

「それはないでしょうね」ジェマイマはそっけなく

言った。「ロブはしばらくデラバルですることがあるから。わたしたちにはロンドンを訪れる時間も、そのつもりもありません」

オーガスタは口をとがらせた。「あら、でも、デラバルはロンドンと違って、あまりおつき合いする人もいなくて」

「来週、レティの誕生日を祝う舞踏会があるの」ジェマイマはレティに微笑みながら言った。「そのときに新しい友人ができるのではない?」

オーガスタは肩をすくめた。「おそらくマーリン公爵は見えるでしょうね。それに息子の、洗練された侯爵も。彼とは知り合いになって損はないわ」

「侯爵は結婚したのよ、オーガスタ」レティは満足そうに言った。「うまく夫人に取り入れば、マーリンズチェイスに招待してもらえるかもしれないわよ。なんといっても」レティは険のある目を向けた。「単なる伯爵夫人よりも侯爵夫人のほうが特別なお友だちとして価値があるものね」

ジェマイマは思わず吹き出し、咳《せき》をしたようにごまかしてハンカチで鼻を押さえた。これはやさしいレティとはまったく別の一面だ。どういうわけか、彼女はオーガスタをひどくきらっているらしい。意地悪だからというだけではないような気がする。

「オーガスタと言い争いをしてはいけないとわかっているのよ」その日の午後、バーフォード通りをジェマイマとぶらぶら歩きながらレティは言った。一行はあとで〈ラム亭〉で落ち合うことにして、いくつかの組みに分かれて行動していた。幸い、オーガスタはバーティ・パーショーについていくほうを選んだ。レティに言わせると彼の関心を引こうとしているらしい。

「あの人はいつもごたごたを引き起こすの」レティは続けた。「学校にいたころと同じ。いつも問題を起こして人を困らせようとしたの。特に自分より人気があったり、美しかったりする女性をね。今はその相手があなたよ。あの見え透いたお世辞、気分が悪くなるわ」

ジェマイマはレティの手をそっとたたいた。「心配しないで。学生時代にもそういう人がいたから、よくわかるわ。白状すると」彼女は言葉を続けた。「特別な友人として望まれる立場になったのははじめてよ」

ふたりは声を合わせて笑った。「あなたはどこの学校に行ったの、ジェマイマ？」レティが無邪気にたずねた。「わたしはバースにある女子校で、とても退屈だったわ」

ジェマイマは胸が痛んだ。わたしはレティよりずっと高度な教育を受けた。それが貴重に思えるのはたぶん、どうしても学問を身につけたかったからだ。あるいはよい先生に恵まれたからか。

「わたしはストロベリー・ヒルにあるミセス・モンタギューの学校へ行ったの。すばらしいところだったわ」

「ミセス・モンタギュー」レティはうろたえた。「まあ、それじゃあ、あなたは本当に頭がいいのね。知らなかった。尊敬するわ」

ジェマイマは笑った。「そんなに頭がいいわけではないわ」彼女はレティの腕を取った。「それに今は舞踏会用のドレスのことしか考えられないの。もう長いこと新しいドレスを買っていないから」

レティの顔が輝いた。「そういうことならわたしに任せて」

バーフォード通りはウィンドラッシュ川にかかる古くて美しい橋に向かって坂になっている。たくさんの馬車や荷車が行き交う通りをふたりはゆっくり下った。途中何本か狭い道を横切り、荘厳な教会やその隣の緑地にある立派な救貧院も目にした。反対側の塀の向こうから校庭で遊ぶ子どもたちの声が聞こえる。

マダム・ベリンダの店は通りの中ほどにあった。地方の婦人服仕立て屋とは思えないほど優雅で高級感がある。ひとりだったら勇気がなくて入れなかっただろうとジェマイマは思った。

彼女は舞踏会用のほかに散歩用と夜会用のドレスをそれぞれ一枚と、綾織《あやお》りのシルクのショール、帽子をふたつ、それに髪につける美しいリボンを買って店を出た。ほかにもほしいものはたくさんあった。ロブの許しはもらってはいても、持ってきたお金を全部使うのは気が引けた。ロブにはほとんどゆとりがなく、今ある資金で領地の復興作業を続けなければならない。ただジェマイマは、なぜみんなが衣装だんすをドレスでいっぱいにしたがるのか理解できなかった。しょせん、一度に着られるのは一着だけなのだから。

ジェマイマが心からこの外出を楽しんでいたとき、不運な事件が起きた。ふたりはシープ通りを歩いていた。〈ラム亭〉で男性陣と落ち合い、休憩してからデラバルへ戻る予定だった。何軒かの店を通り過ぎ、瀟洒《しょうしゃ》な屋敷が並ぶ一画にさしかかったとき、いちばん手前の屋敷のドアが突然開き、女の子がふたり飛び出してきた。背後から女性が大声で呼び止めても気にも留めない。年長の子が手にした金髪の人形をめぐって、お互いに自分のものだと言い争っている。年長の子はもうひとりの手が届かないよう人形を頭上にかかげ、爪先立ってくるりとまわった。年下の子は笑いながら飛び上がった。思わずつりこまれそうな笑顔に、ジェマイマは胸が痛くなった。

そこへ馬車が勢いよく走ってきた。女性がまた屋敷の中から叫び、赤ん坊を抱いて戸口に現れた。背後に男性が立っていたが、ジェマイマは気づかなかった。年下の子を見つめていたのだ。父親譲りのふわふわの黒い巻き毛と大きな黒い瞳の少女を。ジェマイマは今はじめて知った。ジャックの娘は彼に生き写しだ。

年長の子が石につまずいて悲鳴をあげた。ジェマイマははっとして振り向いた。そして、ころんだ子のほうへ反射的に駆け寄り、抱き起こした。お礼を言っている女性にジェマイマは微笑み、なんとか応《こた》えた。何を言ったのか自分でもわからない。集中できなかった。ジャックの娘が黒い瞳でじっと見ている。食事も世話も行き届いているようだ。健康で幸せそうに見える。とても幸せそうに。

ジェマイマは呆然《ぼうぜん》として少女を見つめた。信じられないほどジャックに似ている。あるいはジェマイマに。ベスのおもかげがあるのは顔の輪郭と微笑むときに口の片側を少し上げるしぐさだけかもしれない。少女は微笑みながら小さな温かい手で人なつっこくジェマイマの手を握り、引っ張った。つかの間、ふたりは並んで立っていた。

ジェマイマを現実に引き戻したのはレティの衝撃を受けた顔だった。さらに悪いことに、オーガスタが通りのほうからやってくる。ロブの腕にもたれて何か話している。まだ少し距離はあったが、ふたりがこちらに注目していることはジェマイマにもわかる。彼女とティリーを見比べながら、どんどん近づいてくる。ジェマイマは気が重くなった。

そっとティリーの手を放して微笑みかけた。

「ママとお姉さんのところに戻りなさい。きっと、またすぐに会えるわ」

女性は屋敷に入るよう少女たちを促しながら、ジェマイマにお礼を言った。黒髪の少女は女性のスカートをつかんで、いちばんうしろを歩いていた。

「早くいらっしゃい、ティリー」女性が少しいらついた声で言った。それから入れ違いに歩道に出ていく男性を振り向いた。「ごきげんよう、公爵さま。

お訪ねくださってありがとうございました」

男性は帽子を持ち上げて会釈し、女性と子どもたちは屋敷に入って静かにドアを閉めた。ジェマイマは歩きだそうとして、突然体がよろけた。ここでティリーにでくわしただけでもまずいのに、連れがいるのはさらに不運だ。しかもティリーの後見人のマーリン公爵にまで会ってしまった。彼は今ジェマイマの肘の下に手を当てて支えている。だが、わたしがだれだかわかれば、ますます困った事態になりそうだ。

「大丈夫ですか、マダム？」マーリン公爵がきいた。

ジェマイマは顔を上げ、鋭い黒い瞳と鷹《たか》のようにきびしい表情を見た。会うのは久しぶりだが、ジェマイマは公爵を忘れておらず、公爵も彼女を忘れなかったらしい。ティリーがいたらいやでも思い出すだろう。彼の目に驚きと強い非難が浮かんだ。

「これはこれは、ミス・ジュエル」マーリン公爵は冷たく言い、すばやく彼女の腕を放した。「ここで何をされているのかな？」

路上では説明などできない。公爵はそっけなく頭を下げたが、もしレティがいなければ、即座に立ち去ったはずだ。しかし彼はレティを認めてとまどい、ジェマイマに視線を戻して露骨に疑いと嫌悪の表情を深くした。公爵の心の中ははっきりと読めた。わたしが問題を起こそうとしてか、あるいは金の無心か、かすかな縁故を利用する目的で来たと思っているのだ。レティとその家族にうまく取り入ったのだろうと想像しているのかもしれない。ジェマイマはどう言おうかと懸命に考えたが、簡単には思いつかなかった。ふだんの落ち着きをすっかり失ってしまった。

「マーリンおじさま。奇遇ですね。お元気ですか？」

「ああ、元気だよ」彼は微笑んだが、レティがまた口を開くと、たちまち笑みが消えた。

「わたしの連れをご存じのようですね。でも今はもうミス・ジュエルではなく、レディ・セルボーンですよ」

この最後の言葉を受け止めるのにマーリン公爵はかすかに眉を上げただけだったが、ジェマイマは彼の激しい怒りを感じた。公爵の口調は冷たい。「ほう？　それはおめでとう、レディ・セルボーン」

妙な沈黙があった。彼女は頭の中が真っ白だった。何から話せばいいのかわからない。ティリーのことをどう言うかを考えるだけでも混乱しているのに、ロブとの結婚をうまく説明できるはずがない。

ふたりを交互に見ていたレティが突然、この出会いの奇妙な雰囲気やジェマイマそっくりな少女を思い出した。彼女はぱっと顔を赤くして口ごもった。

「ご、ごめんなさい。レディ・セルボーンとふたりでお話しなさりたかったのですか？」

マーリン公爵は苦々しげに口元をゆがめた。「そうすべきだろうが、ここでは無理だ。人目を引いているようだから」

そのとおりだった。ロブとオーガスタとバーティがそばにいただけでなく、好奇心旺盛《おうせい》な通行人が大勢、遠まきにこちらを見ている。ジェマイマは消えてしまいたくなった。

「公爵」オーガスタがつかつかと進み出た。「お会いできるとは夢にも思いませんでした」彼女は鋭い目でジェマイマを見た。「それにレディ・セルボーン、あなたにも驚かされたわ。ご親族がバーフォードにいるなんて」

ジェマイマは腹がたつと同時に心細くなった。オーガスタのばかなおしゃべりを今すぐ止めなければならないのに、言葉が見つからない。明らかに嘘《うそ》だとわからないような口実が浮かんでこないのだ。必死でロブを捜すと、ほかの人より少しうしろにいた。まだ公爵に挨拶《あいさつ》もしていない。あごを引き、とび色の瞳に怒りをたぎらせている。ジェマイマの視線に気づき、冷たい目で見返した。その表情に彼女の心は凍りついた。

「ロブ……」ジェマイマは言いかけた。

「やあ、ロバート」公爵は皮肉っぽく会釈した。

「久しぶりだな。どうやらきみと緊急に話したほうがいい問題があるようだ。あいにく、わたしはこれから夜まで約束がある。でなければ、すぐにと言いたいところだが。明日でいいかな？」

ロブはうなずいた。「結構です」

「では明朝、デラバルへ出向いていく」公爵は一同に会釈した。「そのときにな、ロバート」彼はジェマイマに冷ややかな視線を向けた。「レディ・セルボーンも」

公爵が去り、つかの間の静寂が流れた。レティはオーガスタの腕をつかんで歩き始めた。

「行きましょう。おばあさまがお待ちかねよ」

オーガスタは黄褐色の瞳であざけるようにジェマイマを見た。「わたしたちがこのことを報告したら、ご機嫌をそこねるでしょうね」

一瞬、ジェマイマはロブがいとこに食ってかかるかと思ったが、彼は深々と息をつき、ジェマイマに腕を差し出した。彼女は胸が苦しくなった。ロブを信頼してもっと前に打ち明ければよかった。ティリーのことを話していれば。マーリン公爵との関係を明らかにしていたら。だが、今となってはもう遅い。

彼女はロブを見た。彼は暗く無表情な目で、屋敷の窓を見ている。そこでは黒髪の少女と金髪の少女が椅子によじ登ってさかんに手を振っている。ジェマイマは何か言おうと口を開け、オーガスタとレティの視線に気づいて閉じた。

ジェマイマとロブはほかの三人に続いて歩きだし

た。オーガスタはわざとゆっくり歩いて盗み聞きしようとしたが、レティは陸軍特務総長のように彼女を引っ張っていく。ロブは歩調をゆるめ、三人との距離をとった。

「あの子はきみにそっくりだったな」彼はまるで天候の話でもするように快活に言った。「マーリン公爵の保護を受けているのだろう。ぼくは今日はじめて会ったが、きみは知っていたようだね」

刺すような目で見つめられ、ジェマイマは身震いした。

「ええ、知っていました」彼女は言葉を探した。「マーリン公爵は」

「やはりな。ぼくの名づけ親と知り合いだったのか」ロブは皮肉った。

ジェマイマは彼をちらっと見た。「お会いしたのはずいぶん昔です」

「なるほど」

「あれからずっとお目にかかっていなかったわ。わたしたち――」

「それであの子は？」ロブがさえぎった。

いつにない彼の態度に驚き、ジェマイマは思わず彼の顔を見つめて口ごもった。

「ごめんなさい、あの子のことを話さなくて」

「そうだな」ロブは容赦なく言った。「きみが何も話さなくていいと思ったことが残念だ」

ジェマイマはロブの全身にみなぎる緊張を感じた。それでも彼が腕に手を添えて歩いてくれたのはありがたかった。町は混雑しているのに、行き交う人々がちゃんと目に入らなかったからだ。

「きみと血のつながりがあるのか？」彼は続けた。

ふたりは〈ラム亭〉に近づいた。うしろにいるロブとジェマイマの会話を聞こうと首を伸ばしているオーガスタをレティが引きずって戸口に入った。

ジェマイマは立ち止まった。ロブが食い入るように見ている。彼女ははっとして、われに返った。彼が心中を抑えつつ、その目は激しい怒りに燃えていたからだ。その瞬間、彼の考えがはっきりわかった。ティリーは彼女の子どもで、あろうことか、父親はマーリン公爵だろうと思って……。

ジェマイマは顔が赤らむのを感じながら、急いで手を引っこめた。赤くなればよけいに非があると思われるのはわかっていた。

「まあ、ロブ」彼女は口に片手を当てた。「ティリーがわたしの娘だと思っているのね」

すぐそばで足音がして、ファーディの陽気な声がモスリンのドレスを切り裂くナイフのようにその場の空気を裂いた。

「ここにいたのか、ロブ。どこへ行ったのかと思ったよ。ほかのみんなはもう出発の準備ができた。ピアノの運搬人は今から雨が降るだろうから晴れたときに荷車でデラバルへ運ぶと言っている」ファーディは中断させた話の内容にまったく気づかず、にやりと笑った。「ロブはきみのために買ったものの話をしていたんだろう、ジェマイマ？　結婚の贈り物にグランドピアノとはね」彼はロブの肩をたたいた。「ここからわざわざ運ばせるなんて、正気の沙汰《さた》じゃないとこいつに言ってやったよ」

ジェマイマは落ち着こうとした。ロブはふたたび無表情を装ったが、頬の筋肉が引きつっている。彼女は泣きたかった。

「結婚の贈り物？」ジェマイマはゆっくりと言った。「まあ、うれしいわ、ありがとう。わたしが音楽好きなのを覚えていてくれて」

ロブも懸命に平静を保とうとしている。「どういたしまして」

レディ・マーガリートと一行のほかの人々が宿屋から姿を見せ、馬車が引いてこられた。全員何事もなかったかのように振る舞っていたが、ジェマイマにはいかにもぎこちなく見えた。レディ・マーガリートの表情は硬く、レティはおどおどし、オーガスタは怒りで顔をほてらせ、バーティ・パーショーはただ困惑している。ジェマイマはぴんときた。きっとマーリン公爵との出会いについてオーガスタが偏見を持って報告し、レディ・マーガリートにきびしくたしなめられたにちがいない。

ジェマイマはしばらく目を閉じてから開けた。レディ・マーガリートが同情してくれたとは思いもしなかった。おそらく、人前で騒ぎたてるのははしたないと考えているだけなのだ。

彼女はつばをのみこみ、肩をいからせた。ロブも親族の前ではかばってくれるでしょうけれど、ふたりきりになったらわからない。彼の怒りに満ちたまなざしを思い出した。ティリーはわたしの娘ではないと説明しても、怒りはおさまらないかしら？　公爵と知り合いだったことはわざと隠してきた。でも、秘密など持たなければよかった。ふいにジェマイマは孤独感に襲われた。

一行がバーフォードを出発するころには灰色の厚い雲から大きな雨粒が落ちていたが、ロブは気にしなかった。紳士たちは馬に乗り、ジェマイマはひとりでデラバルの馬車に、レディ・マーガリートとレティとオーガスタの三人はうしろの馬車に乗った。レティはジェマイマといっしょにいたいと言ったが、ロブが反対した。妻には心を落ち着ける時間が必要だろうと考えたのだ。子どもを見たことで動揺したにちがいない。いや、マーリン公爵との出会いのほうがもっと衝撃が大きかったかもしれない、とロブは激しい怒りを抑えながら思った。

ロブは冷静になろうとして、事実をありのままに思い返した。ジェマイマとぼくの名づけ親は明らかに知り合いだった。わからないのは、どの程度の知り合いかということだ。もし、やましいところがなかったら、マーリン公爵はあの場で事情を明らかにしただろう。そうしなかったのは微妙な問題があるからだ。安易に結論を出してはいけないと思いながらも、理性とは裏腹に感情が先走ってしまう。ジェマイマは公爵の昔の愛人であり、あの子はふたりのあいだに生まれた娘なのだ。

彼は頭の中で暴走する思考を必死で止め、どうにか気を落ち着けて手綱をゆるめた。途中でアローが脚でも痛めたら大変だ。みんなが敬遠するのも無理はないと、ロブは思った。自分の表情が険しいのはわかっている。耐えられないのはみなが同じ事実を知り、おそらくは同じ憶測をめぐらしていることだ。妻には結婚前に恋人がいて、あげくに隠し子まであり、ロブは笑い物にされるだろうと。

だがそれよりも、ジェマイマに信頼されなかったことのほうがつらい。知り合ってからまだ間もないが、彼女のことはよくわかっているつもりでいた。正直な女性だと思ったのに、誤解だったのか？

ロブは耐えがたい怒りと失望を覚えた。彼は無垢《むく》な花嫁に愛の喜びを教えたかった。無理なくジェマイマの気持ちを高めてきたので、すばらしい結末を期待していた。

無邪気な態度にだまされたのだ。キスをしたとき、ジェマイマはいかにも慎み深そうに体を離した。この一週間ほど彼女の秘めた情熱を開花させようと一歩ずつ導いてきた。だが、すでに充分開花していたのかもしれない。

ロブは顔をしかめた。怒りのあとに恥ずかしくなった。ジェマイマの実家での生活や、金持ちの保護者の慈悲に頼るしかなかったかもしれない事情は何も知らないのだ。しかも今まで自分の名づけ親は尊敬できる人だと思いこみ、高潔さを疑いもしなかった。ジェマイマの言い分を聞きもせず、疑わしい事実があるというだけで非難している。それも嫉妬心《しっと》から。激しい嫉妬心から。

〝まあ、ロブ。ティリーがわたしの娘だと思っているのね〟

あのときジェマイマは衝撃から立ち直り、うしろめたそうに頬を赤くして、目に恐怖を浮かべた。非があるのは明らかに見えた。しかし……。

子どもは彼女にそっくりだった。同じ卵形の顔、同じつややかな黒髪、同じ、いや、瞳は違う。瞳は紫がかった青ではなく、黒かった。ささいなことだが、引っかかる。

ロブは激しく打ちつける雨が滝のように顔を流れていることにようやく気づいた。ファーディが馬を横に並べた。

「なあ、嵐《あらし》がおさまるまでみなをデラバルに泊めてくれないか？　スワンパークより近いので」

それはロブがいちばん避けたいことだったが、選択の余地はない。黙認ととれる声を発して急いで前へ行き、馬車の御者に指示を与えた。

そのあと続きを考えた。バーフォードにいた少女がジェマイマの娘でないとしたら、だれの子どもだろう？　妻と話す必要がある。緊急に。そのためには多くの障害を乗り越えなければならない。

ロブがジェマイマとふたりきりで話す機会は夕食前には訪れなかった。夕暮れになっても嵐がおさまらなかったため、みんなをひと晩泊めることにした。

はじめての客人をもてなすにはあまりにも間が悪かった。屋敷の中がまだ混乱状態だったばかりか、ふいの来客に使用人たちがうろたえたからだ。時間がたつにつれて、ロブはジェマイマとの溝が深くなるのを感じ、がまんの限界に達していた。客人の目の前でジェマイマをつかまえ、食堂から連れ出したい。ふたりを隔てている秘密がきちんと説明されるまで客人を無視して引きこもりたい。どちらもできるわけがなかった。

ロブは夕食のあいだずっと妻を眺めながら、デラバルを復興することに関する祖母の矢継ぎ早の質問に答えた。礼儀作法を守らなければならないことにいらだった。みな何事もないように振る舞ったが、相当厄介なことが起きているのを知っている。ロブは出来の悪い芝居で演じている役者の気分だった。

ジェマイマも立派に役をこなしていたが、ときどき肩を落とし、疲れた様子を見せた。彼女は小さくはかなげで、ロブは胸が痛くなった。

ジェマイマが顔を上げ、ふたりの目が合った。彼女は視線をそらさない。むしろ早く話したいと訴えているようだ。ロブは少し気が楽になった。少なくともジェマイマはまだ話をしたがっている。避けようとはしていない。よい兆候にちがいない。

13

話し合いの機会が持てたのは夜遅くなってからだった。ファーディとバーティはそそくさと地元の酒場に出かけ、レディたちは食堂から応接間に移ってお茶と噂《うわさ》話を楽しんだ。ロブとジェマイマは客人をもてなす役を立派に果たしたが、客人が無事にそれぞれの部屋に入るのを見て心からほっとした。そのあと彼はゆっくり入浴して、ジェマイマが確実にひとりになるのを待って彼女の寝室へ行き、ドアをノックして中に入った。部屋は空だったが、化粧室からくぐもった声が聞こえた。一瞬ためらったものの、ロブもそちらに向かった。

ジェマイマは鏡台の前のつづれ織りの丸い椅子に

座って侍女のエラに髪をとかしてもらっていた。ナイトガウンを着ており、蝋燭《ろうそく》の下で上質のローン地が薄く透きとおって見える。エラが顔を上げ、鏡に映ったロブを見て、ブラシを持つ手を止めた。彼女に何か話していたジェマイマも顔を上げ、困惑の表情を浮かべた。エラはロブにひざを曲げてお辞儀し、彼の前をすり抜けて部屋を出て、うしろ手にドアを閉めた。

ロブはドアに寄りかかり、両手でなめらかな羽目板の冷たさを感じながら立っていた。真実を知る瞬間が訪れたと思うと、ひどく落ち着かない。知りたくない事実がたぶんあるはずだ。だが、もうあとへは引けない。

「少し話せるかい?」

「もちろんよ」

ジェマイマの口調は冷静だったが、のどに手を当てるしぐさに不安が表れている。彼女は立ち上がり、ロブに近づいた。薄いナイトガウンを明かりが照らした。ロブはいちばん手近にあった、東洋風のシルクの部屋着をつかみ、彼女に渡した。

「これを着るといい」彼はそっけなく言った。

ジェマイマは部屋着に袖《そで》を通し、ひもを結んだ。手の動きが頼りない。彼女はロブを振り向いた。沈黙があった。

「何から話せばいいかしら」彼女の声にも不安がありありと出ている。ロブの鼓動が速くなったが、彼は冷静な口調を保った。

「何からでもお好きなように。マーリン公爵のことでも、きみにそっくりな子どものことでも」

「だったら、子どもの話からするわ。順序として先だから」彼女がかすかに微笑《ほほえ》んだので、ロブは自分が感情むき出しの顔をしていると気づいた。「あなたはわたしがマーリン公爵の愛人だったと思ったんでしょうね。でも、違うの。誓ってもいいわ」

ロブは少し呼吸が楽になった。「違う？」

「ええ」彼女はためらった。「わたしはだれの愛人になったこともありません」

「すると、あの子は……」

「姪《めい》です」ジェマイマは彼の目をまっすぐ見つめた。「ティリーは娘ではありません。姪なの」

「えっ？」ロブはあっけにとられた。意外だった。大きな重りのようなものが胸の中から消えていく。彼は気が抜けた。「きみに姪がいるのか？」

「ええ。ティリーはジャックの娘よ」

ロブは大股で窓辺へ行き、雨で湿った冷たい空気を深々と吸った。「すべて話してほしい。彼女は何歳だ？」

「六歳です。ジャックが十七歳のときに生まれたの」

「母親は？」

「亡くなりました。ベスはわたしの友だちだったの」

「そうか」ロブにはまだ迷いがある。「顔がきみにそっくりだった」

ジェマイマは笑みを浮かべた。「ええ。わたしも驚いたわ」

ロブは彼女の座っているベッドに並んで腰を下ろした。「詳しく聞かせてくれ」

ジェマイマは話した。ナットナー通りで煙突に上っていたころの生活や、仕事仲間との友情、友人でありジャックの恋人だったベスのことを。さらにはベスの死後、マーリン公爵がティリーの落ち着き先を提供してくれたいきさつも話した。短くなった蝋燭の炎がふたりの影を壁に映している。

「以前ぼくがマーリンの名を出したとき、きみは少し動揺したように見えた」ロブは後悔して言った。「公爵がぼくの名づけ親だと知っておびえたせいかと思ったが、実際はまったく別の理由だったのか」

彼は頭を振った。「ああ、なぜ話してくれなかったんだ」

ジェマイマは手を固く組んだ。少し震えている。ロブは彼女の手を握って安心させたかった。だが、心の隅に残る怒りをまだ捨てきれない。じっと座ったまま彼女を見つめた。

「話せばよかった」ジェマイマはうなだれた。「あなたを信頼すべきだったわ」彼女は顔を上げ、顔をゆがめた。「結婚に同意したときは、公爵があなたの名づけ親だなんて知らなかったの。マーリンズチェイスがデラバルの近くだということも。それにティリーの居所も今日はじめて知ったんですもの。だから」彼女は力なく肩をすくめた。「話す必要はないと思ったの」

ロブは目を細めた。「だが、ぼくと公爵の関係を聞いて危険だと感じたはずだ」

ジェマイマは蝋燭の炎に目を向けた。「あの方がわたしを覚えている危険はあったけれど、その可能性は低いと思ったの。会ったのはたった二回よ。それに、ティリーがわたしにそっくりなのも知らなかったわ」彼女は苦笑した。「あるいは、わたしがあの子にそっくりだということも」

ロブは彼女の手を取った。「つまり、きみはわざわざ捜し出したわけではないのか?」

ジェマイマは視線を戻した。薄暗い蝋燭の明かりの中で彼女はとても若く見える。「ええ、それは違います。もちろん、ティリーに会いたい気持ちはずっとあったわ。無事で幸せに暮らしているか確かめたいと」彼女はナイトガウンの下の細い肩をすくめた。「でも、その一方でわかってもいたの。混乱や迷惑を引き起こすかもしれないから、放《ほう》っておくのがいちばんだと。ジャックはいつもそう言ってたから。父があの子の様子を聞きつけて、ジャックをからかうおそれもあったの」ジェマイマはロブを見た。

「〝おまえより娘のほうがもう読み書きの能力は上らしい〟とか、〝あの子に人生で成功するチャンスができたのは赤ん坊のときにおまえから引き離してやったおかげだぞ〟などと言ってね」

ロブは口を固く結んだ。アルフレッド・ジュエルへの評価はもともと高くなかったが、今や急速に落ちていく。

「結局、ジャックは賢明だったのよ」ジェマイマは皮肉っぽく言った。「ティリーが健康で幸せなのはわかったけれど、会わないほうがよかったかもしれない。マーリン公爵はわたしが問題を起こすために現れたと思っているわ、きっと。とんでもない誤解なのに」

「明日になればその誤解も解けるだろう」ロブは彼女の手をなでた。怒りが消え、安堵《あんど》感がこみ上げた。

「そうね」ジェマイマはまだ肩を落としている。

「ごめんなさい、ロブ」

「何が？」

「あまりにも愚かで。それに何より、あなたに黙っていて」

ロブは少し近づいた。「なぜ話さなかった？」

ジェマイマは顔をゆがめた。「さあ、なぜかしら。本当は話したかったの。でも、ずっと秘密にしてきたし、あなたのことをよく知らないのだからと自分に言い聞かせたの」紫がかった青い目が曇った。

「現にあなたは怒っていて、おばあさまはわたしを堕落した女だと思い、あのオーガスタは恐ろしい噂を広めようとしている。おまけにもし彼女が前にどこでわたしに会ったかを思い出したら、事態はますます悪くなるわ」

「今あげた中でいちばん重要なのはどれだ？」

ジェマイマは彼を見上げた。「あなたがわたしに怒っていることよ」小さな声で言った。

ロブは彼女に腕をまわし、頭をそっと抱き寄せた。

「怒ってはいない」

「いいえ、怒るべきよ」彼女は姿勢を正し、憤慨したようにロブを突き放した。「あなたはやさしすぎるわ、ロバート・セルボーン。はじめて会ったときにそう思ったの。そしてあなたをだます不謹慎な人もいるだろうと」

「最初にだましたのがきみだったのは幸運だ。ぼくは喜んで引っかかるよ」

ジェマイマは涙ぐみながら微笑んだ。「まあ、ロブったら。でも、もうわたしはティリーといっしょのところをみんなに見られてしまった。愚かな自分がいやになるわ」

ロブはジェマイマを抱き締めた。「ぼくがマーリン公爵と話してから、祖母に説明する。問題はなくなるよ」彼女を見た。「祖母に真実を話してもいいかな？　それしか方法はないと思う」

ジェマイマは唇をかんだあと、しぶしぶ同意した。

「そうね」彼女はため息をついた。「おばあさまの評価がどこまで下がるか見当もつかない。わたしが妊娠でもしていれば甘くなるかもしれないけれど、そうではないから失望させるだけだわ」

「当面はね、たぶん」

ジェマイマは顔を赤らめた。「ロブ」彼女は目を合わせない。「もしティリーがわたしの娘だったら、愛想を尽かした？」

沈黙があった。ロブは考えこんだ。ジェマイマには正直になりたい。「衝撃は受けただろうし、失望もしたと思う。実際、あの子がきみの娘だと思ったときはショックだったから」

「当然だわ。男性が花嫁に純潔を望むのは知っています」彼女は顔を上げた。目に恥じらいが見える。「心配しないで。さっき話したとおりよ」

ロブはふたたび彼女を強く抱き締めた。「うれしくないと言ったら嘘《うそ》になる。だが、もし娘だったとしても、きみをきらいにならなかっただろう。ぼくにとってはもはやかけがえのない人だ」

ふたりの視線がからみ合った。ロブはそっと彼女の唇にキスをした。それから決然と体を離した。

「もう寝なさい」

ジェマイマは目を見開いた。「ロブ」

「大丈夫だ。ぼくもここにいるが、それはただつまらない芝居を演じる役者のように寝室から寝室へしのんでいく姿をオーガスタに見られたくないからだ。いかにも廊下でひそかに監視していそうじゃないか」

ジェマイマは顔をしかめた。「もし彼女がわたしのことを思い出したら」

「そのときは真実を話すまでだ。疲れたようだね。今は何も気にするな」

ジェマイマは彼の袖を引っ張った。「でも、あなたの親族は……おばあさまが素性を知ったら二度とわたしを認めないでしょう」

「祖母がもう一度ぼくと話したければ、認めないわけにはいかないさ」ロブはベッドカバーをめくった。

彼女は素直に毛布の下に両脚を入れた。そしてふと、いぶかしげにロブを見た。「どうしたの?」

ロブは横目で見返した。「脚だよ。前に宿屋できみをベッドに運ぶときに見たが、忘れていた」

ジェマイマはあわててベッドにもぐりこみ、カバーをあごまで引き上げた。「もう痛まないわ。やけどはとっくに治っています」

彼女の口調は事務的に聞こえた。ロブは隣に腰を下ろした。「ほかにも傷跡はあるのか?」

「肘とかかとがひどいわね。煙突によじ登るときに使うから、いちばん傷がつきやすいの」

彼女はベッドカバーの下からそっと片腕を出し、上へ伸ばした。ナイトガウンの袖がするりと下りた。

「袖の短い夏のドレスは一生着られないかもしれな

見るようだ。髪は枕《まくら》の上に広がり、ほのかにジャスミンの香りがする。ナイトガウンは慎みのあるものだったが、襟元のレースの下に胸のふくらみを見て、ロブはたちまち激しい欲望にかられた。ジェマイマは鼓動が速くなるのを感じた。

「ロブ」

ロブは身を乗り出し、キスをしてその先を言わせなかった。彼女はすぐに応じ、ふっくらとやわらかな唇を開いた。彼はジェマイマの背中を枕に押しつけ、いっそう熱いキスをした。ジェマイマは彼に寄り添うようにベッドカバーの下で体を動かした。手を伸ばしていとしそうにロブの頬をなでてから、彼の部屋着の襟をつかんで引き寄せた。

ロブは少し体を離して彼女のサテンのようになめらかな首筋にキスをし、一瞬離した唇を激しく脈打っている胸元に押しつけた。残り少ない蝋燭の炎が弱々しく揺れている。ジェマイマは目を閉じたまま、

いわ」

彼女の肘の皮膚はしわが寄って硬くなり、腕にいくつもの傷跡がある。どれも古いものだが、いまだに紫色で痛々しい。彼はやさしくなでた。

「このあたりがいちばんひどいんだね」

ジェマイマはわれに返った。彼女の紫がかった青い瞳が輝いた。「傷の自慢でもするつもり？　あなたには戦争で受けたもっとひどい傷があるの？」

ロブは声をあげて笑い、自分の部屋着のひもに手をかけた。「見せてもいいよ」

ジェマイマは目をむいた。「いいえ、結構よ。その下は何も着てないのでしょうから」

静かな部屋に別の雰囲気が漂い始めた。「そのとおり。ぼくはいつも裸で眠る」

彼はジェマイマがつばをのみこむのを見た。ナイトガウンの波形の襟元より上にある顔と首しか目に入らないが、それで充分だった。彼女の目は今や夢

白い枕の上で頭を横に向けた。唇はすでにロブのキスに刺激されてピンク色に染まり、体は無防備に彼の前に投げ出されている。ロブは欲望といとしさを同時に感じて、のどが苦しかった。彼女を抱いて、自分のものだと言いたい。

彼は急いでまたジェマイマの唇にキスをし、その考えを振り払った。彼女が小さな手を彼の部屋着にはわせ、中へ差し入れ、裸の胸をゆっくりとなでた。彼はベッドカバーをめくり、部屋着を床に放って、彼女の横にすべりこんだ。

ジェマイマは彼と向き合った。何も言わない。ふたりはしばらく見つめ合っていたが、やがてジェマイマが片手を伸ばし、もう一度彼の頬に触れた。彼はそのてのひらにキスをした。

「ざらざらしているのね」彼女はぎこちなく指をはわせた。

ロブの体が反応した。全身がばねのように張りつめた。手を伸ばしてジェマイマの顔にかかる髪を払う。指に巻きついてくる髪に唇を触れた。

彼は手を少しずつナイトガウンのすそまで下ろした。てのひらにやわらかい肌を感じる。ジェマイマの胸は呼吸が速まるにつれて激しく上下した。彼女はもう気持ちを抑えられなかった。ついに秘密を打ち明けたという安心感のおかげで、ロブと同じように甘い気分にひたっている。

ロブのてのひらが薄いローン地の上から胸の先端をかすめ、ふくらみをなで下ろした。ジェマイマは身をよじった。

「ロブ」小さくうめいた。

「なんだ？」彼は顔も上げない。彼女のナイトガウンの前に並ぶボタンを指で触れ、ひとつはずした。そして、またひとつ。

ジェマイマは彼の手を押さえた。「こんなことをしてはいけないわ」

「見解の相違だ」

「禁欲の約束を破っているのよ。少なくとも、破ろうとしているわ」

ロブは上目遣いに見た。情熱を帯びた黒い危険なまなざしにジェマイマは息をのんだ。ロブは笑い、ふたたび手をゆっくり下へはわせた。

「では、今夜は禁欲について話し合おうか？」

ジェマイマは現実と願望のどちらをとるべきか迷った。「いいわね」

ロブは身を乗り出し、軽いキスをしてから彼女の下唇をかんだ。そして手をナイトガウンの中にすべらせ、胸を包んだ。ジェマイマは動揺してあえいだ。ロブはいっそう荒々しいキスをしながら舌を差し入れ、彼女を味わい、からかい、欲望の際へといざなった。彼女はロブの肩に爪を立て、今度は彼のうめき声に歓喜した。

「禁欲の意味を言ってくれ」ロブの唇が唇をもてあそぶ。胸のふくらみをなでられ、ジェマイマは全身が小刻みに震えだした。言葉遊びをする余裕などないけれど、なんとしても言いくるめなければならないわ。もしロブが四万ポンドを放棄する気になったとしても、それを止められるのはわたししかいないのだから。

「禁欲とは」彼女は集中しようとした。

「なんだ？」

「ああ、どう言えば……」

ロブは顔を傾け、彼女の胸の先端を口に含んだ。ジェマイマは背中を反らし、喜びにうめいた。

「説明できないなら」ロブは楽しんでいるようだ。「できるまで、ぼくは続けるしかないな」

彼はジェマイマの胸をわざとゆっくり舌で円を描くように愛撫《あいぶ》したあと、先端をはじいた。

「禁欲とは慎みよ」彼女はかすれる声でようやく言った。「これは慎みのある行為とは言えないわ」

少し間があった。ジェマイマは目を開け、ロブを見た。とび色の髪が乱れて眉にかかり、ほっそりした顔が欲望で険しくなっている。彼女はぼんやりと視線を下げ、大きく開いたナイトガウンの胸元を見た。真っ白い胸のふくらみをロブの日焼けした手がおおっている。それを目にしたとたん体がかっと熱くなり、気持ちがぐらつきかけた。

「あなたは部屋に戻るべきだわ」

ロブは目をそらさない。「離れてほしいのか？」

「いいえ。そうではないけれど、離れなければいけないわ」

ロブはため息をついた。彼はベッドを揺らして起き上がり、部屋着に手を伸ばした。蝋燭は燃えつきかけていたが、ほの白い明かりの中で彼女には部屋着を羽織る前のロブの裸がちらりと見えた。彼女は目をそらせなかった。

「やめてくれ」彼は悲痛な声で言った。「そんなふうにぼくを見ないでくれ。でないと禁欲を守れなくなる」

ジェマイマは赤面した。見事に引き締まった彫刻のような彼の体。その筋肉質の体に触れたくてたまらない。満たされない思いのせつなさに彼女は顔をゆがめた。

「ごめんなさい」

「いいんだ」ロブは彼女の唇になごり惜しそうにキスをした。「きみはぼくより強い人だな、ジェマイマ・セルボーン」

「化粧室を通り抜ければ、廊下に出なくてもあなたの寝室に戻れるわ」

「ありがとう」ロブは髪をなでつけた。「こんな欲求不満の状態をオーガスタに見られたくないよ」

「あと何日あるの？」

ロブは笑みを浮かべてもう一度キスをした。「四十七日だ。ぼくたちの本当の苦しみはこれからかもしれないな、ジェマイマ」彼の唇がまた唇に触れた。「最初の一歩を踏み出してしまった以上、ぼくにはもう止める自信はない」

14

ロブとマーリン公爵は、翌朝早く会った。昨夜この近くの居酒屋で存分に飲んだファーディとバーティはまだ熟睡中で、ロブとしては、これから公爵とふたりでみなに納得してもらえる話を考え出すまでは、客人に起きてほしくなかった。彼は公爵に濃いコーヒーを出し、自分もカップを持って向かい側の席に座った。

「夜明けにピストルを持ったきみに迎えられなくてよかったよ、ロバート」公爵は皮肉たっぷりに言った。それからコーヒーをひと口飲み、満足そうな顔をした。「これはうまい。父上から出されたものとは格段の差だ」

ロブは笑った。「ジェマイマがいれたんです。彼女は家禽《かきん》の世話から料理人の指示まで、なんでも見事にこなしますよ」

公爵はゆっくりうなずいた。「きみのこともだろう」彼は鋭い目を向けた。「彼女からすべて聞いたのか?」

ロブはうなずいた。「はい、ゆうべ。正直なところ、事前に打ち明けてくれていたらと思いましたが」彼は肩をすくめた。「今はわかっています」

公爵はわずかに緊張を解いた。「さぞかしわたしに疑惑を抱いただろうね?」

ロブは少し恥じた。「お許しください。しかしどんなにあなたと妻とのあいだを疑ったとしても、妻への親愛の情は変わりませんでした。不実なはずはないとわかっていましたから」

「うまくかわしたな、ロバート」公爵は笑った。「レディ・セルボーンと同じように高い評価を得られてうれしいよ」笑みが消えた。「では当然、彼女が煙突掃除人の娘なのは知っているな?」

ロブは乱暴にコーヒーカップを置いた。公爵の言葉にいらだちを覚えた。「もちろんです」

公爵は唇をゆがめた。「そう怒るな。事実を言ったまでで、非難したわけではない。わたしはレディ・セルボーンには一目置いている。初対面のとき、哲学を論じ合った。ミセス・モンタギューの学校の誇りだよ」彼は微笑《ほほえ》んだ。「彼女には昨日の非礼をわびなければならない。面倒を起こしにバーフォードへ来たのではないと気づくべきだった。不幸な偶然が重なったのだ」

「ミセス・モンタギューの教育は堅実かもしれませんが、地理の成果は上がっていないようです。結婚したときジェマイマは、デラバルがマーリンズチェイスの近くだと知りませんでした」

公爵はため息をついた。「わたしがきみの名づけ親であることもな」

「そうですね」ロブは体を動かした。「そこで、なんとかうまい説明はつけられないものでしょうか？　近しい親族には真実を話すつもりですが、詮索《せんさく》好きな知り合いには……」

公爵はうなずいた。「何か考えがあるのか？」

ロブはためらった。「ジェマイマの姪《めい》とは血縁があることにするのはどうでしょう？　何代か前につながりがあったというような」

公爵は笑った。「それはいい。わたしの祖父はかなり遊んでいたらしい。妻以外の女性とかかわりを持ったとしても、さして不名誉なことではないだろう。それならわたしがティリーの後見人をしていても、なんら不自然なことはない」

「おそれいります」ロブはにやりとした。「さらに一歩進めて、ぼくとジェマイマの出会いの話もそこから作れませんか？　姪を訪ねてきた彼女に会って、ぼくがひと目ぼれしたと」

「真実もあるしな」公爵はさらりと言った。「しかし、きみはレディ・マーガリートには本当のことを伝えなければならないと思うのだね？」

書斎のドアが激しくノックされた。

「わたしもそう思いますよ、ロバート」つかつかと入ってきたレディ・マーガリートは、公爵に手を差し出しながら優雅にお辞儀した。「ハウスメイドのように部外者扱いはごめんですよ。事情がわからなければジェマイマの力になれないでしょう」

彼女はロブの驚きを無視してコーヒーポットに手を伸ばした。

「さあ」もどかしそうに言った。「続けてちょうだい、ロバート。早く先を聞きたいわ」

「昨日は本当にごめんなさい」レティは早口で言った。朝食後、彼女はジェマイマを引き止め、ふたりで散歩に行かないかと誘った。昨夜の嵐《あらし》が嘘《うそ》のように今日は晴れ渡っている。「オーガスタの態度も、バーフォードに行ったこともあやまります。それに」レティの青い目が悲しみに沈んだ。「わたしのせいであなたが困ったことになったとしたら、おわびのしようもないわ」

ジェマイマは胸が痛んだ。レティはジェマイマを好意的に見ることなどないのに、彼女はティリーとの出会いにもっと純粋な理由があると思っている。オーガスタは悪意の目で見たのに。ロブがレディ・マーガリートにすべてを打ち明けたおかげで、レティに話しやすくなった。新しい生活での唯一の友だちを失いたくない。ジェマイマは首を振った。

「レティ、お願いだからやめて。昨日のことはあなたのせいではなくて、わたしのせいなの。わたしがバーフォード行きを断っていればティリーに会わなかったし、気まずい思いもしないですんだのよ。どう対処すればいいか、ロブと話し合うまでは」

レティは上目遣いでちらっと見た。「ティリー？それがあの子の名前なの？　とてもかわいい女の子だったわね、あなたによく似ていたわ」彼女は手で口を押さえた。「いえ、別に深い意味は……」

「ティリーはわたしの姪なの」ジェマイマはこれ以上レティに気を遣わせないために、率直に真実を告げた。「庶子だけれど、幸いマーリン公爵が後見人になってくださったの。わたしはロブと結婚してデラバルに来たとき、あの子がこんなに近くにいることも、ロブと公爵とのかかわりも知らなかったわ」

彼女はため息をついた。「ティリーに会って、どんなにばつが悪い思いをしたか、想像できるでしょう？　驚くほどわたしにそっくりなだけでなく、だれもがそれに気づいたのだから」

「そうね」レティは言った。「あなたに生き写しだったもの」彼女はジェマイマをちらっと見た。「しかも、公爵までいらして」

「ええ、そう」ジェマイマは悲しげに微笑んだ。「あのとき、みんなにどう思われたかは察しがつくわ。そのうえ公爵ときたら、わたしが面倒を起こしに来たと誤解したらしいの。本当に、どうしていいかわからなかったわ」

ふたりは石の道を歩いて、かつて湖だった場所に向かった。今では大きな池でしかなく、秋の深まりとともに葉先のちぢれた睡蓮《すいれん》が水面をおおっている。葦《あし》の上を糸とんぼが飛び交う。ジェマイマは日傘をさして十月の太陽を避けた。

「ロバートには話してなかったの？」レティは思いきってきいた。

「ええ」ジェマイマはかすかに微笑んだ。「あなたにも想像できるでしょうけれど、彼もほかの人たちと同じで、ティリーがわたしの娘ではないかと疑ったわ。ゆうべ遅くなるまで説明する機会がなかったの」

レティは身震いした。「まあ。夕食の席ではとても落ち着いて見えたけれど、実際は気もそぞろだったのね」

「最悪だったわ」ジェマイマはしみじみと言った。「でも、マーリンおじさまがすべて解決なさったのでしょう？ ときどき怖いと思うこともあるけれど、根はやさしい方ですもの」

ジェマイマは朝のうちに書斎であった出来事に思いをめぐらした。昨日のぴりぴりした重苦しい雰囲気からすれば、今朝も同じぐらい険悪な状況になるのは明らかだった。幸いロブが公爵とレディ・マーガリートにきちんと説明してくれたので、少なくとも公爵は平静に見えた。それに比べて煙突掃除人の娘を義理の孫に持ったレディ・マーガリートの反応はどうとも判断しがたかった。

「話はまとまったわ」ジェマイマは言った。「マーリン家とジュエル家には何代か前に姻戚《いんせき》関係があるということでね。今まで話題にならなかったのだから、何代か前というところが重要なの。ティリーはわたしの遠い親戚で、あの子を介してわたしとロブは出会った。というのも彼の名づけ親はマーリン公爵であり、ティリーの後見人も公爵だから」彼女はにっこり笑った。「よくできているでしょう、嘘にしても」

「たいていの人は信じるでしょうね」レティも笑みを浮かべた。「でも、わたしには本当のことを話してくれてうれしいわ」

ジェマイマは土手の上にある荒れはてたあずまやを指さした。「ちょっと座らない？　めったにない機会だもの。ゆっくり話したいの」彼女の笑顔が陰った。「おばあさまにすべてを知られた以上、わたしたちはもう会えないでしょうから」

レティは驚いてジェマイマを見た。「まさか、そんなわけないでしょう？　運が悪かったとはいえ、あなたに責任のないことはおばあさまにもわかるはずだわ」

ジェマイマは深く息をついた。「もしレティの問題だけなら、わたしもレディ・マーガリートが寛大な方だと期待したかもしれない。でも、ロブはさらに、わたしが煙突掃除人の娘であり、結婚したのはお父さまの遺言条件を満たすためだったということまで話したの」彼女は長いため息をついた。「さあ、これで本当に全部よ」

レティの手から落ちた日傘が、あずまやの木の床にころがった。彼女は日傘を拾うあいだもジェマイマから目をそらさなかった。「煙突掃除人の娘？　あなたが？」

心底驚いた口調だったので、ジェマイマは思わず微笑んだ。「ええ」

「まあ。でも」レティは顔を赤らめた。「たいしたことではないわ。だからその、結婚すれば女性の社会的地位は夫と同じになるし、実際、多くの紳士が妻として格下の、そのう……商人や職人の娘を」彼女は言葉を切った。「どうしましょう、こんなふうに言うつもりはなかったのに。それに、あなたはミセス・モンタギューの学校に行ったのでしょう？　だれもあなたが」彼女は紅潮した頬を手で押さえた。「いやだわ。オーガスタみたいな高慢な言い方はするまいと固く決めていたのに、これでは彼女と同じ俗物だわ」

ジェマイマは笑いだした。「あなたは俗物ではないわ、レティ。驚かせてごめんなさい」

「驚いてなどいないわ」レティは言いきったが、実際はひどく動揺している。ジェマイマにはそれがよくわかった。「ただ、遺言の条件を満たすために結婚したと言ったわね？」

「ええ。彼はアン・セルボーンの結婚式に出席したレディと結婚しなければならなかったの。それでわたしに申しこんだのよ」

レティの瞳が星のように輝いた。「すてきだわ、ジェマイマ。取り決められた結婚かと思ったけれど、ロバートがあなたを選んだのね」

「候補者が多くなかったから」ジェマイマはそっけなく言った。

「でも、オーガスタより気に入られたのよ」レティは明快だ。

「そんなことお世辞にもならないわ」

ふたりは声を合わせて笑った。「ともかく」レティは恥じらうように言った。「結婚の始まりはどうあれ、ロバートはあなたに夢中よ」彼女は小さくため息をついた。「彼って、すてきでしょう？　子どものころはわたしも彼にのぼせ上がっていたの。どこにでもついていって、よくばかにされたものよ」

「ロブはあなたが大好きなんだから、そんなことは気にしてないと思うわ。今まで結婚したいと思ったことはないの？」

レティはうつむいた。「ええ。結婚したいと思うほど強く惹《ひ》かれる男性に出会わなかったし、申しこんでくれる人もいなかったから」

「いなかった？」ジェマイマは眉を上げた。信じられない。レティなら求婚者は引く手あまたのはずなのに。「社交界デビューはしたの？」

「ええ、デビューはしたわ」レティは日傘の柄を指でもてあそんだ。「サイモンおじさま、ロバートのお父さまが費用を出してくださったのに、オーガスタが」彼女は顔をしかめた。「告げ口はよくないわね」

「あの人が何かひどいことをしたの？」

「あからさまにではないのよ、でも」レティは鼻にしわを寄せた。「オーガスタが台なしにしたの。あのときは気づかなかったけれど、今になって思えば」

「何があったの？」

「わたしはまだ十七歳で、田舎から出てきたばかりだったの。すてきな男性が興味を示してくれそうになると、いつも華やかなオーガスタが現れて話題をさらったわ。彼女の都会的な褐色の豊かな髪が、とてもうらやましかったの」

ジェマイマはオーガスタに好き勝手なことをさせないよう、何か手を打たなければならないと思い始めた。

「彼女は嫉妬《しっと》したのよ。あなたのほうがずっと美人ですもの」

「当時、金髪ははやっていなかったの」レティは悲しそうに言った。「わたしは哀れみの目で見られたわ」

「ばかばかしい。それで、あなたのデビューは成功しなかったのね」

「ええ。その後はロンドンに行くお金がなかったから祖母といっしょにずっと田舎にいたの。今度はロンドンで何人かの紳士に会ったけれど、わたしにもうじきお金が入ると知ってねらっているだけだとオーガスタは言うの。正直なところ、気がそがれてしまったわ」

「当然よ」ジェマイマは意地悪なオーガスタに憤慨し、強い口調で言った。「彼女をお誕生日の舞踏会に招かなければいけないなんて気の毒ね」

「ええ、本当にそう」レティはため息をついた。「バーティ・パーショーはやさしいし、ファーディは魅力的だけど、オーガスタはどんなパーティも台なしにしてしまうのよ」

ジェマイマは笑ってレティの手をたたいた。「あなたには美貌《びぼう》と財産があるでしょう」

レティの目が輝いた。「実を言うと、お金が少し手に入るのはとてもうれしいわ。過剰な物欲はいけないけれど、たまに夕食に牛肉を食べられたらすてきでしょうね」

「あなたの財産は信託扱いなの?」ジェマイマはきいた。

「ええ。父が少しばかり残してくれたの。財産とはいえないけれど、わたしにとっては大金よ」レティは照れ笑いした。「エクストン家はずっと裕福ではなかったから。わたしは幼いときに両親を亡くして、祖母に育てられたの」

ジェマイマは温かみのないレディ・マーガリートを思い浮かべ、そういう家庭で幼い少女がどのように暮らしていたのだろうかと思った。

「いやではなかったの?」

「ええ」レティはにっこり笑った。「おばあさまはああ見えて、とてもやさしいのよ」

「本当?」明らかに疑うようなジェマイマの声に、レティは大笑いした。

「本当よ。一度気に入られたら、あなたにもわかるわ」

「それはあり得ないでしょうね」ジェマイマは沈んだ声で言った。「非難されるに決まっているもの」

レティは首を横に振った。「おばあさまは何よりもロバートがデラバルで幸せに暮らすことを望んでいるわ。ロバートのことがそれだけが気がかりなのよ」

レティほど自信が持てたらいいのに、とジェマイマは思った。彼女にはレディ・マーガリートが腹をたてて屋敷を出ていく姿が想像できた。

ふと見ると、レティがスカートをもてあそんでいる。まだ何か気になることがあるらしい。

やがてレティが口を開いた。「ティリーは姪ごさんだと言ったわね、ジェマイマ」

「そうだけど?」

「では、お兄さまの子どもなのね? それとも」レティは明るく言った。「あなたにはほかにも兄弟がいるの?」

ジェマイマは胸が痛んだ。レティは期待しているようだが、無理だ。ティリーがいなかったとしても無理なのだ。

「ティリーはジャックの子よ」彼女は穏やかに言った。「お気の毒だけれど」

レティは唇をかんだ。「やっぱりね。彼に目がそっくりだったもの」

沈黙が流れた。育ちのよいレティにはききたいことがあってもこれ以上きけないのだろうとジェマイマは思った。それに、きかれたとしても、わたしに何が言えるだろう?

〝兄は煙突掃除人よ。ほとんど読み書きもできないの。結婚もせずに子どもを作ったのよ。ふたりのあいだに縁があるとは考えないで。あなたは名家のお嬢さまで、兄ははるかに身分が下よ〟

レティが言ったように、妻は夫と同じ社会的地位を得る。でも、その逆はない。ジェマイマはため息をついた。ジャックは誠実で勇敢でやさしく、社交儀礼もそれなりにわきまえているとも思うが、状況は変わらない。ジャックとレティは決していっしょになれない。

「結局、わたしはファーディ・セルボーンかバーティー・パーショーと結婚するのでしょうね」レティがため息混じりに言った。

ジェマイマは微笑んだ。「あせることはないわ。もちろん、愛情を感じなければの話だけれど」

レティはくすっと笑った。「あら、ふたりとも大好きよ。でも、愛となるとね。ファーディは青鷺《さぎ》にそっくりだし、とんでもない遊び人よ。もしわたしが彼と結婚したいと言ったら、おばあさまは卒倒するわ」

「じゃあ、ミスター・パーショーはどう？　遊び人ではないでしょう」

レティはますます笑った。「バーティ？　ええ、彼は違うわね。でもあなたも感じたと思うけど、キリスト教世界でいちばんの好青年だとしても、世界一魅力的じゃないわ」

「まあ、レティ、ちょっと言いすぎよ」

「それにお酒が好きなの。朝食のとき見たでしょう？」

「お水を飲んでいらしたようだけど？」

「バケツ一杯分もね。きっとゆうべ〈スペックルド・ヘン〉で酔いつぶれてファーディに連れて帰ってもらったんだわ。朝食に起きてきたのはおばあさまが怖いからよ。あら、見て。彼が来るわ」レティは声を張りあげた。「お座りになりませんか、ミスター・パーショー？　ずいぶん具合が悪そうですね」

事実、バーティはまるで病人のように見えた。よろよろと彼女たちのほうへ来て、まぶしい太陽にひるみながら慎重にベンチに腰を下ろした。

「ありがとうございます、レディ・セルボーン、ミス・エクストン」彼はもごもごと言った。「お許しください。亀《かめ》のスープに過敏な体質なもので」

「まあ、お気の毒に」ジェマイマは同情するふりをして言った。「ゆうべは楽しく過ごされました？」

「何も覚えていないのですよ」バーティはまたひるんだ。「亀のスープが記憶を消してしまったらしい」

レティは忍び笑いをもらした。「あなたがファーディと〈スペックルド・ヘン〉で飲んだことはもうわかっているのよ。ファーディはどこにいるの？」

「ロブと厩《うまや》に行った」バーティはうめいた。

「ついていく気にはならなかったのですか？」ジェマイマがきいた。

バーティの顔からいっそう血の気が引いた。「とんでもない、マダム。厩のにおいをご存じでしょう。胸がむかむかする」

「病気が治るまで部屋で休んでいるほうがいいわよ」レティが冷やかした。「ほら、急いで。おばあさまが来るわ」

彼女たちはバーティを両脇《わき》から支えて立たせ、屋敷に戻り始めた。

「ミスター・パーショー」レディ・マーガリートがどんどん近づいてくる。バーティはまたうめいた。

「見捨てないでくれ」

「ミスター・パーショー」レディ・マーガリートは冷ややかな青い目で哀れな紳士をしげしげと見た。

「気分のすぐれないときはひなたを歩きまわってはいけません。よく効くお薬がありますから、部屋に戻っていなさい。従僕に持っていかせます」

「ご親切にどうも。しかし亀のスープに効く薬があるかどうか――」バーティが言いかけた。

「スープですって。ばかばかしい。あなたは立派な二日酔いです。ごまかしはやめなさい」

「あの店でエールに何か混ぜたのかもしれない」バーティは赤面しつつ、ぼやいた。「本当ですよ、マダム、酒だったらぼくはもっとしゃんとしています」

レディ・マーガリートは彼を屋敷のほうへ追い立てた。「早く行きなさい。今後慎むつもりなら、マーリン公爵には黙っておきます」

「公爵がバーティの叔父さまなのは知ってるわね」レディはジェマイマの耳元でささやいた。「バーティにはとてもきびしいの」

ジェマイマは気が重くなった。次にレディ・マーガリートにとがめられるのはわたしだ。

「さて、あなたたち」レディ・マーガリートが振り返った。「今朝はご近所を訪問しましょう」彼女はジェマイマのほうを向いた。「このあたりにはあなたに会いたがっているレディが大勢いますよ、マイ・ディア。それにレティの舞踏会にお招きした方方に紹介しておきたいの。面識があればあなたも当日、新参者と感じないですむでしょう」

「ありがとうございます」ジェマイマはマイ・ディアと呼ばれたことに動揺しながらも、驚きをそのまま声に出さないようにした。ロブは結局おばあさまに話さなかったのかしら？

「こういうことはロバートがもっと早く思いつくべきでした」レディ・マーガリートは言った。「でも男の人はなかなか腰を上げないものだし、あの子はずっとあなたを独り占めにしていたようね」彼女はジェマイマの顔が赤くなるのを見て微笑んだ。「恥ずかしがることはありませんよ。本来そうあるべきなのだから。あの子が幸せなのを知ってわたしもうれしいの」彼女はあたりを見まわした。「おや、オーガスタがこちらへ来るわ。見つからないうちに早く行きましょう」

「気に入られたわね」急いで従いながらレティがジェマイマに耳打ちした。「言ったとおりでしょ」

「ひそひそ話はおやめなさい、レティ」レディ・マーガリートがぴしゃりと言った。「下品ですよ」

「なんだかミセス・モンタギューを思い出すわ」声が届かないくらいの距離があいたとき、ジェマイマがささやいた。「わたしたちが授業中におしゃべりしていると、たとえ背中を向けていても、聞き逃さなかったの」

「すばらしい女性ね、ミセス・モンタギューは」レディ・マーガリートが振り返って言った。「あの方の生徒だと聞いて感激しましたよ、ジェマイマ」

ジェマイマはレティと顔を見合わせてこっそり笑った。「どうしておばあさまは気に入ってくださったのかしら？」

「ロバートがあなたを愛しているからよ」レティはあっさり答えた。「わたしたちはずっと見ていたの。彼はあなたに夢中よ」

レティはレディ・マーガリートに追いつくために駆けていき、ジェマイマはひとりでゆっくりついていった。

〝ロバートがあなたを愛しているからよ。彼はあなたに夢中よ〟

もちろん、レティの見方が正しいとはかぎらない。ロブは確かにやさしくてわたしのことをよくわかってくれた。こんなことははじめてだ。でも、それが愛なの？　ジェマイマは恋愛経験がほとんどなくて判断がつかなかった。彼は欲望や情熱について話すことはあっても、愛の言葉は口にしていない。それでも、レティの言うとおりであってほしいとジェマイマは心の片隅で思った。

緑豊かな田舎道を馬車に揺られながら、レディ・マーガリートとジェマイマとレティの三人は隣人たちを訪問してまわった。だれもがセルボーン伯爵の妻と知り合うことを強く望んでいた。だから電撃的に結婚をしたジェマイマをひそかな好奇心を持って迎えたが、レティとレディ・マーガリートの頼りになる支えのおかげで彼女はみなから好意的に受け入れられた。

「サー・ヘンリーとレディ・ヴァウスが舞踏会に来てくださるのはうれしいわ」馬車が午前中最後の訪問先であるバーン邸を出発したとき、レティが言った。「わたしはクロリンダが好きよ。彼女ならバーティのいい奥さんになるだろうといつも思うの」

「愚かな女」レディ・マーガリートは簡潔に言った。別にレティのことを言ったわけではない。「愚かな女は一家にひとりで充分。バーティには賢い奥さんが必要ね」

レティは身震いした。「レディ・ヴァウスは恐ろしい話をしたわね。ゆうべ〈スペックルド・ヘン〉で男の人が殺されたとか。しかもゆうべはファーディとバーティもあの店にいたのよ」

「柄の悪い酒場で飲むからそういう目に遭うんですよ」レディ・マーガリートが辛辣《しんらつ》に言った。「ファーディは昔から軽率な子でしたよ」

「あら、彼なら大丈夫よ、おばあさま」レティが笑みを浮かべた。「まったく悪気はないのだから」

馬車はデラバルめざしてウィッチウッドの森を走っていた。ジェマイマはあたりの様子にぞっとした。デラバル周辺の森とはずいぶん違う。密生した木々が、まるで戦いに備えて整列する兵士のようで気味が悪い。彼女はまだ田舎になじめないのだ。

レティが窓から外をのぞいた。「ここはトムとディックとハリーが絞首刑になった場所よ、ジェマイマ。追いはぎの話は聞いたことがある？　ここはいつ来ても幽霊が出そうな気がするわ」

「若い娘は想像力が豊かだこと」レディ・マーガリ

ートが言った。

「近ごろはあまり追いはぎはいないと思っていたわ」ジェマイマが言った。「街道で強盗するなんて時代遅れではないかしら」

「そのとおり」レディ・マーガリートは不機嫌に言った。「大昔のことですよ」

言い終えたとたん、銃声が響いた。馬がうしろ脚で立った拍子に馬車が大きく揺れた。急に騒がしくなった。御者が叫び声をあげ、馬丁は馬の鼻先に駆け寄って馬車が溝に落ちるのを防いだ。

「動くな、有り金全部出せ」

「ああ、うるさい」レディ・マーガリートが言った。

「ウィッチウッドに追いはぎはいないですって?」

馬車の扉が乱暴に開くのと同時にレティがつぶやいた。「目の前にいるわ」

15

一見したところ、馬車の扉の前にいる男はまぎれもなく追いはぎだった。すり減った黒革のブーツと黒いズボンをはき、よれよれの黒い三角帽子を目深にかぶり、顔の半分は襟巻きでおおっている。かろうじて見える目は石炭のように黒く、帽子からはみ出した髪もやはり黒だ。肩に黒いマントを羽織っている。だが、目を凝らすとそれは煤《すす》を処理するときに使う麻袋を半分に裂いたものだ、とジェマイマにはわかった。彼女はもう一度男の顔を見た。声をあげそうになったとき、二丁のうちの一丁の銃口が向けられた。

「降りろ!」

ジェマイマは言葉をのんだ。

「ならず者の言いなりになるつもりはありません」レディ・マーガリートは男を見下ろした。「おまえこそ離れなさい」

「おばあさま」レティは困惑して小声で言った。「お願いだから、この人の言うとおりにして」

「お断りです」レディ・マーガリートは当然のように深々とクッションに背をもたせかけた。「まったく迷惑なことだわ」

追いはぎは少しもあわてず、おもしろがる様子で、目尻にしわを寄せて微笑《ほほえ》んだ。「ではご自由に、マダム」彼は軽く頭を下げた。銃口がまたジェマイマとレティに向けられた。「さあ、若いおふたり」

ジェマイマは地面に飛び降りたが、本物のレディであるレティは追いはぎに手を差し出し、実に優雅に馬車の踏み段を降りた。

「わたしの宝石をあげましょうか？　とても美しいイヤリングとネックレスよ」

「レティ、何も渡す必要はないのよ」ジェマイマが言った。

レティはイヤリングを取って追いはぎに手渡している。次に両手を首のうしろにまわし、ネックレスの小さな留め金をはずそうとした。「ああ、うまくはずれないわ」

追いはぎが礼儀正しく進み出た。「ぼくがお手伝いしましょう」

「まあ、あなたにやらせるくらいならわたしが手伝います」ジェマイマは鋭く言ったが、追いはぎは一丁の銃をベルトに突っこみ、あいた手でレティの髪を持ち上げた。レティは赤面している。男のマントの端が彼女の胸をかすめ、手袋をした指に髪がからまった。

「申しわけない」追いはぎはレティに言い、ネックレスをポケットに入れながら離れた。「脅し取るつもりはなかったんだが」

「いいんです」レティは消え入りそうな声で言った。

ジェマイマは憤慨して目をむいた。

追いはぎはレティに手を貸して馬車に乗せた。

「もうしばらくじっとしていてほしい。レディ・セルボーンに話があるのだ」

ジェマイマは馬車から離れ、森のはずれの木陰に入った。男はそばまで来ると、襟巻きをはずした。ジェマイマはいらだちをあらわにして息をついた。

「ジャック」彼女は声を殺して言った。「いったい、何を考えてるの?」

ジャックは妹の手首をつかみ、さらに奥へ連れこんだ。「しっ! あまり時間がないんだ」

ジェマイマは彼を振りきった。「ここで何をしているの? 馬車を止めるなんてどういうつもり? 追いはぎは犯罪よ。知らないの?」

「これしか思いつかなかったんだ」ジャックは言った。疲れきった目をしている。「事件の巻き添えを食ったんだよ、ジェム。屋敷を訪ねることはできないし、手紙も出せなかった。助けてくれ」

ジェマイマはすばやく振り返って馬車を見た。レティがこちらに目を向けたまま興奮した様子でレディ・マーガリートに話しかけている。ジェマイマはため息をついた。

「何があったのか教えて。手短に。隠語で話しましょう。そうすればあのふたりには理解できないから」

彼女はレティの目をごまかすためにネックレスをはずし、ジャックを見つめながらしばらく指先でもてあそんだ。

ジャックは近くの木に肩をもたせかけた。そして、子どものころから使い慣れた煙突掃除人の仲間内の言葉で話し始めた。

「昨日の真夜中――」

「〈スペックルド・ヘン〉で？」

「そう、そこだ。ぼくのせいにされそうになった」

ジェマイマは目を見開いた。「殺人の容疑をかけられたの？」

「しっ！　おまえがあからさまに言ったら隠語を使う意味がないだろう」

「ごめんなさい」ジェマイマは気を取り直した。

「そもそも、あの店で何をしていたの？」

「今は詳しくは言えない」ジャックはうわの空でネックレスをポケットにしまった。「ともかく妙なことが起きて、ぼくが着いたのはその最中だった。上着を脱いだところまでは覚えている。でも、気がついたら犯人にされていた。留置場に放《ほう》りこまれたが、逃げてきたんだ」

「どうやって脱け出したの？」バーフォードの留置場は教会の隣にあり、脱走するのは容易ではない。

「よじ登ったのさ」ジャックはあっさり言った。

「上るのはお手のものだからね」

「それはどうしたの？」ジェマイマは銃を指さした。

ジャックはにやりと笑った。「本物の悪党から買った。オットムーア・ヒースで捕まって、ぼくと同じ牢《ろう》にいた男から」

ジェマイマはブラックベリーの茂みをつついている馬をあごでさした。「あれは？」

「老いぼれさ。エールズベリーで買ったんだが、ここまでずっと歩いてきた。速足《トロット》がせいぜいでね。幸運にもぼくが戻ったとき、まだ酒場にいたんだ」

ジェマイマはにらみつけた。「戻った？」

「ほかに手立てがなかったんだ。なんとしてもおまえをつかまえたくてね」

ジェマイマは額をこすった。「ジャック、これは冗談ではすまされないのよ」

「言われるまでもないさ」彼は妹を眺めまわした。

「もっと宝石はないのか、ジェム？　ネックレスひとつでこれ以上もめてはいられない」

「こんなことになるとわかっていたら、宝石箱の中にあるものを全部身につけてきたわよ」ジェマイマはそっけなく言った。レティが相変わらず不安そうに馬車の窓から顔をのぞかせている。「もう行かなければ。デラバルの領地に身を隠せる場所があるの。今夜、訪ねていくわ」ジェマイマは声を張りあげた。「この悪党、あなたにお似合いなのは留置場よ。うちの農場にぴったりの場所があるわ。とっとと消えなさい」

彼女は兄の手に財布を押しこんだ。

ジャックは妹の手を握り締めた。「ありがとう」彼はささやいた。「食べ物を持ってきてくれ」

「自首することね」ジェマイマは大急ぎで馬車に戻りながら言った。「どうせ捕まるんだから」

ジャックは片手を上げた。「ありがとう、マダム」彼はレティのほうに会釈して、馬に飛び乗った。ジェマイマは馬が重みに耐えかねて倒れるのではないかと思った。

ジェマイマが無事戻ったとたん、御者がらっぱ銃を撃ちまくったが、周囲の木々から烏《からす》が飛び立ち、馬車馬がおびえただけだった。レディ・マーガリートは御者に鋭く命じた。

「出発しなさい。まぬけな追いはぎのおかげでずいぶん時間を無駄にしてしまったわ」

「どこがまぬけなの、おばあさま?」レティがきいた。「ちゃんと目的は達したと思うけれど」

「女心を奪うだけはね」レディ・マーガリートは鼻を鳴らした。「あなたはああいうハンサムな男性に弱いから」

「キスを盗もうともしなかったのはあんまりだわ」レティはため息をついた。

「本当ね」ジェマイマは同意した。「もしそうなれば、ちらっとでも顔が見えて巡査に報告できたのに」

「まったくです」レディ・マーガリートも同意した。「あんな人は捕まって絞首刑にされるべきです」

レティはため息をついた。「彼の顔ときたら――」

「レティ」レディ・マーガリートがたしなめた。「まるで運に見放されたようだと言おうとしただけよ、おばあさま。気の毒に、羽織っていたのは麻袋だと思うわ。犯罪を犯すなんて、よほどのことがあったのでしょうね」

ジェマイマは窓の外を見つめた。ジャックがデラバルで何をしていたのかが第一の疑問、そして第二はなぜ殺人事件に巻きこまれたかだ。彼女は顔をしかめた。ジャックはかなりまずい状況にいる。すでに指名手配されたとしたら、身近な人のところを巡査が捜しまわるだろう。追いはぎの一件も犯罪として加わるにちがいない。

突然、疲労感が襲ってきた。もう秘密は持たないとロブに約束した。でも、いくらロブが寛大でもこんな話をするわけにはいかない。また大きな秘密ができてしまった。

やってきた巡査ミスター・スコルズは有能とは言いがたく、ウィッチウッドの森で追いはぎに遭った三人からの事情聴取はたちまち混乱に陥った。

「大きな男でしたよ、とても太っていたわ」レディ・マーガリートが言った。「それに北部地方の訛《なまり》がありましたね」

「背が高く、髪も目も黒くてハンサムでした」レティは息もつかずに言った。「いいえ、顔や髪は見ていません。どうして黒いとわかったのかしら？」彼女は顔をしかめた。「たぶん本当は……でも、わかるんです」

「身長は百七十センチぐらいです」ジェマイマは実際より十五センチほど低く言った。「髪は金髪でした。ええ、ちらっと見えたんです。茶色の馬に乗っていました」

「いえ、白と黒のまだらだわ」レティが反論した。

「白と茶色でした」レディ・マーガリートが言った。

彼女たちはデラバルの客間に座っている。ロブとファーディも同席した。スコルズは面食らい、矛盾する証言をなんとか整理しようと汗だくだった。彼は鉛筆をなめ、ぱらぱらと手帳をめくった。

「レディ・マーガリート、その男はあなたを馬車に残し、金も宝石もとらなかったとおっしゃるんですね」

「そうです」レディ・マーガリートが答えた。「あんな人間の屑《くず》にくれてやるつもりはありませんでした」

「ところがあなたからはネックレスとイヤリングをとったのですね、ミス・エクストン？」

「ええ、でもあれはわたしがあげたんです」レティは強く言った。「奪ったんじゃないわ」

スコルズは眉をひそめた。「レディ・セルボーンは？」

「わたしは真珠のネックレスと財布をとられました」ジェマイマは落ち着いて言った。「ほかに宝石はつけていなかったので」

ジェマイマはロブの刺すような視線に気づいていた。彼は尋問のあいだまったく動かず、言葉も発しない。黙っていられるほうが、巡査の質問より耐えがたかった。帰宅したときはレティが興奮してしゃべりまくったおかげでジェマイマは何も言わずにすんだ。そしてどこもけがをしていないとロブを安心させたこと以外、事件の話はしなかった。そして時間がたつにつれ、ますます真相を打ち明けにくくなった。

ロブは鋭い目を向けたままだ。うしろめたいことがあるからわたしがそう思うだけなのか、それとも彼はすでに隠し事があると感づいたのかしら。

「つまり」スコルズは手帳を見ながら落胆して言った。「男は長身で、太っていて、やや背が低く、金髪で黒髪、北部訛があり、茶色の白黒まだらの馬に乗り――」

「白と茶色です」レディ・マーガリートが訂正した。

「わたしは馬に詳しいのよ。父がたくさん飼っていましたから」

スコルズはため息をつき、手帳をしまった。

「とらえどころのない男のようだね」ファーディがものうげに言った。「それがゆうべから捜している人物だと思うのか、ミスター・スコルズ？　留置場から脱走した殺人犯だと？」

「そう思います」スコルズは言った。

「殺人犯」レディは蒼白《そうはく》だ。「まさか」

「ご心配いりません」巡査は威厳を見せつけた。

「すぐに捕まえますよ」彼はファーディのほうを向いた。「あなたはゆうべ〈スペックルド・ヘン〉にいらっしゃいましたね？」

「バーティ・パーショーといっしょに何杯かエールを飲んだ」ファーディは認め、レディ・マーガリートににらまれてそわそわした。「断っておくが、殺人の件は何も知らない。ナイフで刺されたのか？」

「いいえ」スコルズは残念そうに言った。「頭を殴られています。しかし殺されたことは間違いありません」巡査はロブに顔を向けた。「たぶん覚えておいででしょう、伯爵。ハリー・ネイラー、先々代の時代にこちらの厩番《うまやばん》だった男です。戦争に行き、戻ってきたばかりでした」巡査は首を振った。「哀れな最期だ」

ジェマイマはネイラーという名前が気になった。聞き覚えはあるが、どこで聞いたのか思い出せない。ファーディとロブが目を合わせたので、ますます気になった。ファーディは見るからに落ち着きをなくし、ふだんの洗練された彼とは別人のようだ。

「追いはぎは北部の人ではないと思うわ」レティが唐突に言った。みなぴたりと話をやめて注目し、彼女は顔を赤らめた。「ロンドン訛があったもの」そう言って訴えるような目でジェマイマを見た。「ほら、あなたと話していたとき、わたし聞いたの」

ジェマイマはしまったと思った。「あら、そうだった」彼女はさりげなく言った。「わたしは気がつかなかったわ」

「違いますよ」レディ・マーガリートが言った。

「ロンドン訛だなんて。あきれたわ、レティ。訛についてのあなたの知識はわたしの中国語と同じ程度ね」

レティは真っ赤になったが、ひるまなかった。

「確かに聞いたんです」またジェマイマを見た。

ジェマイマはかすかに首を横に振った。レティは目を丸くして口をつぐんだ。ジェマイマが顔を上げると、ロブが怪しむようにじっとこちらを見ている。

巡査が帰ろうとして立ち上がった。ファーディがドアまで見送るあいだにロブはサイドボードのところへ行き、ワインをグラスについで祖母に渡した。ジェマイマは長窓に向かった。ロブがついてくるのがわかっていた。彼の視線を感じ、鳥肌がたった。

その直後、ロブが耳打ちした。

「ロンドン訛か。実に興味深いね」

ロブはすぐ横で挑戦的な目を向けている。ジェマイマは心臓がどきどきした。

「知っているのね?」彼女はささやいた。

「義理の兄が追いはぎだということを?」ロブは眉を上げた。「きみはいったいどうするつもりだ?」

「まだわからないわ」ジェマイマはすばやく室内を見た。だれの耳に入るかわからない。彼女はロブの襟元に手をかけてそばへ引き寄せた。「ジャックは厄介なことになっているの。ゆうべの事件で殺人の罪を着せられたのよ」ジェマイマはロブの上着をつかんだ。「今は身を隠しているわ。今夜会いに行く約束をしたの」

「ぼくは妻に夜、田舎をうろついてほしくない。危険だ」彼は冷ややかな目をしている。

「お願いよ、ロブ。わたしなら大丈夫。どうしても詳しい事情を知りたいの」

「なぜもっと早く話してくれなかった？　どうして戻ったときに何も言わなかったのだ？」

ジェマイマはうんざりした。「言えなかったのよ。お客さまがいるんですもの。そのうちに巡査が訪ねてきたでしょう。だから話す機会がなかったの」

「その気になればいくらでも時間は作れたはずだ」

「何をささやき合っているの？」レディ・マーガリートが部屋の向こうから言った。「夫婦はこそこそ話をするものではありませんよ」

ジェマイマは背を向けたロブの袖《そで》をつかんだ。

「ロブ」

「もう何も言うな」彼の顔はこわばっていた。「あとで話そう」

ジェマイマはロブのうしろ姿を見送った。彼が正しいのはわかっている。彼女はジャックの話をするのをためらった。その結果、またしても秘密を持つはめになった。レティがロンドン訛のことを言ったからといって、責めるのは当たらない。おそらくロブはその前から怪しんでいたのだろう。ジェマイマはうまくごまかせなかった。特に、相手に対して誠実でないときには。

でも、ロブはそんな気持ちを理解しないだろう。二度も信頼されなかったと思うだけかもしれない。最初はティリー、今度はジャックのことで。ティリーのことは許してもらい、ジェマイマは二度と秘密を持たないと約束した。その約束を守ったのはたった二日だ。

おまけに、ロブの意向に逆らおうとしている。彼女は胸を張った。ジャックをひとりにはしておけない。ロブがなんと言おうと、会いに行かなければ。

使われていない豚小屋は、秋の一夜を過ごすには充分快適な隠れ場所になる。ジャックは疲れきった馬を折れた梁《はり》につないだあと、森で木切れを拾ってきて火をおこした。木切れは乾燥していてよく燃え、樹脂のにおいと小屋を取り巻く松の木の香りが混じり合った。危険だが、今夜森を歩いて煙を見るのはジェマイマ以外にいないはずだ。早く来てほしい。空腹で死にそうだ。

火のおかげで気分が少しよくなった。ジャックはマントを敷いて座り、炎を眺めた。火は彼の人生とともにあった。一度ならず命を奪われそうにもなったものの、旧友のように慣れ親しんでいるので、そばにいてほしいこの瞬間にはありがたかった。なぜこんな苦境に追いこまれたのか今でも謎《なぞ》だし、いつ抜け出せるのかわからない。ジェマイマはぼくのことをあの貴族である夫に話しただろうか？　ジャックは乾いた藁《わら》を無意識にかんだ。ロバート・セルボーンとはどういう男だろう。まじめに見えるし、ジェマイマを好きらしい。祭壇の前に立ったときの表情は、単に妹の美しい外見に惹《ひ》かれただけでもなさそうだった。それでも、完全には信用できない。

馬が低く息を吐いた。食べ物がなくて不機嫌になっている。ぼくも同じだ。彼は励ますように馬を軽くたたいた。共犯者である老いた馬に愛情を感じ始めていた。ベスの死後、事件を起こしてからあとは、投獄されたことはないが、巡査に捕まったらどうなるか予想はつく。ニューゲート刑務所で待っていることは気にするな。息をつく間もなく、神の御許《みもと》に旅立っているだろう。どのみち殺人も街道強盗も死罪なのだ。

炎が揺れて影が動いた。すき間風で豚小屋の戸がきしんだ。小枝の折れる音がする。ジャックははっと頭を上げた。今のは足音か？　たぶんジェマイマが食料をつめた大きな籠《かご》を持ってきたのだろう。よだれが出てきたが、彼は同時に銃に手を伸ばした。用心するに越したことはない。

戸がわずかに開いた。外にだれかいるのは確かだが、ジェマイマではなさそうだ。ジェマイマならこれほどびくびくしない。ジャックは静かに立ち上がり、忍び足で進んだ。戸がゆっくり開いた。彼は銃を構えた。人を撃ったことはないが、至近距離ならなんとかなるだろう。

「だれだ。何をしに来た？」

レティが入ってきて、きちんと戸を閉めた。

「銃をしまってくれませんか、ミスター・ジュエル？　気になってしかたがないの」

ジャックは銃を下げ、ベルトに突っこんだ。彼女は火のほうへ歩いた。フードつきの豪華なビロードのマントを羽織り、舞踏会にでも行く途中のようだ。フードを脱ぐと、炎に照らされた巻き毛が赤銅色に輝いた。持ってきた干し草を与えると、馬はむさぼるように食べた。

「白黒のまだらだわ」彼女は馬の鼻面をなでながら満足して言った。「やっぱりね」

「これは遊びじゃないんだぞ」ジャックは言った。

レティは青い瞳で彼を見つめた。ジャックは息苦しくなり、つばをのみこんだ。

「わかっています」彼女はそう言って土の上に籠を置いた。「食べ物を持ってきたの」

ジャックは籠に目をやり、ふたたび彼女を見た。

「ありがとう」

レティはいらだって小さくため息をついた。そして床にひざをつくと、まるでピクニックのようにジャックのマントの上に中身を広げた。

「チーズ、ミートパイ、りんごのタルト。クリームはないの。それからハムと温室栽培の甘い洋梨《なし》がふたつ。そうそう、エールも一本あるわ。これでよかった？」

あまりにも不安そうだったので、ジャックは胸がつまった。「充分だよ」

彼は座って食べ始めた。レティは洋梨をかじった。果汁があごを伝い落ちる。それを舌でなめたときにジャックの視線に気づき、あわてて残りを籠に戻した。彼が食べ終わるまで、長い沈黙が流れた。

ついにジャックが言った。「うまくいくはずがないんだ」

レティは顔を上げた。「もう少し様子を見ましょう」彼女は穏やかに言い、残った食料を片づけて立ち上がった。「そろそろ戻ったほうがいいわね」

「ああ、そのほうがいい」ジャックは言った。

16

ポークパイ、りんご、チーズ、牛のあばら肉、それとエール。「何をぼんやり見ているの、ジャック。飢え死にするほどかと思ったのに」ジェマイマが言った。

彼女は兄がゆっくりりんごに手を伸ばし、歯をたてるのを見ていらいらした。あまりおなかがすいていないのだろうか。ひょっとすると、こんな状況で不安なのかもしれない。ジェマイマもチーズを食べ始めた。濃厚でおいしい。

「話して」彼女はほおばったまま言った。「あまり時間がないの。わたしがここにいるのをロブは知らないのよ。へたをすると、お客さまにわたしの体調が悪いと弁解するはめになるかもしれない」彼女はため息をついた。「そうしたら間違いなく妊娠したと思われるわ」

即座にジャックが目を向けた。「妊娠したのか？」

「いいえ」

ジャックは眉を上げた。「ということは、伯爵には馬車を止めたのがぼくだと話してないんだな？」

ジェマイマはさりげなくごまかそうとした。「彼は知っているわ。ただ、詳しく話す時間がなかったの。ほら、泊まり客がいるから」

ジャックは妹を見つめた。「夫婦のあいだに秘密があるのはよくない。おまえたち、うまくいってるのか？」

「もちろんよ」ジェマイマは勢いよくエールを飲み、兄の視線を避けた。「警察が捜しに来るかもしれないから、明日はここにいないほうがいいわ。この領地の反対側に古い炭焼き小屋があるの。しばらくの辛抱よ。解決策を見つけるまでね」

「話題をそらすな」ジャックは言った。「まだおまえたち夫婦の話が終わっていない」

「もう終わったわ。何もかも順調よ」

「彼が好きかい？」

ジェマイマはため息をついた。「ええ、好きよ」

「愛してるのか？」

ジェマイマは顔をそむけた。「わからないわ」

「恥ずかしがることはないんだぞ、愛しているなら。しかし、おまえは彼を信頼していない、違うか？」

ジャックは少し体を動かした。「信頼できたら今のこの状況を話したはずだ」

「わたしたちのことはどうでもいいの」ジェマイマは夫婦の問題を話したくなかった。話せば気が重くなる。彼女はポークパイを食べ始め、ジャックはりんごの芯《しん》を馬に放《ほう》った。「何があったのか聞かせて」

ジャックはため息をついた。「それがわかっていれば、ここにはいないよ」

「まあ。それならわかる範囲でいいわ。そもそも、なぜデラバルに来たの？」

「おまえに会うためさ。警告することがあって」

ジェマイマは食べるのをやめた。「警告って、どんな？」

「おまえのことをかぎまわっているやつがいた。伯爵のおかしな親戚《しんせき》が疑いだしたのかと思い、急いで知らせに来たんだ」ジャックは深々と息をついた。

「実を言うと、おまえのいない家はつまらなくてね。父さんの怒りはもう静まった。手が離れて喜んでいるくらいだ。母さんはおまえのことを心底誇りに思っているぞ」彼は冷やかした。「娘が本物の伯爵夫人になったんだからな」

ジェマイマはぞっとした。「お父さんは？」

「父さんは知らない。母さんとぼくだけの小さな秘密だ。母さんは喜んでいる。父さんなんか、そのうち煙突にはまってしまえばいいんだ」

「ジャック」

彼は肩をすくめた。「ところで、おまえのことをかぎまわる人物に心当たりはあるか？」

「さあ」ジェマイマはエールをひと口飲んで瓶を渡した。「ロブには不愉快ないとこがいるの。以前に結婚式で会ったことがあるから、わたしの素性に気づいて、いつか公然と非難する機会をねらっているのかもしれないわ」ジェマイマは身震いした。「いやな女。オーガスタはレティにも意地悪したのよ」

ジャックがぴくっと顔を上げた。「レティ？」

「レティ・エクストン。今日、わたしといっしょに馬車に乗っていた女性よ。覚えているでしょう、ロンドンで会ったきれいな金髪のレディよ」

「思い出した。それで？」

「オーガスタは彼女のデビューを台なしにしたの」

「ひどいな」ジャックはひざをかかえこんだ。「だったら、そいつかもしれない。ともかく気をつけたほうがいいぞ、ジェム」

「わかったわ、ありがとう」ジェマイマは顔をしかめた。「それで、兄さんはなぜこんなことに？」

ジャックは仰向けに寝ころんで目を閉じた。「オックスフォードのはずれでハリー・ネイラーという男とたまたま知り合い、道連れになった。彼は戦地からデラバルへ帰郷する途中だった。ラコルニャで負傷したと言っていた」

「ネイラー。ああ、何年か前にここの厩番《うまやばん》だったそうよ」

「いたちのような男だよ。感じはよくなかったが、彼は道を知っていて、ぼくは案内板が読めないから」ジャックはあくびした。「ゆうべ〈スペックルド・ヘン〉に着いてから、どっちが酒代を出すかでもめた。オックスフォードを出てから、ずっと金をせびられていたから、ぼくは少々いらついていたんだ。口論のあげく、あいつは友だちのところへ話に行き、ぼくは店の隅で飲んだ」

「言い争うのをだれかに見られた？」

「見られた。運悪くね」

「そう」ジェマイマは残りのポークパイを彼のほうに押しやった。「おなかは本当にすいてないの？」

ジャックはうしろめたいようだった。「ああ。だが、エールはもらおう」彼は瓶に口をつけて飲み、袖《そで》で口をふいて続けた。「そのうち、しゃれ者が現れた。ひとりはおまえの結婚式に来た男だ」

「ファーディ・セルボーンね」

「そうだ。もうひとりは気の弱そうな男だった。ふたりは何回かカードをやった。そこへネイラーが近づいていったんだ」

ジェマイマは食べていた牛肉を置いた。「ハリー・ネイラーがファーディに話しかけたの？」

「ああ。この目で見たよ。彼らは派手に言い争っていた」

「どうして？」

「知るもんか」ジャックはむっとした。「それがわかるくらいなら全部わかるはずだろう？　そのあとぼくは廊下に出た、ちょっと用を——」

「そんなことは、いいの」ジェマイマは先を急がせた。「細かいことは省いて」

「重要なことだ。便所は外にあった。ぼくは酒場に戻らなかった。飲みすぎたせいかあとのことは覚えていない。気づいたら、宿の二階で寝ているところを起こされた。出てこいとわめきながら宿の主人がドアを乱暴にたたいていた。ハリー・ネイラーが殺され、巡査がやってくると言うんだ。ぼくはあっという間にバーフォードの留置場に連行された」

「そして壁をよじ登って逃げたものだから、真犯人にちがいないと思われたのね」

ジャックは弁解するように言った。「かもにされたくなかったんだよ。警察はろくに尋問もしなかった。ぼくは殺人者に仕立てるのに格好のよそ者だ。すぐに縛り首になっただろう、おまえが——」

「追いはぎの話をする前にね」ジェマイマが締めくくった。

「そうだ」ジャックはため息をついた。「ばかなまねをしたが、前にも言ったように訪ねていくのは無理だった。手紙も書けなかった。宝石は全部返すよ」

「この馬は犯罪向きではなさそうね」ジェマイマは言い、馬にまたりんごを放った。

「ああ。ぼくもだよ。だからおまえと伯爵の助けが必要なんだ」

ジェマイマは立ち上がり、スカートからパイくずを払った。「ロブに話してみるわ。でもファーディ・セルボーンのことは、なんといってもいとこだし、とても仲がいいの。信じないと思うわ」

ジャックは弱々しく肩をすくめた。「だがおまえにはぼくの苦しい立場がわかるだろう？」

「食料は残していくわね」ジェマイマは大きな目をしばたたいたとたん、エールを飲みすぎたことに気づいた。「それから明日は、忘れずに炭焼き小屋に移ってね。午後に訪ねていくから」

ジャックも立った。「おまえはたいした女だな、ジェム」

ジェマイマは彼を抱き締めた。「兄さんはばかよ」

彼女は一歩下がって兄を見つめた。「ジャック」

「なんだい？」

「話しておかなければいけないことがあるの。二、三日前、ティリーに会ったわ」

ジャックの褐色の顔がみるみるこわばった。

「ごめんなさい」ジェマイマはあわてて言った。「兄さんは正しかったわ。そっとしておけばよかった」

「だが、そうしなかったのか？」

「言葉は交わしていないわ。今の問いかけがそういう意味だとしたら」ジェマイマは彼の腕に手を当てた。「あの子は元気よ、ジャック。幸せにしているわ。あのまま無視しようと思ったのに」

ジャックは妹の手を握った。「夫と何かあったのか？」

「ロブよ。彼の名前はロブ。ええ、厄介なことになったわ、ほんの少し」

ジャックは笑った。「ばかなのはどっちだ？　やつはティリーをおまえの娘だと思ったのだろう」

「そんなところね。彼に真実を話したの。気を悪くしないでほしいのだけれど」

ジャックは首を横に振った。「結局、おまえは夫を信頼するのかもしれないな、ジェム。覚悟を決めろよ」

「彼の名前はロブよ」もう三度目だ。「あの人のところに戻るわ。おやすみ、ジャック」

「行くだろうと思ったよ」ロブは怒りで顔を蒼白《そうはく》にしてジェマイマの寝室で待っていた。

ジェマイマはマントを椅子の背に放り投げ、彼と向き合った。「わかっていて、なぜ止めなかったの?」

ロブは高飛車に言った。「どうするか確かめたかった。ぼくの意思を尊重して言うとおりにしてくれるかどうか知りたかったんだ」

ジェマイマはたじろぎ、うしろめたくて弁解するように言った。「兄を放っておけなかったの」

「ひとりで行くことはなかった」ロブは窓辺に行った。「明日にはぼくも喜んでついていって、問題の解決に尽くすつもりだった。信頼してほしかったね」

ジェマイマはかっとした。「そんなことはじめて聞いたわ。わかっていれば……」

ロブは彼女が黙りこむほど鋭いまなざしで見た。

「あとで話そうと言ったはずだ。だが、きみは待たなかった」

ふたりはしばらくにらみ合った。やがてジェマイマが肩を落とした。「ごめんなさい。ティリーのことがあったから、わたし」

「なんだ?」

「もう分別のない行動は許されないだろうと思ったの」

「妙だな」ロブは皮肉たっぷりに言った。「ぼくにとって許しがたいのは秘密が増えることなのに」

ジェマイマはほんの一時間前にジャックが愛と誠実について語った言葉を思い出した。

「秘密にするつもりはなかったの」彼女はゆっくり言った。「ただ」

「ジャックが大切だった」ロブの顔は陰になってい

る。「わかるよ。なんといってもお兄さんだからね」

「違います」それは誤解だ。ジェマイマは必死で弁解した。「わたしがいちばん大切に思っているのはあなたよ」

ロブは顔を上げた。とび色の瞳に険悪な光がある。

「本当にそうだろうか。もしそう信じているとしたら、きみの勘違いだ」

ジェマイマは顔をしかめた。これほど頑固に、険しい声で話すロブははじめてだ。でも、暴力を振るう父親に対する怒りにも、軍隊で任務を遂行した不屈の精神にも、デラバル復興に立ち向かう断固たる決意にも、その兆しはあったのではない？　彼のやさしさの裏には鋼鉄のような信念があると前からわかっていたはずよ。

「わたしは生まれてからずっとジャックを頼ってきたの」彼女はためらいがちに言った。「あなたとは知り合ってまだいくらでもないわ」

「わかるよ」ロブはまた言った。怒りは消え、疲れたように聞こえる。

ふたりの目が合った。ジェマイマは大切なものをしっかり手に入れないうちに失いかけている気がした。これまでロブは時間をかけて信頼関係を築こうとしてきた。いつも寛大でいてくれたというのに、わたしときたら。ジェマイマはつばをのみこんだ。彼のやさしさに精いっぱい応《こた》えたつもりだったけれど、充分ではなかったのね。

「あなたが求めているのは何？　わたしにはわからないわ」

「きみが信頼してくれることだ」

ジェマイマは首を振った。「信頼しているわ」

ロブはまだ彼女を見すえたままだ。「きみはいつも何か隠している」

「わたしは」ジェマイマは思わず否定しかけたが、やめた。ロブの言葉は本当のことだったからだ。

ロブは彼女の手を取った。「妥協はしたくない。ぼくは全部ほしいのだ」

ジェマイマは彼の顔をちらりと見た。「何もかも持っているでしょう」

「信頼と、誠意と、愛のすべてがほしい」ロブは彼女を放した。「よく考えてくれ、ジェマイマ。すべてか無のどちらかだ」

「どういうこと?」

「今ならまだ結婚を取り消して、きみにトウィッカナムのあの屋敷を与えることができる」ロブは引きつった笑みを浮かべた。「そのほうがいいんだったらね」

「いやよ!」ジェマイマはたまらず叫んだ。「ばかげてるわ」

「なぜだい?」ロブは皮肉っぽく眉を上げた。「ぼくたちはもともとそうするつもりだったんだよ」

ジェマイマは顔をしかめた。あまりにも状況が変わってしまい、最初の計画を思い出せないくらいだ。ただひとつだけ確かなことがあった。デラバルで暮らすようになって、わたしとロブの人生がつづれ織りのように複雑にからみ合ってきたため、離れるのは命を奪われるほど苦しいだろうということだ。

「いやよ」彼女はもう一度言った。声がかすれた。涙にかすむ目でロブを見つめた。「わからないわ。そんな話をするのは今夜のことがあったから?」

「違う」ロブはため息をついた。「ぼくは二番目ではがまんできないからだ」彼は暖炉まで歩いていった。「きみには必要なだけ時間を与えると約束した。きみの望むようにゆっくり進めると約束したね?」彼はマントルピースを平手でたたいた。陶器類が跳ねた。「あれは嘘《うそ》だ。もう無理だ。必死で耐えてきたのに、二度も隠し事をされた。これ以上妥協はしない。ぼくを信頼するかしないかのどちらかだ。信頼しないのならいつでも出ていくがいい。早く決めてくれ」

ジェマイマは唇をかんで涙をこらえた。まったくの誤解だが、ロブを責めることはできない。彼が言っていることは真実なのだから。彼女は秘密を持って、すべてを台なしにしようとしている。そして失いかけてはじめて、彼が何より大切だと気づいたのだ。

ロブは金めっきの置き時計に目をやった。「もう遅い。今夜はここまでにしよう。明日、ジャックのことを話してくれれば、彼を救うためにぼくに何ができるかわかるだろう」

ロブはすでにドアに向かっている。ジェマイマは手を伸ばした。「待って」

ロブは立ち止まり、まるで礼儀正しい他人のような顔をした。「何か？」

「ごめんなさい。ほかに言葉がないの。あなたが怒るのも当然よ。でもわたしはデラバルを離れたくないわ。この土地を愛しているの」声がうわずった。

「ああ、ロブ」

ロブの表情は硬い。「明日話そう」

ジェマイマは歯を食いしばった。「今、話したいの。わたしは確かに間違いを犯したわ、でもあなたと別居したり、結婚の取り消しに同意するような間違いは犯したくない。だいいち、簡単には認められないわよ」

ロブの目に一瞬いたずらっぽい光が宿るのを見て、彼女はまだ脈があるかもしれないと思った。

「ほう？」彼はからかうように言った。「そう思うのかい、ジェマイマ？」

「ええ」ジェマイマの心臓は早鐘のように打った。彼の注意を充分引いたのがわかる。「特にわたしたちのように同居している場合はね。たとえば、あなたが性的不能を主張するのは容易ではないわ」

ロブは笑いをかみ殺した。「白状すると、ぼくはそれを理由にするかどうか決めかねている」

「当然でしょう。それに」彼女は思いきってつけ加えた。「いったんわたしが法廷であなたの情熱家ぶりを話したら、典型的な結婚取り消しの根拠など、だれも認めなくなるわ」

ロブの口元が引きつった。彼は数歩近づいた。

「それならぼくは別の手を考えるだろうね」

ジェマイマは臆《おく》せず立ち向かった。「たぶんわたしは反撃できるでしょう。あるいは」彼女は二歩前進し、あと一歩の距離までロブに近づいた。「あなたの気持ちを変えることも」

沈黙のあと、ロブは彼女の腕をつかみ、乱暴に引き寄せた。

「悔しいが、確かにきみは楽に成功しただろうね」

彼はいきなりジェマイマの唇を奪った。ジェマイマは彼の髪に指をからませ、体を押しつけて大胆に応じた。激しいキスに頭をくらくらさせながら唇を開き、お互いの欲望をぶつけ合った。

ふたりはゆっくり離れた。ロブの呼吸は乱れ、ジェマイマの脚は震えている。彼女は息をつめた。

「許してくれたと思っていいの？」

ロブはまたキスをした。短く激しいキスを。「そういうことになるな」

ジェマイマは彼の肩に頭をもたせかけた。「もうあんなまねはしないわ、ロブ。誓います」

「守ってほしいよ、頼むから」ロブは体を引いた。

「そろそろ部屋に戻らないと」

「ドレスを脱ぐのを手伝って」ジェマイマは彼の目を見ずに言った。「体調が悪いと思われているのにメイドは呼べないわ。嘘がばれてしまうもの」ロブがうめいたので、彼女は急いでつけ加えた。「ボタンをはずすだけでいいの。手が届かないから。あとはひとりでできるわ」

「うしろを向いて」ロブは言った。

ジェマイマは彼と視線を合わせ、姿勢を正した。「誘惑するつもりではないのよ。あなたのおばあさまの遺言は忘れていないから」

ロブは再度うめき、彼女の髪に指を通した。「ぼくはもう少しで忘れそうだ」

ジェマイマは顔がほてった。ロブは彼女をうしろ向きにさせた。彼の指がドレスの背中のボタンをせわしなくはずす。ジェマイマは心臓が破裂しそうだった。胸元がゆるんだとたんにドレスが床に落ちた。

「コルセットはしていないのか。ありがたい」ロブはつぶやき、彼女の首にキスをした。それからシュミーズからのぞくうなじに唇をはわせ、ジェマイマをぞくぞくさせた。彼女は胸の前で硬く腕組みをして振り向いた。

「あとは自分でできるわ、ありがとう」

ロブは返事をしなかった。そっと蝋燭《ろうそく》を吹き消すと、彼女を抱き上げてベッドに横たえた。ジェマイマの神経はとぎすまされ、何も見えない暗闇《くらやみ》の中でも彼が隣にいるのを感じる。ぬくもりが伝わり、かすかに体が触れ合う。彼の穏やかな声が聞こえた。

「どのくらいぼくを信頼してくれるかな?」

ジェマイマは咳《せき》払いした。「心からよ」

「前は疑っていたね」

ジェマイマは深呼吸して不安を追いやった。「あなたは決してわたしを傷つけないとわかったの」

「今でも愛は罠《わな》だと思うかい?」

ジェマイマは固く目を閉じた。「いいえ、肉体的な愛はむしろ楽しみを」

彼は笑いだした。「やはりぼくのジェマイマだ。まだためらっているな。今夜、ぼくに身を任せてみないか?」

ジェマイマは息をのんだ。「ロブ、遺言が……」

「ああ。だが、ほかにも方法はある」

ロブは彼女のシュミーズをするりと脱がした。ストッキングしか残っていない。ロブは彼女の脚を、ガーターの上のやわらかな肌までなで上げた。そして、彼女が耐えきれなくなるまで指でもてあそんだあと、彼女の唇を唇でふさいだ。

彼の手と唇のゆるやかな動きに、ジェマイマの体は徐々に燃え上がった。快感とじれったさと拷問のような苦痛に襲われる。彼の自制心の強さがいじましくもある。わたしは裸同然なのに、彼はきちんと服を着ているのだから。それがさらに興奮をかきたて、ふたりを隔てる邪魔物を取り払いたいとジェマイマをいらだたせた。ロブの服を引きはがそうとしたが、彼はただ笑ってジェマイマの胸に唇を押し当て、心ゆくまで愛撫《あいぶ》した。彼女は疲れはて、仰向きになって横たわった。

「まだぼくを信じるかい?」ロブがきいた。

ジェマイマは枕《まくら》に頭をつけたまま振り向いた。

「ええ。よくわかったもの。楽しさが」

ロブはもう一度ゆっくりキスをしながら手を彼女の太腿にすべらせ、脚を開かせて愛撫した。ジェマイマがもだえて叫び声をあげると、彼は唇で唇をふさいだ。

「今夜はきみを抱けないが」彼はささやいた。「代わりにやりたいことがある。いいかい?」

長く、熱い、静寂が流れた。ジェマイマは緊張して全身をこわばらせた。ロブの指がふたたび動き始めると、体が自然に動いた。頭がぼうっとして、彼の言葉の意味を本当に理解したかどうか自信はなかったが、いいわと言ったとたんにわかった。ロブがベッドの足元へ移った。彼の髪が裸のおなかをくすぐる。夢にも思わなかった喜びを緊張しながら待ち受けていると、彼の舌が指に取って代わり、ジェマイマは全身がはじけて幸福に満ちあふれた無数のかけらになる気がした。

最後に嵐《あらし》のような歓喜が訪れ、彼女は屋敷じゅうに響くほどの声をあげそうになるのを、枕をかんでこらえた。彼にはめくるめく喜びの余韻にひたらせるつもりがないとわかったとき、ジェマイマは朝まで純粋な感情に身をゆだねようと思った。

17

「ジェマイマ。起きろよ」

窓から差しこむ朝日が、床を照らしている。ジェマイマはまばたきして体を伸ばした。温かく、けだるく、とても気持ちがいい。

彼女はロブの腕に抱かれて横たわっていた。彼は……裸だ。ジェマイマが動くとロブが少し身を引き、彼女はたちまち喪失感に襲われた。

ロブの吐息が耳をくすぐった。「使用人が来る前にぼくは自分の部屋へ戻らなければならない。気分はどう？」

「幸せだわ」ジェマイマはつぶやいた。

彼女は目を開け、ロブの腕にしがみついた。

昨夜はもう二度と明るいところでロブと向き合えないと思った。熱烈に愛されてあられもなく乱れ、欲望のおもむくままに震えたのだから。でも今、彼がやさしく微笑《ほほえ》みかけるのを見て、恥ずかしさが消えていった。

ジェマイマは不安そうにきいた。「ロブ、わたしはすてきな思いをしたけれど、あなたは」

ロブはにやりとした。「ぼくも最高に楽しませてもらったよ」

彼女は赤くなった。「でも……」

「心配ないさ。そのうち埋め合わせができる」

「あなたに話があったのに」ジェマイマはつぶやいた。「結局、できなかったわ」

ロブはそっとベッドから抜け出し、無造作に服を着始めた。「知ってのとおり、今朝はファーディとバーティと狩りに行く約束がある。できるだけ早く戻るから、帰ってきてから話そう。午後には必ずいっしょにお兄さんに会いに行くよ」

「ありがとう」ジェマイマは小声で言った。陽光に満ちたこの部屋にいると不安の種は遠くにあるように思えるが、実際はすぐそこで待ち構えている。ネイラーの死にファーディがかかわったかもしれないというジャックの考えをロブはまだ知らない。知ったらどうなるだろう。彼女は考えないことにした。心地よい朝を台なしにしたくない。

ロブが体を傾けてキスをした。ジェマイマは彼の袖《そで》をつかんだ。「ロブ、わたしは本気で話したのよ。ゆうべはすてきだったけれど」彼女は眉を寄せた。「なんだか中途半端な気がするの。こんな状態、もう耐えられないわ」

「ぼくもだ」ロブはため息をついたあと、晴れやかな顔をした。「だが楽しかった」

「ロブ！」彼がシーツの下に両手を差し入れたので、ジェマイマは金切り声をあげた。そのあと、真顔になった。「本当に許してくれたのね」

「ぼくを信頼してくれたからね」ロブは言い、長いキスをした。「じゃあ、またあとで」

「気をつけてね！」ジェマイマは突然不安になって叫んだが、彼は明るく微笑んだ。

ひとりになったあとも、彼女はベッドに横たわったままだった。まだ夢見心地で、起きたくない。この幸せなけだるさが愛なのだろうか？　それとも、罠《わな》にはまったのかしら？　体が強く惹《ひ》かれることと愛を混同しているの？

隣の部屋から、従僕と話すロブの弾んだ声が聞こえ、ジェマイマは微笑んだ。きっと……。

ドアをノックして、エラがココアを持って入ってきた。彼女は床に散らばったジェマイマの服を見つめた。それからうっとりした表情でベッドに横たわる女主人のむき出しの肩に視線を移し、笑みを浮かべた。

「ゆうべのうちにご気分はよくなられたのですね」

ジェマイマも微笑んだ。「ええ。ありがとう」

メイドは部屋を片づけ始めた。

ふたたびノックの音がした。ジェマイマは急いで化粧着を羽織った。

「入ってもいい？」レティが戸口にいた。そして手にしていた箱をサイドテーブルに置いた。「こんな時間に押しかけてごめんなさい。今日の午後スワンパークに戻るとおばあさまが言うので、あなたが元気になったかどうか確かめたかったの。昨日はひどい目に遭ったし、体調が悪いと聞いて」

「どうぞ、入って」ジェマイマは手招きした。「エラ、あとでまた来てくれない？　ミス・エクストンと朝のココアを飲みたいの」

「ふたりにしてくれてありがとう」メイドが出ていくとレティは正直に言った。「あなたに話したいことがあったの。ほかの人には聞かれたくなくて」

「わかるわ」ジェマイマはかすかに微笑んだ。「どんな話？」

「それが」レティは赤くなった。「昨日、巡査に言ったことなんだけれど。わたし、思いもよらなかったから。あなたに目で合図されてはじめて、しゃべらないでほしいのだと気づいたの」彼女はあきらめて両手を広げた。「何があったの？　追いはぎがお兄さまなのは知っているのよ」

「知ってるの？」

「ええ。いいえ。だから、ミスター・ジュエルは追いはぎではなくて、追いはぎのふりをしたのでしょう？」

ジェマイマは即座に決心した。レティはあきれるほどおしゃべりだけれど、信頼はできる。

「レティ、絶対に秘密にしてね」

レティは青い目を大きく見開いた。「ええ、誓うわ」

「それから、あなたは動きまわらないでね」

レティは少し気が引けた。「ええ、もちろん」

「ジャックは厄介なことに巻きこまれたの」ジェマイマはあえて明るく言った。「でも、もうじき解決すると思うわ。ロブに話したから協力してくれるでしょう」

「話したの？」レティは不安そうだ。「大丈夫？　ロバートは機嫌を悪くするかもしれないわ。わたしの観察したところではジャック、いいえ、ミスター・ジュエルを好きじゃないみたいだから」

「いつ観察したの？」

「ミスター・チャーチワードの事務所で会ったときに決まっているでしょう。ロバートは儀礼的だったし、ミスター・ジュエルはよそよそしくて、理解し合えなかったのは明らかだわ」

ジェマイマは眉をひそめた。レティはほかにも何か気づいたのかしら。

「あまりジャックに好意を持たないでね、レティ。彼は確かにハンサムだわ。でもあなたはレディで、ジャックは残念ながら紳士ではないの。わたしたちは職人の子で、あなたよりずっと格が下なのよ」

「ロバートはあなたと結婚したじゃないの」レティは言い張った。

「ええ」ジェマイマはため息をついた。「でも状況が違うでしょう。妻は夫と同じ社会的地位を得るけれど、逆はないのよ。それにロブだって便宜上結婚したんですもの」

レティはくすくす笑った。「いやだわ。便宜上だなんて。彼はあなたを心の底から愛しているじゃないの。そしてあなたもよ。信じないなら今朝の顔を鏡でごらんなさい。ほら」彼女は瞳を輝かせた。

「わたしはレディじゃないわ。こんなことを口にするのだから」

「まあ」ジェマイマは室内を見まわした。エラはきちんと片づける時間がなく、衣類の半分がまだ床に散らばっている。ベッドカバーは乱れ、枕《まくら》はロブの頭がのっていたところがへこんでいる。鏡に映る自分の姿が目に入った。髪はもつれ、顔には幸福感とほんの少しみだらな雰囲気の混じった不思議な表情が浮かんでいる。これでは一目瞭然《りょうぜん》だ。「まあ」ジェマイマはまた言った。

レティが彼女の手を軽くたたいた。

「ロバートが好きならかまわないじゃないの。愛情を表に出すのは下層の人間がやることだとオーガスタや意地悪な人は言うかもしれないけれど、それは彼女たちがだれにも愛されないからよ。おばあさまは恋愛結婚の守護天使だし、あなたがデラバルの跡継ぎを産んだら」彼女は言葉を切った。「あら、ちょっと先走ったかしら?」

「妊娠はしていないわ」ジェマイマはあわてて言った。「レディ・マーガリートはそう思っていらっしやるようだけれど」

「この様子なら時間の問題よ」彼女はまた口に手を当てた。「まあ、わたしって無神経ね。いつも、思ったことをそのまま言ってしまうの。おばあさまには下品だと思われているのよ」

ジェマイマは笑いをこらえて言った。「確かにぎょっとすることがあるわよ、レティ。話題を変えたほうがよさそうね」

「ええ」レティはテーブルの上のブリキの箱を指さした。「これを昨日、書斎で見つけたの。でも、興奮のあまり、あなたに渡すのを忘れて。実は開けてしまったの。われながら好奇心の強さにあきれるわ。日記のようだけれど、読んでいないわ、本当よ」彼女ははっとした。「もう戻らなきゃ。スワンパークに帰る支度があるの。またあとで会える？」

「もちろんよ」ジェマイマは微笑んだ。彼女はブリキの箱に手を伸ばした。数日前に煙突から取り出したあとすっかり忘れていた。ふたは簡単に開いた。好奇心の旺盛《おうせい》なレティの指が、こびりついたタールを落としたのだろう。中には文字がびっしり書かれた紙の束が入っていた。ジェマイマは眉間《みけん》にしわを寄せ、枕にもたれて読み始めた。


「こんなことはやめなければいけない」ジャックは太陽に温められた炭焼き小屋の板壁に頭をもたせかけ、目を閉じた。

「もう終わるわ」

レティは麦藁《むぎわら》帽子を傾け、彼と並んで壁に寄りかかった。縞《しま》模様の日傘の影が彼女の顔をおおい、その端がジャックにかかっていた。彼はかすかな笑みを浮かべた。なんだか彼女に触れられている気がする。目を閉じたままでも、彼女がどんなに近くにいるかわかる。薔薇《ばら》と忍冬《すいかずら》の混じり合った香りが鼻をくすぐり、自制心を乱した。彼は少し離れた。

「わたしたちは今日、スワンパークに戻ります」レティは静かに言った。「二日後にわたしの誕生日の舞踏会があるの」

ジャックは目を開けて日の光に細めた。「ぼくは招待されているのかな？」

レティはにっこり笑った。「もし来ていただけたらとてもうれしいわ、ミスター・ジュエル」

まるで公爵夫人の口調のようだ。キスをしたいとジャックは思った。彼女に顔を向けると、美しい青い瞳が見つめていた。

「あなたの娘さんに出会ったわ。話しておくべきだと思ったの」

沈黙が流れた。ジャックは彼女を見つめ返した。鼓動が速まる。彼は咳《せき》払いをした。

「それは重要なことだろうか？」

レティはすぐには返事をしなかった。落ち着いた、真剣な表情をしている。

「いいえ」しばらくして彼女は答えた。「ただ、わたしの子どもならいいのにと思ったの」

ジャックは目を閉じた。六年ぶりに愛を告白され、彼の胸が痛んだ。

彼はまた目を開けた。レティはまだ見つめている。まるで結婚できると信じているお姫さまだ。心を揺さぶられた。彼女の半分も勇気があればよかったのにとジャックは思った。

「いや、やはり重要だ」彼はぶっきらぼうに言った。「ぼくはあなたのようなレディにはふさわしくない」

彼はいちばん説得力のある理由を懸命に探した。ふたりの別れを決定づける最大の問題点を。「読み書きすらできないのだ」

「できるようになりたいと思う？」

ジャックは吹き出しそうになり、壁に背中を投げ出した。「ときどきね。子どものころは気にもしなかった。今は、できたら便利だとは思うよ」

レティがにじり寄った。ジャックは彼女の吐息を頬に感じ、振り向きたくなるのを必死でこらえた。

「取り引きしましょう、ミスター・ジュエル。わたしが読み書きを教えてあげるわ」

「えっ？」

「あなたが煙突掃除人の使う言葉を教えてくれるならね」レティは手を差し出した。「どう？」

ジャックはにやりとして、レティの手を取った。

「取り引き成立だ」


「確かにまずい事態だな」その夜遅く、ロブは言った。客人はみなスワンパークに向けて出発したあとで、彼とジェマイマのふたりきりだ。彼は紙の束を机に置き、ジェマイマを見た。彼女は窓際の椅子に横座りして、深刻な表情を浮かべている。ふたりのあいだの机の上にブリキの箱がある。「ファーディの筆跡で」彼は言いよどんだ。「祖父が死んだのは自分の責任だと……」

「彼が撃ったと書いてあるわ」ジェマイマはあからさまに言った。「おじいさまは過ってご自分を撃ったのではない。ファーディの過失だったのね」彼女は脚を伸ばして立ち上がった。

ロブは日記を軽くたたいた。「これは懺悔《ざんげ》のようなものだろう。あいつの苦しい胸の内が伝わってくる。恐ろしい事故だったのだ」

「ええ」ジェマイマも悲しい記述に心を動かされた。ロブの言うとおりひどい事故だったろうと思う。彼女は眉をひそめた。「どうして彼はこれを書き残したのかしら？」

ロブは首を振った。「心にしまっておけなかったのだろう。書くことで救われる場合があるからね」

「煙突の中に隠したのはなぜかしら？　わからないわ」

「その問いに答えられるのはファーディだけだろう

が、本人に確かめるのは考えものだな」

ジェマイマはすばやく顔を上げた。「でも、これが殺人の動機になるのよ」

ロブは彼女を見た。「ネイラーの事件か？」

「そうよ。おじいさまが亡くなったとき、ネイラーもファーディといっしょにいたのよ。ふたりで秘密にしたんだわ。ネイラーはこの土地を去ったはずなのに戻ってきた。彼がファーディと口論するのをジャックは目撃している。そしてネイラーは死んだ」

「信じられない」蝋燭《ろうそく》の明かりに照らされたロブの顔は、青白くこわばっていた。「ファーディは犯人ではない。あいつは軽率で道楽者だが」ロブは少し表情を和らげた。「すまない、ジェマイマ。ジャックが嘘《うそ》を言ったとは思わない。ただ、別の考え方ができるはずだ」

「どんな考え方？」ジェマイマは髪をかき上げた。

「わたしはファーディが好きよ、でもこれについてはほかに説明のしようがないでしょう」

ロブは立ち上がり、両手をポケットに突っこんだ。「酒場にはバーティもいたんだぞ。何かあれば気づくんじゃないか？　ファーディがふらっと店を出て殺人を犯し、何事もなかったかのように戻ってカードを続けることはできなかっただろう」

「無理があるのは認めるわ。でも彼の日記が……」

「ネイラーを殺した証拠にはならない。ファーディはぼくのいとこだよ」

ジェマイマは腰に手を当てた。ロブにとっていとこが大切なのはわかるけれど、わたしは兄が大切だ。しかも今、ジャックは命がけで隠れている。

「いとこだから人を殺さないとは言えないでしょう」

「もちろんだ」ロブは髪をかきむしった。「しかし、ぼくはファーディをよく知っている。殺人どころか、けがを負わせることもできないやつだ。彼が犯人のはずがない」

ジェマイマは額をさすった。ロブの言うことはわかる。ファーディに悪意はまったくなさそうだ。彼にはどこかおっとりした雰囲気がある。

「でも、話してみてくれない？」

「いいだろう」ロブは顔を引きつらせた。「ただし、レティの誕生日が過ぎてからだ」

「それまで待たないといけないの？」

「ああ。パーティの前に彼を殺人罪で告発したら、祝いどころではなくなるだろう」

ジェマイマはため息をついた。ロブの言うとおりだ。それに、告発してほしくない気持ちもある。彼女もファーディが真犯人とは信じられない。

ロブはまた日記を手に取った。「これをぼくに渡してくれてありがとう」ちらっと彼女に目を向けた。「ジャックを助けるために、本当は巡査の手に渡したかったんじゃないのか？」

ジェマイマは彼を見た。暖炉の火が燃える音だけが聞こえる。彼女は軽く微笑んだ。「正直言って、すぐに汚名が晴らせるならそうしたかもしれないわ。兄は大変な思いをして隠れているんですもの。この状態が長く続けば、自首さえしかねないわ」

「そんなに長くは続かないだろう」

「ええ、そうね。待つのはつらいけれど」ジェマイマは肩をすくめた。「わたしは夫であるあなたの考えに従います」

ロブは片手を伸ばして彼女を抱き寄せた。

「すまない」

「なんのこと？」ジェマイマは顔を上げた。

「ゆうべ言ったことだ。ぼくは嫉妬《しっと》していた」ロブはあごをなでた。「くだらない嫉妬さ」

ジェマイマはそっと体を引いた。「ジャックに？」

「仲がいいきみたち兄妹《きょうだい》がうらやましかった」ロブは横目で彼女を見た。「最初からだよ。結婚式に付き添い役として教会に来たときからね。それにぼくをきらっているのもわかった。ジャックだけじゃない。ファーディがきみに言い寄ったときは、刺し殺したくなった」

「ロブ」ジェマイマは歓喜した。

「自分でもこれほど独占欲が強いとは思わなかった」ロブは陰気に言った。「われながらうんざりする」

「そんなことを言うなんて信じられないわ」ジェマイマは彼の頬に軽くキスをした。「わたしも同じよ」

ロブは彼女の髪に頬を押し当てた。「本当?」

「ええ。あなたが領地の整備に忙しかったあいだ、ずっとやきもきして、もっとかまってほしいと思ったの」

ロブは彼女の唇にキスをした。

ふたりはしばらく黙って座っていた。

「今夜はふたりきりね」ジェマイマは夢見るように言った。「すてきじゃない?」彼女はうわの空でロブの袖口をなでた。「あなたは新聞を読み、わたしは刺繍《ししゅう》ができるわ、年老いた夫婦のように。それともほかのことをしましょうか、ロブ?」

ロブは思わずうめいた。

「そのうち埋め合わせができるとあなたは言ったわね、ゆうべのことで」

ロブは体を硬直させた。「ああ」

ジェマイマはぱっと頬を染めた。「どうすればそうなるか教えてほしいの」彼女はロブの目をじっと見た。「さしつかえがなければ」

ロブの口元に笑みが浮かんだ。

「きみは本当にいさぎよいな。感心するよ」彼はジェマイマの手を引いて立ち上がらせた。

18

ジャックは立ち止まり、スワンパークのテラスへ続く広い石段の手すりに片手を置いた。舞踏会場のドアは開け放たれ、秋風に揺れる銀色のカーテンのすき間から、華やかな向こう側の世界が見える。数えきれないほどの銀色の蝋燭《ろうそく》が壁に取りつけられた燭台《しょくだい》の上で輝き、美しい銀色の造花や装飾が会場にあふれている。ジャックは物陰から、レティが誕生日を祝うのを見つめた。

本当は来るつもりはなかった。こんなことをするのは愚かだとわかっている。すぐに去って二度と彼女に会わないほうがいいことも。ふたりには未来がない。それなのに彼は心から愛するただひとりの恋人をひと目見ようと暗闇《くらやみ》にたたずんでいた。

カーテンが開き、舞踏会場から、まるで銀色のもやの中に浮かぶ幽霊のように人影が現れた。ジャックは息をのんだ。レティがテラスに出てきて石の手すりに頬杖《ほほづえ》をついた。悲しそうだ。誕生日だというのに。

ジャックは身じろぎもしなかった。レティの背後でひと組の男女が踊りながら長窓の向こう側を通るのが見えた。ダンスが終わると大きな拍手に続いてざわざわと人々の話し声が聞こえた。心地よい音楽と、テーブルの上の軽食を切らさないために使用人たちが走りまわる騒々しさもジャックの耳に届く。彼はジェマイマを見て笑みを浮かべた。緑色のビロードのドレスを着て、いかにも高貴な顔立ちの紳士と踊るジェマイマははっとするほど美しい。ぼくの妹はセルボーン伯爵夫人なのだ。幸せな結末を迎えるおとぎばなしもあれば、そうでないものもある。

テラスではレティがしおれた花のように立ってい
る。楽団がポーランドの三拍子の舞曲ポロネーズを
演奏し始めた。ジャックは二段ずつ石段を駆け上が
った。

「踊っていただけますか、ミス・エクストン?」

レティは片手を差し出した。月明かりの下で目が
星のように輝いている。

「来てくれたのね」彼女はこれまで見たこともない
晴れやかな笑みを浮かべた。彼はお辞儀をした。

「招待されたからね」

レティは腕を伸ばして彼を止めた。「ジャック、
その服」

「気に入った?」

レティは目をきらきらさせた。「とても立派に見
えるわ。盗んだものじゃないわよね?」

彼は笑った。「誓って言うが、盗んではいない」

「まだ指名手配中なの?」

「いや。ニュースを聞かなかった? 国じゅうに流
れたと思ったが。事件の夜にネイラーを見たと教区
牧師のミスター・ボーマリスが巡査に話したんだ。
ネイラーは相当酔っていて、教会の墓地の門に頭を
ぶつけたが、助けに行く間もなく、ふらふらと闇の
中へ消えたと」

「なぜ牧師はもっと早く言わなかったの?」レティ
は憤然として言った。

ジャックはその口調から自分をかばって怒ってい
るのがわかり、微笑《ほほえ》んだ。「ボーマリスは何日か留
守にしていて、今日戻ったんだ」

レティはため息をつき、怒りを静めた。「じゃあ、
しかたないわね。ジェマイマは知っているの?」

「まだだ。ぼくもたった今、バーフォードから着い
たばかりでね」

レティは顔をしかめた。「でも、追いはぎ事件
は? あれはどうなったの?」

ジャックは笑った。「犯人を割り出す信頼できる証言がないんだ。きみか、きみのおばあさんか、ジェマイマが密告しなければね」

「ジェマイマとわたしは絶対にそんなことはしないわ」レティはきっぱり言い、ジャックは心を打たれた。「でも、おばあさまもそうだとは言いきれないわ」

「ぼくは好かれていないからな」彼は投げやりに言った。「そのわけもわかっている」

レティは首を横に振った。「あなたが思うような人ではないわ、ジャック。ただ、わたしを守りたいだけで、傲慢《ごうまん》な人ではないの。ジェマイマを受け入れたときのことを思い出して。おばあさまはジェマイマを愛しているわ、ロバートの愛する人だから」

ジャックは幸福と絶望を同時に感じた。「ふたりの場合とは違うよ」彼は言った。その言葉が正しいことはレティもわかっていた。

音楽が始まり、ふたりは踊りだした。ポロネーズがはじめてのジャックはまったく動きがわからず、レティが笑いをこらえながら手取り足取りして教えた。

「そうじゃなく、左にまわって。今度は右よ。右手をわたしとつないで」

レティはあきらめて彼に寄りかかると、脇腹《わき》を押さえて笑いをこらえていたが、とうとう吹き出した。

「ああ、ジャック、あなたにはちょっと」

「無理だよね」彼は苦々しげに言った。

レティは笑うのをやめた。ふたりは見つめ合った。

「今日は別れを言いに来たんだ」ジャックが切り出した。

レティは唇をかんで目を見開いた。「じゃあ、もう会わないつもり？」

「ああ、そうだ」

「簡単にはいかないわよ。あなたの妹がわたしのいとこと結婚しているのだから」

「まあね」

レティはジャックから少し離れた。「これから中に入って、わたしたちは婚約したと発表することもできるわ」

ジャックは心臓が飛び出しそうだった。この勇敢な恋人ならやりかねない。社会や階級や、常識でさえもレティを止められないだろう。

彼はひそかな望みと無力感を押しとどめ、自然な口調で言った。「頼むからやめてくれ」

「いやなの?」レティは眉をつり上げ、はっきり言った。「わたしと結婚したくないの?」

ジャックはかすかに首を横に振った。彼女の言葉を認めたのではなく、結婚できる状況ではないと言いたかったのだ。「レティ」

「質問に答えて、ミスター・ジュエル。わたしから男性にプロポーズするなんてめったにないことだから、結果をしっかり聞く必要があるの」

ジャックは月明かりの下で銀色に浮かび上がるレティの顔を見つめた。

「きみを愛している。だけど、結婚はできない」

結局、それが妥当な答えだとジャックは思った。レティは大きく目を見開き、涙を流しながらも微笑んでいる。ジャックはもっと何か言おうと口を開きかけたが、レティが手袋をはめた手を彼の口に当てた。

「何も言わないで。わたしから男性にキスをするのはめったにないことよ」

彼女は爪先立ってジャックの唇にキスをした。


ジェマイマはマーリン公爵と踊っていた。彼はとてもダンスがうまいので楽しかった反面、まだ少し怖くて緊張した。音楽の話題になり、ジェマイマはデラバルに音楽室を作る計画や、村の学校で音楽を教えたいと思っていることをおそるおそる話した。公爵はかなり興味を持ったらしく、いくつか細かい質問をした。踊り終わると、ポロネーズを申しこもうと不安そうに近づいてきたバーティにジェマイマを譲った。

「レディ・セルボーンと踊っていただきなさい、バーティ」公爵は機嫌よく言い、いちだんと声を大きくした。「あなたのダンスはすばらしい。夕食前にコティヨンの相手をお願いできますか？」

ジェマイマの社交界での成功を確かなものにしてから、マーリン公爵は会場の隅へ下がり、レディ・マーガリートと話し始めた。

「怖いふたりが、おそろいだ」バーティがジェマイマと踊りの位置に立ちながら言った。「おめでとうと言わせてもらうよ、レディ・セルボーン。ぼくは叔父に気に入ってもらうまでに何年もかかったし、いまだに半人前と思われている」表情が曇った。「たぶん、そのとおりなんだろうが。それはともかく、きみは見事に気に入られたね」

「あなたはいい方です」彼女はやさしく言った。「心配しなくても公爵は真価をよくご存じよ」

バーティは微笑んだ。「きみこそすばらしい女性だ。ぼくもきみのような相手を見つけたい。きみにはお姉さんか妹さんはいないのか？」

「残念ながら、いないわ。ミス・ヴァウスと結婚する気はないの？」

「あの人は陰気なんだ。ぼくにはしっかりした女性が必要だと思う」

「ミス・セルボーンはどう？」

バーティは身震いした。「遠慮するよ。彼女はいつも不機嫌だ」

ジェマイマはオーガスタを見て、バーティの言葉に納得した。オーガスタは結婚相手にふさわしい男性も交えた数人のグループの中にいながら、会場の反対側でロブと語らうクロリンダ・ヴァウスをにらんでいる。オーガスタが本当はロブと結婚したかったのか、あるいは自分より若くてきれいなレディへの嫉妬《しっと》からなのか。レティの言葉から考えれば、嫉妬にちがいない。気の毒に、とジェマイマは思った。あんなにきつい顔をしていては、本来持っているオーガスタの美しさも台なしになってしまう。

舞踏会は盛況だった。夕食のための中休みも終わり、招待客はみな大いに楽しんでいるようだ。ジェマイマはすでにロブと四回踊り、レディ・マーガリートの不興を買ってしまった。常識がなさすぎるとたしなめられたのだ。そう言いながらも彼女の目は輝いていた。

バーティは断りを入れて次の相手を探しに行ったが、ジェマイマはその場を動かず、ロブを目で追った。今夜のような状況で彼を観察するのははじめてだ。気品があり、ハンサムで、とても優雅に見える。

ジェマイマは立ちつくした。目の前で踊る人々がかすんでいく。

〝信頼と、誠意と、愛のすべてがほしい〟

彼女は信頼と誠意だけでなく、遺言条件に反しないところで精いっぱい情熱も与えた。もっとも、禁欲に対する考えは日ごとにあいまいになってきている。でも、信頼と情熱だけでは足りない。ロブはわたしのすべてを望んでいる。

〝きみはいつも何かを隠している〟と彼は言った。

ジェマイマの胸に愛と欲望がこみ上げ、体が震えた。これまで少しずつ恐怖心を取り除いてきた。素直な愛を信じることをためらわせてきた癖も、欲望に対する不信感も。今ではロブへの深い愛を認めるのに長い時間をかけたことを愚かにさえ思う。彼を心から愛しているからだ。

すぐそばのカーテンが揺れ、レティが舞踏会場に入ってきた。顔を紅潮させてとても美しく見える。

レティは少し驚いたようだった。

「まあ、ジェマイマ。外にいたの？」

「いいえ」彼女は頭の中の思いを振り払って言った。

「わたしはずっとここにいたわ」

「ロブを見ながらね」レティは瞳を輝かせた。「彼を愛しているんでしょう？」

「ええ。遅ればせながら、今気づいたの」

レティは舞踏会場をちらっと見て、眉をひそめた。

「オーガスタが何かたくらんでいるわ。あの顔つき、間違いないわ」

ジェマイマも目を向けた。オーガスタはまだ数人の取り巻きといっしょだったが、ジェマイマの視線に気づくと、かすかに微笑んだ。彼女の勝ち誇った口調に会場の空気が凍りついた。

「たかが煙突掃除人の娘が、セルボーン伯爵夫人ですってよ」

ジェマイマは息をのんだ。

「まさか」レティがつぶやいた。「ばかなことを。無駄なのに」彼女はジェマイマを見て、なぐさめるように腕に手を添えた。「オーガスタはあなたの信用をおとしめるつもりよ。でも、おばあさまが応援していることも、マーリン公爵とのかかわりもまったく知らないんだわ。恥をかくのは自分なのに」

ジェマイマは深く息をつき、気を落ち着けようとした。レティの言葉どおりでありますようにと願った。一、二分もすればわたしかオーガスタかが社交界で困った立場に立たされるのだ。

オーガスタの取り巻きは衝撃を受けたようだ。だが、彼女が陰口をたたいたことに対してか、その内容に対してかは定かでない。彼らの口からまたたく間に話は会場に広まっていく。人々が振り向き始めた。遠くでファーディがロブの袖《そで》をつかみ、あわてて彼の耳元で何かささやくのが見えた。ロブが会場を横切ってくる。オーガスタの声が響いた。

「あの人は結婚式のダンスのために雇われてロバートと出会ったの。ほら、世の男性はとかく……どうりで卑しいところがあると思ったわ」

ロブがジェマイマの横に立ち、しっかりと手を握った。目は怒りに燃えていたが、まずジェマイマに微笑んで安心させてから、いとこに振り向いた。

「オーガスタ、きみの言葉で恥ずかしい思いをするのはきみ自身だぞ」彼は穏やかに言った。「ジェマイマほどセルボーン伯爵夫人の座にふさわしい女性はいない。ぼくは妻にしたことを誇りに思っている」

ジェマイマは泣きそうになった。ロブの指に指をからませ、涙にかすむ目で微笑みかけた。こんなに大勢の人の前で愛を宣言するなんて。

レディ・マーガリートもマーリン公爵との会話を中断し、険悪な表情でオーガスタを見つめている。オーガスタは少しひるんだ。会場は静まり返った。

「わたしも孫息子の感動的な言葉に賛同させてもらいますよ、ミス・セルボーン」レディ・マーガリートが冷たい目を向けて言うと、オーガスタはあとずさりした。「ジェマイマはセルボーン伯爵夫人の地位にふさわしい女性です。生まれや育ちなどわたしは気にしません。あなたが石鹸《せっけん》工場主の孫娘であっても気にしないのと同じです」

くすくす笑う声がした。オーガスタは真っ赤になった。「同じではありません。わたしの祖父は工場を五つも持っていたんですもの」

「おや、まあ」レディ・マーガリートは言った。「それがあなたにとって重要だとは、残念ね。わたしが大事に思うのは孫たちの幸せな姿を見ることだけなのに」彼女はロブとジェマイマを振り向き、手でさした。「このふたりは明らかに幸せそうだから、わたしも満足していますよ」

パーティは最悪の事態を防ぐために、オーガスタを連れ出そうとした。しかしオーガスタはまるで根が生えたかのように動かず、震えながらジェマイマを指さした。

「もしもすでに曾孫《ひまご》がいると知ったら、満足してもいられないでしょう。しかもその父親がセルボーン伯爵でないとしたら。ここからそう遠くないところにレディ・セルボーンにそっくりな子がいます。その事実こそ、新しい伯爵夫人についてみんなが知りたいことを物語っていると思うわ」

会場が異様な静寂に包まれた。恐怖におののく静けさだ。オーガスタの話は悪意のある噂《うわさ》話ではすまされない。あまりに露骨で衝撃的な告発だった。

レティが息をのむのが聞こえた。ジェマイマは脚が震えた。すぐにロブが支えてくれた。彼も激怒している。それがわかって、彼女は気持ちが和らいだ。

「口を慎め、オーガスタ。何も知らないくせに。テイリー・アストリーはジェマイマの娘ではない。中傷すればきみの体面が傷つくだけだ」

開け放たれている窓のカーテンがかすかに揺れ、会場に入ってきた者がいた。

「セルボーン伯爵の話は本当ですよ、マダム」ジャックがオーガスタに近づきながら軽蔑《けいべつ》するような視線を向けた。「あなたは完全に誤解しています。テイリーはぼくの娘だ。妹の子ではない」彼はロブに近寄り、手を差し出した。「今日は人を賛美する日らしいな」彼はにやりと笑った。「だったら、ぼくも言わせてもらおう。きみが義理の弟になってうれしいよ、セルボーン卿《きよう》」

ジェマイマはロブがジャックの手を取り、心をこめて握手するのを見て目をしばたたいた。「ぼくこそ、きみに会えてよかった、ジュエル。本当によかった」ロブもにやりとした。「ダンスをするために、このパーティに来たのか?」

ジャックはレティを振り向き、優雅にお辞儀をした。「こんばんは、ミス・エクストン。到着が遅れて申しわけありません。誕生日のお祝いを申し上げます」

レティはひざを曲げてお辞儀し、輝くばかりの笑顔を見せた。「また会えるとは思いませんでしたわ、ミスター・ジュエル。ようこそ」

彼女の差し出した手を、ジャックは握った。二度と離したくないように見える。客人たちは、さらに劇的なことが起きるのを予想して、じっと立っていた。ロブは妻に微笑んだあと、レティとジャックを祖母のほうへ導いた。ジェマイマは固唾《かたず》をのんだ。

「おばあさま」ロブはよく通る声で言った。「ミスター・ジュエルをお忘れになりませんように」

ジャックはお辞儀した。「お久しぶりです」

「お元気そうね」レディ・マーガリートのそっけない口調に温かみが感じられ、青い目に一瞬笑みが浮かんだようだ、とジェマイマは思った。ふたたびロブを見ると、彼も微笑んでいる。

いとこから勇気をもらったレティは前に進み出て、ジャックをマーリン公爵に引き合わせた。「ミスター・ジュエルを紹介させていただけますか？」

マーリン公爵は背をかがめ、レティの頬にキスをした。「きみの誕生日なのだから、なんでも好きなようにしたらいい。ミスター・ジュエル」公爵は手を差し出した。「きみとまた近づきになれてうれしい。ミス・ティリーの後見人として」彼はオーガスタを威圧するようににらんだ。「いつでも喜んできみに会おう」

客人たちのささやき声が張りつめた静寂を破ったが、レティがオーガスタを振り向くとまたぴたっと静まり返った。

「こちらはミス・オーガスタ・セルボーン」レティははっきり言った。「この人を好きな方はいらっしゃらないでしょうね」従僕を手招きし、お盆から赤ワインのグラスを取った。「オーガスタは四年前、わたしの社交界デビューを台なしにしました」彼女は落ち着いた声で会場じゅうに届くように続けた。「そして今夜は誕生日をめちゃくちゃにしようとした。でも、うれしいことに、成功しなかったわね」そこでかつての学友に笑顔を向けた。「あなたは今すぐ家に帰ったほうがいいわ。赤ワインの染みは取れないのよ」そう言うと、オーガスタの美しく髪を結った頭にワインを浴びせかけた。「わたしはいつもおばあさまに叱《しか》られているの、礼儀作法を知らないって」

最後の馬車がスワンパークの門を出たのは夜が明けて朝食もすんだあとだった。ロブはジェマイマを捜し始めた。できればずっとそばに置きたかったが、人気の的になったため、ダンスの相手を申しこむ紳士たちに譲らざるをえなかったのだ。ジャックとマーリン公爵夫妻とともに朝食をとる姿を見たのを最後に彼女は消えてしまった。ロブはあちこち捜したあげく、小塔にあるふたりの寝室に向かった。

バルコニーに通じる窓が開けっぱなしで、カーテンが風に揺れている。室内は空っぽだ。ロブは震えを抑えてバルコニーに足を踏み出した。かなりの広さはあったが、高いところの苦手な彼は壁伝いにそろそろと進んだ。手すりより上も、はるか下の地面も決して見なかった。屋上に上る石段のある角に着いたときには冷や汗をかいていた。

「ジェマイマ?」声が震えているのがわかった。その声が胸壁の上を吹き抜ける風にさらわれる。ロブはうっかり下を見て、気分が悪くなった。

「ロブ? わたしならここよ」

ジェマイマが屋根を上ることぐらい予想できたはずだ。まず煙突、今度は屋根。ロブはたじろいだ。妻を愛しているし、何物にも代えがたいと思うが、彼女の気晴らしにはときどきぞっとする。

彼はジェマイマの姿を見ようと上を見た。それも間違いだった。夜明けの光でほのかにピンク色に染まった白雲が薄青い空に浮かんでいる。みやまがらすの鳴き交わす声が、まるでロブの落下を待つかのように不吉に聞こえる。バルコニー全体が傾いて回転し始め、彼は目を閉じた。

「ジェマイマ」今度は慎重に言った。「下りてきてくれないか？」

「上っていらっしゃいよ」彼女は無邪気に誘った。

ジェマイマの姿は見えていた。足と足首、それに緑色の舞踏会用ドレスのすそも。ロブはなんとかもっとよく見ようと目だけを動かし、シルクのストッキングをちらっととらえた。おかげでめまいを忘れかけた。

「ぼくは行けない」彼は石段のいちばん下まで手探りで進み、必死で足を踏ん張った。「頼むから下りてきてくれ」

「でも、ここから眺める景色は本当にすてきよ」胸壁の端にいるジェマイマの、泡のように白いペチコートが見えた。彼女はロブの頭の真上に座っている。彼はうめき声をあげた。

「ジェマイマ、きみのせいで気分が悪くなった。ぼくは高所恐怖症なんだ」

少し間があった。ロブがふたたび目を開けると、彼女が身を乗り出してこちらを見下ろしていた。緑色のビロードのドレスの胸元が丸見えで、豊かな胸が今にもボディスからこぼれ落ちそうだ。ロブは大きく息をした。

「よし。上っていこう」

「だめよ、ロブ。そこにいて！」ジェマイマはあわてて叫んだ。「高いところが怖いなら、無理をしないで。目がくらんで、落ちるかもしれないわ」

「ご忠告、ありがとう」ロブは歯ぎしりしながら言った。そして手すりを握り締め、垂直な壁から目をそらしたまま石段を上り始めた。上まで何段あるのだろう？　十段？　十二段？　百段にも思える。やがてジェマイマに手首をつかまれて引き上げられ、屋上に立った。嵐《あらし》の海に投げ出されたような気分だ。焦点を合わそうとしたとき、はるか下の地面が目に入り、彼は自嘲《じちょう》気味に笑った。見なければよかった。

「こっちに来て座って」ジェマイマは心配そうに彼に腕をまわし、煙突の突き出た一角に連れていった。「ここなら壁があるから、落ち着けるわ。どうして上ってきたの？　わたしが下りていくのはわかっていたでしょう」

ロブは傾斜のついた屋根に座りこみ、壁の隅に身を寄せた。肩に当たる固い煙突が安心感を与えてくれる。それに、ここからは地面も見えない。

「ときには恐怖に立ち向かうこともあるんだよ」彼は煉瓦《れんが》の煙突にもたれかかった。

ジェマイマは隣に座った。

「こういうきれいなドレスで上るべきではなかったわね。空気がさわやかでお天気もいいから、景色を眺めたかったの」

ロブはまた身震いして目を閉じた。

「あなたは勇敢だったわ、ロブ」彼女は穏やかに続けた。「上がってみればいい気分でしょう？」

「いや、ひどいもんだ」ロブは目を開け、ジェマイマを見た。「何か話をしてくれ。気がまぎれる」

「舞踏会は楽しかったわね」彼女は微笑みながら言った。「それに波乱がいっぱい」くすくす笑った。

「レティがオーガスタにワインをかけたときは、みんなが拍手喝采《かっさい》するかと思ったわ」

「レティはあの瞬間をずっと待っていたんだ」ロブは顔をしかめた。「同じ学校にいたころからオーガスタのせいでみじめだったからね。運がよければ、ぼくたちは今後あまりオーガスタと会わずにすむだろう」

「おばあさまもすばらしかったわ。本当に威厳がおありで。マーリン公爵もオーガスタを見下していたわ。最高よ」彼女は真顔になった。「ごめんなさい、ロブ。オーガスタはあなたのいとこなのに」

彼は肩をすくめた。「ぼくにはまだ祖母とレティがいる。それに、このぶんだとジャックも」

「ええ」ジェマイマの笑みが消えた。「ジャックが入ってきたときには驚かなかった? 絶妙の現れ方だったわ」

「確かに目立ちたがりのようだな」彼は苦笑した。

ジェマイマはロブの肩に頭をもたせかけた。「あなたには感謝することがたくさんあるわ」彼女はささやくように言った。「ジャックと友人のように挨《あい》拶《さつ》し、みんなの前でおばあさまに紹介してくれて」

「せめてもの恩返しだ」ロブはしみじみと言った。

「きみにはずいぶん助けてもらったからね」


ジェマイマが少し動くと髪がロブの頬をかすめた。やわらかく、甘い香りがした。

「ジャックがティリーのことを話したとき、レティにはもう打ち明けていたのだとわかって驚いたわ。五、六回しか会っていないはずなのに、大事な問題はすべてもうふたりのあいだで解決したようね」

「一度会っただけで解決できるときもある」ロブはやさしく言って微笑んだ。「しかし、レティはこれから彼をめぐって闘う覚悟が必要になるだろう。舞踏会に来たレディの半分はジャックと踊りたがっていた。彼のどこに惹《ひ》かれるんだろう?」

「ジャックは不良よ」ジェマイマは言った。「レディは危険な雰囲気に弱いものなの」

「だが、レティは彼と結婚してこそ安全だろう」

「そのとおりだと思うわ。でも」ジェマイマは眉をひそめた。「ジャックはレティを愛していて、たぶんレティも彼を愛しているけれど、結婚は無理ではないない？ ジャックは職人で、金持ちでもない。身分もレティよりはるかに下よ。おばあさまが同意なさるとは思えないの」

「それもじきにわかるさ」ロブはジェマイマに腕をまわすと、彼女はいっそう身を寄せた。「祖母は今夜、ジャックに温かく接していたようだ。それに彼の正体を明かさなかっただろう？」

ジェマイマはロブを見つめた。「ジャックを追いはぎだと言わなかったこと？ たぶんご存じじゃなかったのね」

「知っていたよ」ロブは笑った。「数日前の夜、追いはぎは彼だとぼくに言った。きみを調べたことも打ち明けてくれた。ぼくがなれそめを話したときには、もう知っていたんだ。きみのすべてをね」

ジェマイマは口をすぼめた。「じゃあ、あれはレディ・マーガリートだったのね。妙だと思ったわ」

「何が？」

「もともとジャックがここに来たのは、だれかがわたしのことをききまわっているると注意するためだったの。だれかと思ったけれど」ジェマイマはため息をついた。「おばあさまはすべてを知りながら、何もおっしゃらなかったのね」

「今夜言ったことはきっと真実だろう。あの日ぼくに、きみを愛しているかどうかをたずね、ぼくが愛していると答えると、それが何より大切だと言ったんだ」

ロブはジェマイマに頬ずりした。彼女の頬は風にさらされて冷たくなっていた。彼女に腕をまわし、体を寄せ合ってこうして座っていることが、ロブには最高の幸せに思えた。

「ハリー・ネイラーの事件が結局殺人じゃなかったのは聞いた？」ジェマイマは言った。「ジャックがゆうべ、話してくれたの」

「聞いたよ」ロブは彼女の髪にキスをした。「本当によかった」

「ジャックは本当に運がいいわ。警察に出頭したのに、犯罪そのものが存在しなかったんですもの」ジェマイマはため息をついた。「ファーディのことは、どうするつもりなの？」

ロブの表情が曇った。決めかねているのだ。「わからない。考えなければならないが、今はまだ」彼は微笑んだ。「朝は新たな始まりのためにあるものだ」

ジェマイマは静かに言った。「そうだわ、あなたに言っていないことがあるの」ロブが身を硬くした。ジェマイマはまた少し近づき、やわらかな体を押しつけた。「悪いことではないの。さっき、感謝することがたくさんあると言ったでしょう」彼女はためらった。「今夜、あなたがすぐにかばってくれたとき」彼女は言葉を切り、唇をかんだ。「泣きそうになったわ。わたしはあなたへの愛に気づいたばかりだったから。そうしたら、あなたがみんなの前でわたしへの愛を示してくれたんですもの」

ロブは喜びで胸がいっぱいになり、わき上がるいとしさのあまり、彼女が息もできないほど抱き締めた。そのあと腕の力をゆるめ、彼女の顔を見た。

「では、ぼくを愛しているのか？　ああ、ジェマイマ、きみのその言葉をどれほど待っていたか」

ジェマイマは微笑んだ。「こんなに待たせて、ごめんなさい。よくがまんしてくださったわね」

ロブは自分ががまん強いとは少しも思わない。実際、もっと耐えなければならないとしたら、満たされない愛のせいで死んでいただろう。彼はふたりが新たに見つけた幸せを確かめながら、愛情と欲望とやさしさのこもったキスをして、彼女を離した。

「ぼくのためにしてもらいたいことがあるんだが」

ジェマイマは目を見開いた。「なあに？」

「階段を下りるのに手を貸してくれないか？」

19

寝室に戻ったとき、ロブはぶるぶる震えていた。ジェマイマも不安のあまり彼と同様、青ざめていた。

「屋根になんか上るからいけないのよ」ジェマイマは叱《しか》りながらロブをベッドに寝かせ、震えが止まらない彼の手を握り締めた。「あなたがこれほどひどい高所恐怖症だとは思わなかったわ。言ってくれれば……」

ロブはじっと横になり、めまいがおさまるのと呼吸が落ち着くのを待った。「すぐに治るよ。気にしないでくれ」彼は目を開け、ジェマイマに微笑《ほほえ》んだ。引き締まった小さな顔が心配そうに彼を見ている。ジェマイマは彼の手を握り締めたまま、もう一方の手で頬をなでた。いい気持ちだ。ロブは小さくため息をついた。

「ジェマイマ」

「なあに？」

「上着を脱がしてくれないか？　そうすれば呼吸が楽になると思うのだが」

ロブがやっと体を起こすと、ジェマイマは手を貸して上着を脱がした。彼女はすばらしい。彼はまた小さく息をついて横になった。その額にジェマイマはそっとキスをした。彼女は薔薇《ばら》水と蜂蜜《はちみち》を混ぜたような甘い香りがする。おまけに身を乗り出して熱い額をさすってくれるので、緑色のドレスの襟ぐりから豊かな胸が見える。ロブは深い感動のため息をついた。体がほてり、シャツやズボンがきつくなった気がする。

「ほかに何をしてあげたらいい？」

ロブの頭にいくつかの考えが浮かんだ。彼は弱々しく微笑んだ。

「実は、幅広のネクタイ《クラヴァット》が苦しくてたまらない。それにベストも」

ベストは簡単に脱がせられたが、クラヴァットは厄介だった。とても複雑に結んであるので、どうやっても結び目を増やしてしまいそうだ。ジェマイマが細い指先で懸命に引いたりねじったりするのをロブはじれったい思いで耐えていた。ついに彼女はいらいらしてため息をついた。

「ティルバリーを呼ぶしかないわね」

「いや」ロブは彼女の手首をつかんだ。「あの男は眠りにつくころだ。きみがここに来ればもっと楽にほどけるんじゃないかな」彼は自分の寝ているベッドの上をたたいた。

紫がかった青い瞳がロブをしばし見つめた。真のねらいを見抜いたらしい。彼は笑いをかみ殺し、そしらぬふりをした。

「それよりいい方法があるわ」ジェマイマは元気よく言うと、ロブに息つく間も与えずベッドに飛び乗り、彼の上にまたがった。ビロードのスカートがふわりとベッドいっぱいに広がった。

「おい、ジェマイマ」ロブは起き上がろうとしたが、押し戻された。

「だめよ、おとなしく寝ていなければ。ひどいショックを受けたのだから」

「ああ、だが」ロブはもがいたが、動けないように彼女が太腿で締めつけている。それを感じたとたんに体が反応した。ひざ丈のズボンが小さくなった気がする。

「何をするつもりだ?」彼はうめいた。

「こうするほうがクラヴァットをほどきやすいと思ったの」ジェマイマは息をはずませている。「動かないで、ロブ。でないとうまくほどけないわ」

「きみの脚にこれほど力があるとは思わなかった」

ロブはうつろに言った。みだらな妄想がわいてきた。

「何年も煙突に上ったおかげよ」ジェマイマはそっけなく言った。「あと、もう少し」

彼女は平然とロブにおおいかぶさり、クラヴァットの結び目を解き始めた。美しいビロードのドレスが衣《きぬ》ずれの音をたて、襟元が揺れた。そこからのぞく胸のふくらみは今にもはちきれんばかりだ。ロブは五秒ほど精神的拷問に耐えたところで怒声を発し、クラヴァットをはぎ取って床に放《ほう》ると、妻の腰をつかんでベッドに押し倒した。

「わざとやったな」

ジェマイマはくすくす笑った。「ごめんなさい。懲らしめようと思ったのよ、わざと苦しそうにするんですもの」

「今は本当に苦しい」ロブは彼女を引き寄せ、いきなり唇を奪った。荒々しい情熱的なキスは彼女を完全に黙らせた。

やがて唇を離し、彼女があえぎながら言った。

「ロブ、遺言を忘れないで」

ロブは首を横に振った。胸の中で怒りといとしさが交錯している。

「忘れてはいない。だが、もうどうでもよくなった」

ジェマイマは目を見開いた。思わず口元をゆるめると、彼がこらえきれずにまたキスをした。彼女はあとずさった。

「いけないわ。あとほんの六週間じゃない。遺産をもらうために今まで辛抱してきたというのに」

「そうだ。しかし、もう待てない」

ロブはジェマイマの髪からダイヤモンドのついたピンを抜き取った。彼女は抗議のうめき声をあげた。ベッドの脇《わき》のテーブルに、ピンが一本、また一本と置かれていく。彼女の髪がはらりと肩に落ちた。

「だめよ、ロブ。お金をなくしたら元も子もないロブは彼女の手を止め、猛然とキスをした。「きみが冷淡なのは許してやろう。ただし、あとで借りは返してもらうよ」彼はドレスの前を開いてシュミーズとペチコートをあらわにし、胸に顔を近づけた。

「デラバルのことは」彼はくぐもった声で言った。「きみに間違いを指摘されるまで、ぼくは何かに取りつかれたようになっていた。これからはきみを一番に考える」

彼はジェマイマの胸の谷間に唇を当てた。胸の先端を指でそっと触れると、硬くなっているのが木綿地の上からでもわかった。

「ロブ」彼女はあえいだ。「お願いよ、考え直して」

「もう遅い。決めたのだ」ロブはため息をついた。

「このドレスはどうやって脱がせばいいんだ？」

なかなか脱がせられなかったものの、楽しみながらの奮闘は、ドレスがくしゃくしゃになって床に落ちたとき、本物の喜びに変わった。ジェマイマは束わ」

「そう思うのは大きな間違いだよ」ロブはつややかな髪をやさしくなでたあと、強引に彼女を引き寄せ、真っ白なのどにキスをした。激しい欲望の波が押し寄せた。ジェマイマは美しく輝いている。彼女はぼくのものであり、ぼくを愛している。大切なのはそのことだけだ。

ロブは彼女の首筋に唇をはわせ、耳たぶを軽くかんだ。ジェマイマはまたうめいたが、すでにうわの空だった。

「ロブ」

彼はドレスの前の小さなボタンをはずし始めた。

「愛する妻を抱きたいが、それ以上に金がほしいなどと言えるのは、いったいどんな男なのだ？」

「現実的な人よ」ジェマイマは受け流し、彼の手を払いのけようとした。「デラバルのために必死でやってきたのに。苦労を水の泡にしないで」

縛から解放され、深い息をついて両腕を大きく広げた。そのとたん、ロブがシュミーズを腰まで引き下げ、胸の先端を口に含んだ。なめらかな舌の感触にジェマイマはうっとりし、体を弓なりにそらした。ロブは彼女のウエストを両手で抱いてキスを楽しみ、彼女も楽しんだ。ロブは唇で胸を愛撫《あいぶ》しながら、おなかに手をはわせた。ジェマイマはもだえた。彼がほしい。張りのある肌や、たくましい筋肉に触れたい。慎みも遠慮も吹き飛んでしまった。ジェマイマは荒々しくロブのシャツを脱がして部屋の隅に放り、鬱積《うっせき》した欲望のすべてをこめて彼を引き寄せた。

ついに素肌が触れ合い、ふたりは震えた。温かく、心地よく、しなやかで。ふたたび唇を重ね、舌をからませたとき、ジェマイマは全身が熱く燃えた。

やがてロブは、床に散乱した衣類の上に無造作にブーツを放り投げ、ジェマイマのシュミーズを脱がして脇へ押しやった。彼もひざ丈のズボンを脱いだ。ジェマイマはこみ上げる愛と欲望にとけてしまいそうだった。彼が飢えたようなまなざしで見つめているのに気づき、はっとした。

彼女は仰向けになり、両腕を差し出した。

「今ならまだ、わたしを無視して四万ポンド受け取れるわよ」

ロブはためらいもしなかった。ジェマイマを引き寄せ、おなかから腰を愛撫しながら体を重ねた。彼女も負けないくらい情熱的に応じた。

彼がジェマイマの顔にかかったほつれ毛をやさしく払って、汗ばんだ首筋に唇をはわせると、彼女の体がぴくっと跳ねた。

「百万ポンドにも代えられないよ」彼はささやき、ジェマイマが伸ばした手をきつく握った。彼女は満ち足りた思いをかみ締めながら、至福のひとときに酔いしれた。

「ロブ、わたし、ずっと考えていたの」その日の夕方、階段を上りながらジェマイマが言った。「四万ポンドのことを」

ロブは眉を上げた。「そのことを話し合うなら、もっと人目につかないところへ行かないか?」

「いいえ」ジェマイマはショールの縁飾りをもてあそんだ。「それはまずいでしょう。この先二、三週間はふたりきりになるのを避けるべきだと思うの。そうすればまた元のようになれるわ」

ロブは彼女を一瞥《いちべつ》した。「ぼくはそうは思わない」

彼はそっけなく言った。「今朝の出来事に対するふたりの記憶が根本的に変わらないかぎりはね」

ジェマイマは赤面した。「ええ……いいえ、わたしが言いたいのは、今からでも遺言条件を守れば、一度の小さな過ちは許されるかもしれないということよ」

ロブは笑いだした。「一度の小さな過ち? よくそんな言い方ができるな。ぼくたちは三度、愛し合い――」

「しっ」ジェマイマはうしろを振り返った。「人に聞かれたら困るから寝室に入って」

ドアを閉めたあとロブは続けた。「だれの許しを得るというのだ? チャーチワードか? 今朝の出来事を話したら彼は恥ずかしがって卒倒するぞ」

「たぶん、あなたの良心に任されていると思ったけど」ジェマイマはショールを椅子の上に置いた。そして鏡台の前に行き、鏡に映るロブの顔を見ながらヘアピンをはずし始めた。「わたしたちふたりしか知らないのだから、あなたがどう言おうとチャーチワードは認めるはずだわ」

ロブも彼女を見ていた。彼はベッドに仰向けになり、頭のうしろで手を組んだ。「きみがぼくの立場だったらどうする?」

ジェマイマは手を止め、一瞬、ためらってから言った。「真実を話すでしょうね」

「それなのにぼくには嘘《うそ》をつけと？」

ジェマイマは丸い椅子に座ったまま振り向いた。

「いいえ、違うの。ただ、あなたがデラバルをどれほど愛しているか、そして復興の資金をどれほど必要かもわかっているからよ」彼女はため息をつき、肩を落とした。「そうね、わたしが浅はかだったわ。遺言条件は守れなかったとチャーチワードに言ってほしいわ」

ロブが手を差し出し、彼女は隣に腰を下ろした。彼はジェマイマの指に指をからませた。

「納得できない理由がもうひとつある」ロブは穏やかに言った。「ぼくは今朝、とても楽しかった。どうせ条件を破ったのだから、この先もできるだけ楽しむつもりさ」

「ロブ」ジェマイマはわざとあきれたように言った。それから微笑み、彼の手の甲に指をはわせた。

ロブは少し体を起こし、彼女のドレスについている銀線細工の留め金をはずし始めた。

「ドアの鍵《かぎ》を閉めておいで」

「まあ」ジェマイマは驚くと同時に胸をときめかせた。鍵をかけて戻ると、ロブはまだベッドに横たわったまま、瞳を輝かせて彼女を見た。

「まだ日が暮れたばかりで……」彼女は言いかけた。

ロブは微笑んだ。「だから時間はたっぷりある。ひと晩じゅう、眠らせないぞ」

ジェマイマは目を見開いた。甘美なけだるさで体がほてった。「まさか、本気ではないでしょう」

「いや、ひと晩じゅうだ」ロブはくり返し、袖口《そで》のボタンをはずし始めた。

20

「だましていてごめんなさい」数日後、ジェマイマといっしょにデラバルの植えこみのあいだを歩きながらレティが言った。ブーツの下で枯れ葉がかさこそ音をたてた。「わたしが間違っていたわ」

ジェマイマは微笑《ほほえ》んだ。「ジャックを好きなのは知っていたけれど、そこまで真剣だったとは意外だわ。許してね、レティ。ただ彼がハンサムだから惹《ひ》かれたのかと思って」

「ええ、確かにそうね」レティの頬にえくぼができた。「でも、それだけじゃないの」

「ジャックもあなたを愛しているわ。初対面のときからだそうよ。ひと目で好きになるなんてことがあるのかしらねえ」

「あなたも同じでしょう?」レティが冷やかした。「はじめてロバートを見たとき、どう思った?」

ジェマイマは眉を上げた。「ぼうっとして、くらくらして、めまいがして」

「ほら、ごらんなさい。だったら」レティは満足して言った。「今は?」

ジェマイマの笑みが広がった。「ぼうっとして、くらくらして、めまいがして。認めるわ、ようやくロブを愛していることに気づいたの」

レティは笑った。

「レディ・マーガリートは結婚を許してくださるかしら?」ジェマイマはおそるおそるきいた。

レティは心配そうな顔になった。「たぶんね。舞踏会の夜ジャックに温かく接していたし、あれ以来訪ねてくるのも許しているわ。おばあさまは昔から、ここぞというときに現れて喜ばせてくれる人が好きなんですって」

ジェマイマの口元が引きつった。確かにジャックはそれをやってのけた。「追いはぎの件は黙っててくださったしね」

「そうよ。この前、彼なら立派な大地主になるだろうとおっしゃったの。たぶんうまくいくと思うわ」

ジェマイマはうなずいた。文盲の煙突掃除人が大地主になるのは容易ではないが、レティはしっかり覚悟していそうだから、きっと乗りきれるだろう。

「ファーディは今日ロンドンに戻るのよ」レティが言った。「オーガスタはいなくなったし、バーティもしばらくマーリンズチェイスに滞在するらしいから。きっと退屈したのね」

ジェマイマはファーディの告白のことを思った。例の日記について彼女はロブと話し合った。ネイラーの事件が解決した以上、今さらファーディを追及したくないとロブは言った。眠っている犬は起こすなというわけだ。ジェマイマも同意した。当時のファーディの苦悩を考えたら、昔の出来事を蒸し返してなんの意味があるだろう?

少しして、ジェマイマがまだファーディに思いをめぐらしているところへ本人が現れた。

「別れを言いに来たんだ」彼は笑みを浮かべて座った。「ふたりとも今朝はずいぶん楽しそうだな。田舎の生活になじめるとは喜ばしいことだ。ぼくは早くロンドンに帰りたくてたまらないよ」

「昼食をいっしょにどうだ?」ロブがきいた。「歓迎するぞ」

ファーディは首を横に振った。「実はきみに話さなければならないことがある。今聞いてもらいたいんだ。レティの舞踏会の前から、いつ切り出そうかと思っていたんだが」彼は席をはずしかけたジェマイマを手で止めた。「いや、いてください、レデイ・セルボーン。きみにも聞いてほしい。証人が必要だから」

ジェマイマとロブは顔を見合わせた。

ファーディはぎこちなく座り直した。顔をこわばらせ、両手を白くなるほどきつく組んでいる。

「実は」ファーディは観念したように話し始めた。「ネイラーと先々代のセルボーン卿《きょう》とぼくにかかわることでね。先々代が死んだとき、引き金を引いたのはぼくなんだ。それを知っているのはほかにネイラーだけだった」口ひげが、悲しみに沈む犬の耳のようにだらりと下がった。「もちろん事故だよ。先々代がつまずいて銃が暴発したとふたりで証言した。だが、つまずいて先々代を撃ったのはこのぼくだ。実の祖父を撃ったんだよ」彼は首を振った。

「自分でも信じられない」

「ふたりとは?」ロブがきいた。

「ハリー・ネイラーとぼくだ」ファーディは答えた。「つまり、こういうことなんだ。ネイラーはあの日、獲物の追い立て役としてついてきた。事故の現場に居合わせたのは彼ひとりだ。ぼくは取り乱していた。事態が信じられず、祖父を起こそうとしたが遅かった。頭の半分は吹っ飛んでいた」彼はジェマイマがひるむのを見た。「ひどいもんだったよ。気づいたときには、駆けつけた連中にネイラーが説明していた。これは事故で、先々代は自分の銃につまずいてころんだのだと。ぼくは何も言わなかった。ショックで口がきけないのだろうとみんなは思ったが、本当はことの重大さにおびえていたのだ。ともかく、ネイラーは嘘《うそ》をつきとおし、ぼく自身もその話を真実だと思いこもうとした」彼は言葉を切った。「なんだ、あまり驚かないようだな、ロブ。大騒ぎになるかと思ったのに」

ロブはゆっくり首を振った。「正直言うと、うすうす感じていたんだ。当時、祖父の不注意にしては弾の進入角度がおかしいと父が話すのを耳にした覚えがあってね。噂《うわさ》はすぐに消えたが、ぼくは忘れなかった。最近、ジェマイマが日記を見つけたんだ」

ジェマイマは立ち上がり、机のところへ行った。そして鍵《かぎ》をまわして引き出しを開け、ブリキの箱と煤《すす》けた紙の束を取り出した。ファーディは真っ青になった。彼は震える手を伸ばした。「ぼくの日記だ。ネイラーの手元にあるのかと思った。隠したと彼は言ったのだ」

「隠したんです」ジェマイマは言った。「煙突の中に。たぶん取り出す機会がなかったのでしょう」

ファーディは薄い紙をめくっていった。その紙の上に涙が一滴、落ちた。そしてまた一滴。

「恥ずかしい」彼の声はかすれていた。「ぼくは子猫のように弱い、意気地なしだ。すみません、レディ・セルボーン」

「ああ、ファーディ」ジェマイマは礼儀を無視して彼を抱き締めた。「気にしないで。兄のジャックはいつも言うんですよ、男が泣くのは恥ずかしいことではないと」

「ジャック・ジュエルが泣く？」あまりにも思いがけない言葉に、ファーディの肩の震えが止まった。

「とても想像できない。あれほどがっしりした男が」

「驚くのも無理はないわ」ジェマイマは言った。

「なぜ今まで話さなかったのだ、ファーディ？」ロブが静かにきいた。「なぜ何年も胸にしまいこんでいた？」

「終わったと思ったんだ」ファーディはみじめに言った。「口は災いのもと、と言うだろう？　ネイラーは戦争に行き、伯爵の座はきみの父上が継いだ。すべて丸くおさまったのだと。だが、忘れられなかった」

ロブは首を振った。「やがてネイラーが戻ってきた。そして金をせびった、ぼくの推理に間違いがなければだが。きみはずっと脅迫されていたのか？」

ジェマイマは、あの夜ファーディがネイラーを見て仰天し、口論を始めたとジャックが話したのを思い出した。

「ネイラーは二度と戻らないことになっていた」ファーディの声は苦悩に満ちていた。「かかわりを絶つために、ぼくは金を渡した。支払い能力を超えるほどね。だがあいつにはイベリア半島に骨を埋《うず》めるような殊勝な男ではなかった。帰国して金の無心をするために近づいてきた。途方もない恥知らずだ」

「だがきみは殺さなかった。あれは事故だったとボーマリス牧師が話したらしいね」

「ぼくは殺していない。ただ、犯人には感謝していた。ところが事故だと判明した。残念だよ、実際」

彼はがっくり肩を落とした。「もう限界だった。きみに打ち明けずにはいられなかった。もっと前に話すべきだった。だが今、やっと決心がついたんだ」

ジェマイマは彼の手を握り締めた。「あなたは長いあいだ罪の意識にさいなまれていたのね？　でも、おじいさまが亡くなったのも事故だったのよ」

ファーディは感謝をこめて握り返した。「ありがとう。打ち明けてずいぶん楽になったよ」彼はロブに視線を移した。「きみはこの話をだれかに伝える必要があるだろう？　警察に」

ジェマイマとロブは目を合わせた。彼女は黙っていた。

「そんなことをしてもなんの意味もない」ロブはおもむろに言った。「ぼくたちの祖父が死んだという事実は変えられない。きみは長年それを背負ってきた。このままそっとしておくのがいちばんだ」

ファーディは立ち上がった。気の抜けたような、うつろな目をしている。「ありがとう、ロバート。もう行くよ。ごきげんよう、レディ・セルボーン」

彼は丁重にお辞儀した。「いずれまたロンドンでお会いしましょう」

「まさかファーディは自分で馬車を走らせないでしょうね」彼が去ったあとジェマイマが言った。「もしそうなら溝にはまりかねないわ」

「たぶん馬で来たのだろう」ロブはにやりとした。「馬のほうが道をよく知っている」彼はジェマイマを見た。「ぼくの判断は正しかったのだろうか？」

ジェマイマは彼の手を握った。「わからないわ、ロブ。でも、わたしだって同じことをしたでしょうね」

彼女は手を放すとソファまで行き、ファーディが残していった日記を手に取り、夫に渡した。

「これをどうするの？」

ロブは一瞬考えたあと、暖炉に目をやった。

「よく燃えているね？」

「最高の勢いよ」ジェマイマは微笑んだ。「わたしが火をおこしたのだから」

「しかも通気がいい」

「当然です。煙突をきれいに掃除したもの」

ロブは日記を炎の中に放《ほう》り、妻を抱き寄せた。

「これで落着した」

ロンドンを発《た》ったチャーチワードがつらい長旅の末にデラバルに着いたのは十一月五日のことだった。夕暮れが間近なうえに道路は連日の悪天でわだちのついた泥沼となっている。彼は疲れはて、空腹で、たまらなく憂鬱《ゆううつ》だった。

屋敷に近づくと、牧草地に巨大なかがり火が見えた。オレンジ色の炎が薄暗い空を照らし、秋風にあおられて火の粉が舞っている。チャーチワードは眉をつり上げた。セルボーン伯爵夫妻は領地をくまなく整備するのにいやけがさして、焼き払うつもりだろうか。しかし、ガイフォークスの火祭りの夜であることを思い出し、ますます気持ちがふさいだ。かがり火のてっぺんで焼かれるのにもっともふさわしいのは自分かもしれない。だが、ここでしりごみはできない。重大な事実を報告するためにはるばるロンドンから来たのだ。彼は馬車を厩《うまや》のそばにつけるよう御者に命じた。

厩の先の納屋では、セルボーン伯爵夫妻が冬用に蓄えた干し草をふたりで点検していた。最初はそれが目的だった。ふたりはりんご酒でほろ酔い気分になり、腕を組んで厩にやってきたのだ。ロブはこの二、三カ月の労働の成果である干し草の山を誇らしげに見せた。そして、かぐわしい香りとやわらかさをわからせようとジェマイマを抱き上げて干し草の山の中に放り、彼も隣に倒れこんだ。次に起きたことは当然のなりゆきだった。

ふいに丸石敷きの道に馬車の音がした。だれかが大声で呼んでいるのに気づいたジェマイマは、夫の腕からころがり出て納屋の戸口を見つめた。

「ミスター・チャーチワードよ」彼女は声をひそめて言った。「なんの用かしら？　しかもこんな時間に」

「ぼくたちの違反現場を押さえに来たのさ」ロブは笑って立ち上がった。ジェマイマの手を引いて立たせたあと、自分の服についた干し草を払おうとしたが、あきらめ、のろのろと外に出ていった。彼は満面の笑みを浮かべた。

「チャーチワード。来てくれてうれしいよ。ちょうどガイフォークスの祭りの最中だ」

揺らめく炎に照らされて、チャーチワードの顔が引きつるのがわかった。「こんばんは、セルボーン卿、そしてレディ・セルボーン」彼はぎこちなく会釈した。「突然の訪問をお許しください。非常に大事なお知らせがあるのです、おばあさまの遺言に関して」

ジェマイマはロブが顔をしかめるのを見て、もしかするとワインの飲みすぎで状況がよく把握できないのかもしれないと思った。彼女は弁護士の腕を取った。

「どうぞお入りください、お飲み物でもどうぞ。長旅でお疲れでしょう」

だがチャーチワードは話をすませるまでは何ものどを通りそうになかった。伯爵夫妻のあとから書斎に入ると、ロブに勧められた椅子を断り、絶望的な表情で立ちつくした。ロブとジェマイマは彼が口を開くのを興味深げに待っている。

「申しわけありません」チャーチワードは鞄《かばん》から書類を出し、途方に暮れた様子で差し出した。「これをお渡しするために大急ぎでまいりました。わたしは」彼は言葉を切った。「わたしはいっそ破棄しようかとも考えました。受け取らなかったことにしようかと。しかし」彼は首を振った。「いざとなると、不正を働くことはどうしてもできませんでした」

尋常ではない告白に、ロブとジェマイマは顔を見合わせた。正直者の弁護士がそういう不実な行為をするとは想像もできない。

ロブは書類を受け取り、広げたとたんに顔を上げた。「祖母の遺書ではないか、チャーチワード。ここにある条件についてはすでに――」

「どうか二枚目をお読みください」弁護士は苦しそうに声を出した。

ロブは眉をひそめて読み上げた。「もし孫のロバートが結婚した場合には、当然、結婚の制約がこの禁欲の誓いに優先する。わたしはロバートと花嫁に遺言条件を強要するつもりはなく、結婚を決意した彼の良識に声援を送りたい。最近の若者に軽率な言動がしばしば見られるのは嘆かわしく……」

ロブは読むのをやめた。ジェマイマと目が合った。

「ああ、ロブ」彼女は言った。「二枚目があったなんて」

「どうおわびをしてよいやら」チャーチワードは上着の袖《そで》で眼鏡をふきながら言った。「それが事務所の整理棚のうしろに落ちていて。まあ、今朝になって見つけたわけでして。最初のページで完結したように書かれているうえ、適切な署名もあり、ほかの点でも」彼はつらそうに咳《せき》払いした。「まさか続きがあったとは思いもしませんでした。まったくうかつでした。申しわけありません」彼はまた眼鏡をふいた。「なぜこのような不手際をしたのか」

彼は黙った。セルボーン伯爵も夫人もまったく聞いていない。驚きと愛情のこもった目で見つめ合っている。チャーチワードは邪魔者になった気がした。

「百日だぞ」ロブは顔をしかめた。

「さようです」チャーチワードは言った。

「五十五日よ」ジェマイマはかすかに微笑んだ。

「そんなはずない」

「前に話したでしょう、ロブ。禁欲をどう解釈するかによって――」

「あの」チャーチワードはふたりの顔を順に見て、少し顔を赤らめた。「仲のおよろしいことで。もうこれ以上詳しく説明する必要はなさそうですから、わたしは財産の移転手続きを……」

「ありがとう、チャーチワード」ロブはジェマイマに視線を向けたまま言い、彼女の指にゆっくりと指をからませ、引き寄せた。

「では、これで」チャーチワードはやれやれとばかりに言った。そしてロブの祖母の遺書を鞄に押しこみ、留め金を閉めた。早く退散したくて指が震えた。

「失礼いたします、セルボーン卿、レディ・セルボーン」

「使用人を呼んでお部屋に案内させますわ」ジェマ

イマがロブに抱き締められたまま言った。

「それにはおよびません」チャーチワードはあわてて言った。

ふたりとも返事をしない。チャーチワードがドアを閉めながらちらりと見ると、すでにふたりは熱い抱擁の最中だった。チャーチワードは急いで玄関ホールをめざした。壁にもかがり火を模した松明《たいまつ》が二本揺らめき、牧草地ではまだ明るく燃えさかっている。客間の戸口を通りかかると、情熱的に抱き合うレティとジャックの姿が見えた。

チャーチワードはうろたえて足を速めた。〈スペックルド・ヘン〉に泊まるほうがよさそうだ。今夜はこの屋敷ではとても落ち着いてやすめそうにない。

かがり火のそばでは炎の勢いが特別に激しく見えた。太古の絵画の一場面さながらに黒っぽい人影が跳んだりまわったりしている。レディ・マーガリート・エクストンが片手でスカートを持ち上げ、煙突掃除人の親方らしき男性と踊っている姿も見える。

「なんとまあ」チャーチワードはいらいらしながら眼鏡を鼻の上に押し上げた。「あきれたものだ。デラバルには激情が渦巻いている。破廉恥で……」彼はにやりとした。「楽しそうだ」

書斎ではロブとジェマイマがひと息入れていた。

「どっちがうれしいの、ロブ？」ジェマイマは彼のシャツを指先でなでながらきいた。「おばあさまの財産を確保したこと？　それとも、わたしを心おきなく抱けること？」

ロブは彼女のあごを持ち上げ、唇を近づけた。

「きみを愛し、大切にすることだ」彼は言った。「ぼくはこの誓いを守るよ、ジェマイマ。永遠に」

とっておきの、ときめきを。
ハーレクイン

伯爵夫人の出自
2006年6月5日発行

著　　者　ニコラ・コーニック
訳　　者　田中淑子(たなか　よしこ)

発 行 人　ベリンダ・ホブス
発 行 所　株式会社ハーレクイン
東京都千代田区内神田1-14-6
電話 03-3292-8091(営業)
03-3292-8457(読者サービス係)

印刷・製本　凸版印刷株式会社
東京都板橋区志村1-11-1

編集協力　有限会社イルマ出版企画

ISBN4-596-32254-6 C0297

彼はゴージャスな城に住うスペイン貴族！
リン・グレアムが描く、怒濤のロマンス。

『侯爵夫人と呼ばれて』R-2116
リン・グレアム
6月20日発売

清掃作業員の仕事や内職をしながら亡き異父姉の赤ちゃんを懸命に育てるソフィーは、ある日、弁護士に呼び出される。待っていたのは、姉の夫の兄で、かつて彼女が恋し捨てられた男性サラサール侯爵だった。

—Romances—
ジェイン・ポーターが、
シークへの一途な愛をセクシーに描く。

『砂と太陽の国で』R-2119
ジェイン・ポーター
6月20日発売

砂漠の国で生まれイギリスで育ったケイラは、現在はダラスの国際企業に勤めている。だが彼女は祖国の父に結婚を勝手に決められ帰国を命じられた。途方に暮れた彼女の前に、初恋の相手のシークが現れ……。

LOVE STREAM　6月にMIRA文庫からも作品刊行！

NYタイムズベストセラー作家ヘザー・グレアムの新作

『捧げられた花嫁』LS-294
ヘザー・グレアム
6月20日発売

キャサリンは、旅先のアイルランドで、心ならずも土地の領主のジャスティンと一夜を共にしてしまう。傷心のあまり逃げるようにアメリカへ帰った彼女は旅行作家となり、本を書くため再びかの地を訪れることになり……。

ハーレクイン社シリーズロマンス　6月20日の新刊

愛の激しさを知る　ハーレクイン・ロマンス

禁じられた喜び	マギー・コックス／秋元由紀子 訳	R-2115
侯爵夫人と呼ばれて	♥リン・グレアム／青海まこ 訳	R-2116
疑われた妻	キム・ローレンス／仙波有理 訳	R-2117
純潔の値段（オコンネル家の人々）	♥サンドラ・マートン／漆原　麗 訳	R-2118
砂と太陽の国で	♥ジェイン・ポーター／漆原　麗 訳	R-2119
異国のドクター	キャサリン・スペンサー／植村真理 訳	R-2120

人気作家の名作ミニシリーズ　ハーレクイン・プレゼンツ 作家シリーズ

世界一の花嫁（愛を知らない男たちⅠ）	スーザン・マレリー／公庄さつき 訳	P-276
愛を約束された町Ⅲ		P-277
最初で最後のラブレター	デビー・マッコーマー／吉本ミキ 訳	
祝福の歌が聞こえる	デビー・マッコーマー／伊坂奈々 訳	

キュートでさわやか　シルエット・ロマンス

狼なんか怖くない	♥キャロル・グレイス／森山りつ子 訳	L-1182
プリンスとの夜	ホリー・ジェイコブズ／緒川さら 訳	L-1183

ロマンティック・サスペンスの決定版　シルエット・ラブ ストリーム

眠れぬ夜を数えて（華麗なる逃走Ⅰ）	スーザン・カーニー／葉山　笹 訳	LS-291
幻を愛した夜（孤高の鷲）	ゲイル・ウィルソン／氏家真智子 訳	LS-292
ボスのたわむれ	マリーン・ラブレース／島野めぐみ 訳	LS-293
捧げられた花嫁	♥ヘザー・グレアム／柿原日出子 訳	LS-294

個性香る連作シリーズ

シルエット・アシュトンズ		
求婚の理由	エミリー・ローズ／小池　桂 訳	SA-9
シルエット・サーティシックスアワーズ		
悲しい真実	クリスティーン・フリン／山田沙羅 訳	STH-6
ハーレクイン・エリザベサン・シーズン		
女王への謁見	ポーラ・マーシャル／山本みと 訳	HES-4
フォーチュンズ・チルドレン		
二度目の恋は熱く（富豪一族の肖像Ⅹ）	ジャスティン・デイビス／桐島夏子 訳	FC-10
パーフェクト・ファミリー		
愛は運命のままに（パーフェクト・ファミリーⅤ）	ペニー・ジョーダン／雨宮朱里 訳	PF-5

クーポンを集めて
キャンペーンに参加しよう!

どなたでも!

「25枚集めてもらおう!」

キャンペーン
「10枚集めて応募しよう!」

キャンペーン兼用クーポン

07　05

会員限定
ポイント・
コレクション用
クーポン

♥マークは、今月のおすすめ